자기답게 사는 것 외에 성장하고 진리에 이를 수 있는
다른 길은 없다.

Herman Hesse

헤르만 헤세의
나로 존재하는 법

Hermann Hesse
Eigensinn macht Spaß

Individuation und Anpassung
Ein Lesebuch, zusammengestellt von Volker Michels
© Suhrkamp Verlag Frankfurt am Main 1986
All rights reserved by and controlled through Suhrkamp Verlag Berlin.
No part of this book may be used or reproduced in any manner
whatever without written permission except in the case of brief quotations
embodied in critical articles or reviews.
Korean Translation Copyright © 2024 by Danielstone Publishing
Korean edition is published by arrangement with Suhrkamp Verlag, Berlin
through BC Agency, Seoul

**헤르만 헤세의
나로 존재하는 법**

초판 1쇄 펴냄 2024년 2월 5일
　　3쇄 펴냄 2024년 4월 30일

지은이 헤르만 헤세
옮긴이 유영미

펴낸이 고영은 박미숙
펴낸곳 뜨인돌출판(주) ｜ 출판등록 1994.10.11.(제406-251002011000185호)
주소 10881 경기도 파주시 회동길 337-9
홈페이지 www.ddstone.com ｜ 블로그 blog.naver.com/ddstone1994
페이스북 www.facebook.com/ddstone1994 ｜ 인스타그램 @ddstone_books
대표전화 02-337-5252 ｜ 팩스 031-947-5868

ISBN 978-89-5807-988-0 03850

HESSE

헤르만 헤세의
나로 존재하는 법

헤르만 헤세 지음 유영미 옮김

Eigensinn
macht Spaß

뜨인돌

차례

추천의 글 6

서문 8

용기, 고집, 인내 13

개인주의 14

고집 17

구원 29

자기 개성 30

동물에게서 인간에게로 32

설교자 36

혼자서 39

「짧게 쓴 자서전」 중에서 41

노인의 지혜, 놀림, 장난기 51

모든 일이 나의 최선을 위한 것! 55

아버지께 67

수영선수가 되어볼까 77

우리와 똑같은 것 85

개성 86

비폭력 88

안개 속에서 91

인간이 될 가능성 93

숲 사람 94

새로운 체험 106

우리 각자의 고유한 삶 108

세계사 112

이상적 인간 121

운명의 날들 126

우리는 무엇을 해야 할까? 128

새로운 이상 153

《데미안》의 개성 155

외부와 나 자신 157

어린아이의 영혼 161

영혼 220

남쪽 나라에서 보낸 겨울 편지 222

행복의 상대성 230

마사게타이족의 나라에서 234

우리의 꿈의 세계 243

황야의 늑대에 대하여 245

고통 258

정신 질환 260

공동체와 국가 262

어느 공산주의자에게 보내는 편지 264

개성 있는 인간 273

1933년 7월의 일기 중에서 276

도구 아닌 인간 296

늦은 시험 298

뜀뛰기 300

가지 잘린 떡갈나무 307

당신은 마음 깊은 곳에 뜨거운 불을 품은 사람인가. 당신이 출발한 곳에서 아주 멀리 나아가려는 사람인가. 어떤 대가를 치러서라도 당신의 꿈을 이룰 준비가 되었는가.

헤르만 헤세의 글을 읽으며 나는 스스로에게 이렇게 물었다. 마음 깊은 곳의 나는 이렇게 대답했다. 뜨거운 불을 품긴 했는데, 아주 멀리 나아가고 싶은데, 아직 마음의 준비가 덜 되었다고. 이런 나의 조심스러운 대답에 헤르만 헤세는 이렇게 대답할 것이다. 불을 품은 사람들의 삶은 가히 투쟁에 가까워진다고. 멀리 가는 사람은 대가를 치르게 되어있다고. 그러니 가능한 한 아름다운 인생을 살아가기 위해 오늘, 바로 지금 무엇을 할 것인가를 결정하라고. 헤르만 헤세의 글을 감성적이고, 연약하고, 예민한 사람들을 위한 글이라고 오해하는 분들이 있다. 이 책을 읽어본다면 그런 고정관념이 바뀔 것이다. 헤르만 헤세는 강인한 영혼을 지닌 불의 전사다. 그는 심각한 우울증을 극복하고 끝내 위대한 작가가 되었고, 자신의 글쓰기를 가로막는 국가와의 오랜 불화를 견뎌냈으며, 나치즘에 저항했고, 사랑하는 조국 독일을 떠나 낯선 땅 스위스에서 꿈을 이루었으며, 마침내 노벨문학상을 받았고, 생의 마지막까지 글쓰기의 고삐를 놓지 않았다. 헤르만 헤세는 전 생애를 통해 자신을 둘러싼 모든 장애물과 싸워 이기는 용감한 사람들의 이야기를 창조해냈다. 이 책은 그런 헤르만 헤세의 강인함과 지혜로움을 차곡차곡 쌓아 올린 인식의 보물창고가 되어, 세상의 폭풍우 속에서 길을 잃은 모든 사람들에게 눈부신 등대가 되어줄 것이다.

정여울 작가

　자신의 성향과 취향을 가능하면 한껏 개발하고 발휘하는 것
말고 자기실현의 다른 방법이 있던가. '자기 자신이 되라!'는 것
은 이상적인 법칙이다. 최소한 젊은이에게는 그러하다. 자기답
게 사는 것 외에 성장하고 진리에 이를 수 있는 다른 길은 없다.

　하지만 이런 길을 가는 것은 녹록지 않다. 도덕적 장애물과
다른 장애물들이 길을 막기 때문이다. 세상은 우리가 고집스럽
고 소신 있게 밀고 나가는 모습보다는 세상에 순응하여 유약하
게 살아가는 모습을 보고 싶어 한다. 그러기에 조금이라도 속에
불을 품은 사람들의 삶은 가히 투쟁에 가까워진다. 모든 사람은
자신의 힘과 필요에 따라 관습에 얼마큼 복종하고, 얼마큼 거스
를지를 선택해야 한다. 관습을, 가족과 국가와 공동체의 요구를

무시할 때 사람은 스스로 위험을 무릅쓰는 셈이다. 스스로 얼마나 많은 위험을 감당할 수 있느냐에 객관적 잣대는 없다. 자기 분수에 넘치면 대가를 치러야 한다. 소신 있게 나아가는 면에서도, 순응하는 면에서도 너무 멀리 가는 사람은 대가를 치르게 되어있다.

우리는 '이런 식으로 사는 게 맞는 것일까?'라고 묻지 말아야 한다. 그런 질문에는 답이 없다. 모든 방식은 나름 맞는 방식이다. 오히려 이렇게 물어야 한다. '나는 나다. 나는 이렇게 생겨 먹었다. 내 안에는 이런 필요와 이런 문제가 있다. 그럼에도 삶을 견디고, 가능한 한 아름다운 인생을 살아가기 위해 난 무엇을 해야 할까?' 정말로 마음 깊은 곳에서 우러나는 소리를 듣는다면 그 대답은 다음과 같을 것이다. '넌 그런 사람이야. 그러니 다른 사람들이 너와 다르다고 그들을 시기하거나 경멸해서는 안 된단다. 네가 '옳은지'를 묻지 말고, 네 영혼과 그 영혼의 필요를 네 몸처럼, 이름처럼, 태어난 집안처럼 받아들이렴. 주어진 것, 피할 수 없는 그것을 긍정하고, 그 편이 되어주어야 해. 온 세상이 이해하지 못한다 해도……'

나는 이 이상의 것은 알지 못한다. 삶을 더 수월하게 만들어 줄 지혜를 더는 알지 못한다. 삶은 결코 쉽지 않다. 그러나 삶이 쉬운지, 쉽지 않은지를 물어서는 안 될 것이다. 우리는 삶에 절망할지도 모른다. ─그건 모두의 자유다─ 아니면 건강하고 유능해 보이는 사람들처럼, 문제없고 무심해 보이는 사람들처럼, 우리의 본성을 우리에게 오롯이 맞는 것으로 받아들이고, 우리의 영혼에 모든 정당성을 부여해야 한다.

나는 이렇게 조언을 하지만, 사실 조언의 가치를 그리 신뢰하지 않는다. 사람은 더도 덜도 아니고, 자신의 본성이 허락하는 만큼만 조언을 받아들일 것이기 때문이다. 우리는 스스로를 바꾸어 다른 사람이 될 수는 없다. 그러나 주어진 삶을 더 많이 인정하고 받아들일수록, 자신의 삶에서 일어나는 일들과 내적으로 화해할수록 더 강한 사람이 될 것이다.

'인식', 즉 정신의 깨어남이 성서에서 (에덴동산의 뱀으로 표상되는) 죄로 묘사되는 것처럼, 개인이 군중을 헤치고 나와, 인간이 되고 개성적 존재로 우뚝 서는 것에 도덕과 관습은 늘 불신의 눈초리를 보낸다. 젊은이와 가족의 마찰, 아버지와 아들의 마찰이 태곳적부터 있어온 너무나 자연스런 것이지만, 모든 아버지는 그것을 전대미문의 새로운 반항으로 느끼는 것과 같다. 그리하여 나는 추방당한 무법자이자 최초의 살인자인 가인을 오히려 프로메테우스적인 인물로, 무모하고 주제넘은 행동으로 벌을 받은, 정신과 자유의 대변자로 볼 수 있지 않을까 한다.

　신학자들이 이런 견해에 대해 어떻게 생각할지 모르겠지만, 그리고 미지의 모세 5경 저자가 이런 견해를 얼마나 이해하고 용인해 줄지 모르겠지만, 뭐 나는 신경 쓰지 않겠다. 인류의 모든 신화와 마찬가지로, 성서의 이야기들 역시 그것들을 개인적으로, 우리 자신과 우리 시대에 맞게 해석하지 않는 한, 우리에게 그다지 큰 가치를 지니지 못한다고 하겠다. 그러나 그것들로부터 의미를 이끌어내고, 시대에 맞게 해석한다면, 그것들은 우리에게 아주 값진 것이 될 것이다.

비루한 삶에 대항하는 최상의 무기는 용기와 고집, 인내다. 용기는 자신을 강하게 해주고, 고집은 인생을 재미있게 해주며, 인내는 평안을 허락한다.

풀 수 없는 문제를 붙잡고 힘들게 고민하는 일일랑 그만 두세요. 신이나 세계정신의 존재에 대한 물음은 해결할 수 없 는 성질의 것이에요. 우주의 의미나 변화, 세계와 생명의 탄생 에 대한 질문도 풀 수 없지요. 이런 것에 대해 생각하고 논쟁 하는 건 멋지고 흥미로운 유희일 수 있지만, 그것이 우리 삶의 문제를 해결해 줄 수는 없습니다.

당신은 이유를 알지 못한 채로 세상에 던져졌어요. 당신 의 삶, 당신의 재능, 감각적 재능과 정신적 재능을 더 무르익 게 하고, 최대한 완성시키는 것에 삶의 의미가 있어요. 당신이 이 일을 더 잘해낼수록, 당신은 더 행복해질 거예요. 다수의 사람들이 개별화되지 않고, 그다지 재능이 없다는 것, 대부분의 사람들이 자기 고유의 삶을 살아내거나, 독자적인 사고를 하지 못하고, 늘 군중처럼 살고 행동한다는 것을 당신은 이미 스스로 알아차렸어요. 우리는 이런 모습들을 바꿀 수는 없어요. 이건 언제나 마찬가지일 거예요. 아니 오히려 인류가 더 빨리 불어나고, 기술적 수단을 더 많이 소유할수록, 인류는 더 천박해지고 획일적인 집단이 될 거예요. 군중으로서의 인류에게 삶의 과제는 그저 가능하면 마찰 없이 편입하고 적응하는 것이에요. 개인적인 책임을 최소한으로 끌어내리는 것이지요.

우리는 달라요. 개인적이고, 개성적인 삶이 가능하고, 그런 삶으로 부름을 받은, 언제나 소수일 수밖에 없는 우리는 대다수의 대중보다 감각이 더 섬세하고, 사고력이 더 앞서죠. 이런 자질은 우리에게 아주 큰 행복을 가져다줘요. 우리는 더 정확하고, 더 감수성 있게, 더 뉘앙스가 풍부하게 보고 듣고 느끼고 생각하죠. 하지만 또한 우리는 고독하고 위태로워요. 우리는 대중이 느끼는 행복을 포기해야 하죠. 우리는 우리 자신을, 자신의 재능과 자질과 특성을 명확히 알아야 하고, 이런 자질을 완성하고, 자기다워지는 데 삶을 바쳐야 해요. 그렇게 하는 것이 동시에 인류에 봉사하는 것이 된답니다. 문화(종교, 예술, 문학, 철학 등)적으로 의미 있는 모든 것들이 이런 과정에서 생겨나기 때문이에요. 그 과정에서, 곧잘 비방받는 '개인주의'는 공동체에 봉사하게 되고, 이기주의라는 오명을 잃게 됩니다.

EIGENSINN

　내가 아주아주 사랑하는 단 한 가지 미덕은 바로 '고집'이다. 책에서 읽고, 선생님들에게서 들은 많은 미덕들은 사실 내 마음을 그리 동하게 하지 않는다. 이제까지 인간이 만들어낸 모든 미덕들은 한 가지 이름으로 요약할 수 있을 것이다. 그것은 바로 복종이다. 말 잘 듣고 순종적인 것 말이다. 문제는 다만 누구에게 복종할 것인가 하는 것뿐. 그러나 그렇게 따지면 자기 자신에게 복종한다는 면에서 고집도 복종이다. 그 외 그리도 인기 있고 칭송받는 미덕들은 인간들이 만들어낸 법칙에 복종하는 것이다. 다만 고집만이 이런 법칙에 굴하지 않는다. 고집 있는 사람은 다른 법칙에 복종한다. 자신 속에 있는 단 하나의 거룩한 법칙, 바로 '자신의 감각'에 말이다(고집을 뜻하는 독일어 단어 Eigensinn이 Eigen[자신의] + Sinn[감각, 혹은 의미]으로 이루어져 있음에 착안한 문장― 옮긴이).

고집이 이리도 사람들에게 인기가 없는 것은 참으로 유감스런 일이다! 고집이 그 어떤 존경을 받는가? 그렇지 않다. 고집은 심지어 악덕으로, 혹은 안 좋은 습관으로 여겨진다. 고집스럽다는 말이 언제 들먹거려지는지 보라. 어떤 행동이 거슬리고, 그런 행동을 하는 상대가 싫어지는 상황에서가 아니던가. (하지만 사실 진짜 미덕들은 언제나 거부감과 미움을 자아낸다. 소크라테스, 예수, 지오다노 브루노, 그 외 모든 고집 센 이들만 생각해 봐도 알 것이다.) 그리하여 고집을 어느 정도 미덕으로, 또는 좋은 특성으로 봐주려는 마음이 있을 때 사람들은 이런 미덕의 거친 어감을 될 수 있는 대로 약화시켜, '성격'이라거나 '개성'이라고 칭한다. 이렇게 말하면 고집불통이라는 말만큼 세게 들리지도 않고, 악덕으로 들리지도 않는다. 뭔가 사회와 잘 어우러질 것처럼 들린다. 부득이한 경우 독창성이라고도 한다. 물론 독창성이라는 말은 참아줄 만한 괴짜들이나 예술가나 예술적인 별종들에게나 사용하는 말이다. 고집이 금전적으로나 사회생활을 하는 데에 그다지 손해가 되지 않는 예술계에서는 심지어 고집을 독창성이 있는 것으로 아주 높이 쳐준다. 예술가들에게 어느 정도의 고집은 바람직한 것으로 여겨지고, 그것에 기꺼이 후한 돈이 지불된다. 하지만 보통 요즘말로 그냥 '성격'이나 '개성'이라는 것은 약간 내실이 없는 것이다. 개성은 내보일 수도, 짐짓 꾸밀 수도 있지만, 이런 사람은 어떤 중요한 일을 만나면 그냥 외부의 법칙에 복종해 버리고 만다. 자신만의 지식과 견해가 있지만, 그것대로 살지 않을 때 그 사람의 특성을 그냥 '개성'이라 칭할 수 있다. 그는 자신의 생각은 다르다는 걸, 그에게 어떤 의견이 있다는 걸 아주 섬세하게 내비칠 따름이다. 이런 부드럽고, 부실한 형태의 개성은 살아있을 때도 이미 미덕으로 여겨진다. 그러나 누군가가 자신의 생각을 정립하고 실제로 그 생각대로 산다면, 그는 '개성'이 있다는 정도의 칭찬할 만한 표딱지는 잃어버리게 되며, 그는 다만 '고집' 센 사람으로 인정된다. 그러나 고집이라는 말을 문자 그대로 한번 살펴보자. 고집(Eigensinn)이란 무엇일까? Eigen(자신의) + Sinn(감각). 고집은 누군가 자신만의 감각을 가지고 있다는 것이다. 그렇지 않은가.

사실 지구상의 모든 것이 '자신의 감각'을 가지고 있다. 정말 모두가 말이다. 돌, 풀, 꽃, 덤불, 모든 동물이 '자신의 감각'에 따라 성장하고, 살고, 행동하고, 느낀다. 바로 그래서 세상은 아름답고 풍성하다. 꽃이든, 과일이든, 참나무든, 잣나무든, 말이든, 닭이든, 주석이든, 철이든, 금이든, 석탄이든, 우주의 모든 것은 아주아주 작은 것이라도 모두 자신만의 '감각', 즉 자신의 법칙을 속에 품고서, 온전히, 흔들림 없이 자신의 법칙을 따른다. 각종 사물과 동식물이 존재하는 건 그래서다.

다만 지구상에서 유일하게 가련하고 저주받은 두 존재만이 이런 영원한 부름을 따르지 못한다. 그들에게는 자신 속에 깊이 심겨진 타고난 감각이 명하는 대로 살고, 성장하고, 죽는 것이 허락되어 있지 않다. 바로 인간과 인간이 길들인 가축만이 생명과 성장의 목소리를 따르지 못하고, 인간이 만들어낸 법칙을, 게다가 인간이 때때로 다시 깨뜨리고 변화시키는 법칙을 따라야 하는 신세다. 그리고 가장 기묘한 게 무엇인지 아는가? 자신의 법칙을 따르기 위해, 제멋대로 자신에게 부여된 법칙을 경멸했던 사람들은 당대에는 대부분 판결받고 죽임당했으나, 훗날 영웅이자 해방자로 영원히 추앙받고 있다는 것이다. 우습지 않은가. 살아있는 사람들에겐 자신들이 정한 법칙에 복종하는 걸 최고의 미덕으로 치고 복종할 것을 요구하는 인류가, 그런 복종의 요구를 거부하고 '자신의 감각'을 저버리느니 차라리 목숨을 내어주는 쪽을 택했던 이들을 자신들의 영원한 신전에 모시어 들인 것이다.

신화적인 인류 초기 시대로부터 외경심을 가득 담아 사용했던, 굉장히 고결하고 신비롭고 성스런 단어인 '비극적'이라는 말은 요즘 기자들에 의해 이루 말할 수 없이 오용되고 있다. 사실 '비극적'이라는 것은 바로 관습적인 법을 거슬러 자신의 별을 따르다가 죽어간 영웅의 운명을 뜻한다. 오로지 이런 영웅의 운명을 통해서만이 인류는 늘 '자신의 감각'이 무엇인지를 깨닫는다. 왜냐하면 비극적인 영웅, 그 고집 있는 자는 언제나 수백만의 평범한 사람들에게, 그 겁쟁이들에게 인간의 법에 복종하지 않는 것은 상스럽고 제멋대로인 행동이 아니라, 훨씬 더 높고 신성한 법에 충실한 것임을 보여주기 때문이다. 다르게 말하면, 인간의 일반적 감각은 모두에게 무엇보다 적응하고 복종할 것을 요구한다. 그러나 동시에 모순적이게도 일반적 감각은 결코 겁쟁이들, 순응하는 자들, 복종하는 자들이 아닌, 고집스런 자들, 영웅에게 최고의 영예를 준다.

기자들이 공장에서 일어나는 모든 산업 재해를 '비극적'이라고 부르면서 이 단어를 오용하는 것과 마찬가지로, 가련하게 전사한 군인의 죽음을 '영웅적 죽음'이라 이야기하는 요즘의 추세는 적잖이 옳지 않은 것이다. 감상적인 사람들, 무엇보다 전쟁에 참전하지 않은 사람들 역시 곧잘 그렇게 표현한다. 물론 전사한 군인들은 우리의 크나큰 위로를 받아 마땅하다. 그들은 참혹한 일을 감내했고, 결국 목숨까지 바쳤다. 그러나 그렇다고 하여 그들이 '영웅'인 것은 아니다. 장교가 개에게 소리치듯 명령하는 소리에 마지못해 따르던 한 병사가 총알에 맞아 죽었다고 갑자기 영웅이 되지는 못하는 것이다. 그 모든 무리가, 수백만이 다 '영웅'이라는 상상은 그 자체로도 수긍이 가지 않는다.

'영웅'은 고분고분하고 온순하게 의무를 다하는 시민이 아니다. '자신만의 감각', 자신의 고귀하고 타고난 고집을 운명으로 만든 사람만이 영웅적일 수 있다. 독일의 지식인 중 가장 심오하면서도, 가장 알려지지 않은 노발리스는 "운명과 심성은 같은 개념을 뜻하는 다른 이름"이라고 했다.

다수의 사람들이 이런 용기와 고집이 있다면, 지구는 아마 다른 모습일 것이다. 월급을 받고 근무하는 우리의 교사들은 (우리들 앞에서 옛 시대의 영웅들과 고집을 그리도 칭찬하고 추앙하던 교사들은) 대다수의 사람들에게 그런 용기와 고집이 있다면 모든 것이 온통 뒤죽박죽이 되었을 거라고 말한다. 물론 그들은 왜 그렇게 된다는 것인지 증명할 수도, 증명할 필요도 없다. 사실 자립적으로 자신의 내면의 법칙과 의미를 따르는 사람들 사이에서 생명은 더 풍성하고 더 드높게 피어날 것이다. 그런 사람들의 세계에서는 욕설을 하고 냅다 뺨따귀를 때리는 일은 아마 처벌되지 않을 것이다. 오늘날에는 존경스런 판사들이 처리해야 하는 그런 일들 말이다. 간혹 살인 사건도 일어날 것이다. 하지만 그 모든 법과 처벌이 존재하는 오늘날에도 살인 사건은 일어나지 않는가? 그러나 우리의 오늘날 이렇게 잘 조직된 세계에서 정말 두려울 정도로 많이 일어나는 끔찍하고, 너무나 슬프고, 이상한 일들은 아마 일어나지 않을 것이다. 일어나는 것이 불가능할 것이다. 가령 민족 간의 전쟁 같은 것들 말이다.

이제 권위 있는 사람들이 이렇게 말하는 소리가 들리는 듯하다. '당신은 혁명을 설교하는군요.'

이 역시 어리석은 군중들 사이에서나 가능한 착각이다. 나는 고집을 설교할 뿐, 혁명을 설교하지 않는다. 내가 어떻게 혁명을 바라겠는가? 혁명은 전쟁과 다름없으며, 바로 전쟁처럼, '다른 수단을 가지고 정치를 계속하는 것'이다. 그러나 한번 자기 자신이 되려는 용기를 가지고, 자신의 운명의 목소리를 들은 사람에겐 군주제든, 민주주의든, 혁명적이든, 보수적이든, 정치는 더 이상 전혀 중요하지 않다! 그의 관심은 다른 것에 있다. 그의 '고집'은 모든 풀줄기의 깊고 멋지고, 하나님이 원하는 고집처럼, 자신의 성장 외에 다른 것을 향하지 않는다. '자기중심성'이라 불러도 좋다. 그러나 여기서 말하는 자기중심성은 돈을 긁어모으고, 권력에 혈안이 된 사람들의 악명 높은 자기중심성이 아니다!

내가 말하는 '고집' 있는 사람은 돈이나 권력을 추구하지 않는다. 그렇다고 도덕이나 이타심의 화신이라서 돈과 권력을 무조건 경멸하고 보는 것은 아니다! 전혀 그렇지 않다. 그러나 돈이나 권력, 그밖에 사람들이 그토록 이를 악물고 서로 괴롭히고 죽이기까지 하며 추구하는 그 모든 것은 자신에게 이르른 사람, 즉 고집 있는 사람에겐 별로 가치가 없다. 고집 있는 사람은 단 한 가지를 소중히 생각한다. 바로 자신 속의 신비한 힘, 바로 자신을 살게 하고, 성장하도록 하는 그 힘 말이다. 이 힘은 돈 같은 것으로 얻어지거나, 고양되거나, 깊어질 수 있는 것이 아니다. 그도 그럴 것이 돈과 권력은 불신의 산물이기 때문이다. 자신의 가장 깊은 곳에 깃든 힘을 불신하는 사람, 그 힘이 부족한 사람은 돈 같은 대체재로 이를 상쇄해야 한다. 자기 자신을 신뢰하는 사람, 그저 순수하고 자유롭게 자신에게 주어진 몫을 살고자 하고, 그런 삶을 펼쳐나가는 것 외에 더는 아무 것도 바라지 않는 사람에겐 과대평가되고, 무지막지하게 떠받들어지는 돈과 권력이라는 수단은 부차적인 도구로 전락한다. 돈과 권력을 활용한다면 뭐 유쾌하겠지만, 그런 것들이 삶에 결코 결정적인 것은 아니기 때문이다.

이런 고집이라는 미덕을 나는 얼마나 사랑하는지! 일단 이 미덕을 알고, 자신 안에서 약간의 고집을 발견하고 나면 다른 많은 널리 칭송되는 미덕이 약간 미심쩍어진다.

애국심도 그중 하나다. 나는 애국심을 나쁘게 생각하지 않는다. 애국심은 개인의 자리에 더 커다란 집단을 위치시킨다. 그러나 애국심이 정말 미덕으로 부상하는 것은 정권 유지를 위한 그 알량하고 어리석은 수단인 전쟁의 총성이 들리기 시작하면서다. 사람들은 적군을 쏘아 죽이는 군인을 자기 땅을 최대한 잘 경작하는 농부보다 더 큰 애국자로 친다. 농부는 땅을 일구어 스스로 이윤을 얻기 때문이다. 우습게도 우리의 그 미묘한 도덕 안에서 유익과 즐거움을 선사하는 미덕은 의심스런 것으로 여겨진다. 대체 왜 그럴까? 그건 우리가 늘 타자의 희생으로 자신의 이익을 추구하는 데 익숙하기 때문이며, 늘 불신에 가득 차, 바로 다른 사람이 가진 것을 탐내야 할 것처럼 생각하기 때문이다.

원시부족의 추장은 자신이 죽인 적의 생명력이 그 자신에게로 옮아온다고 믿었다. 이런 가련한 믿음이 인간 사이의 모든 전쟁, 모든 경쟁, 모든 불신의 바탕을 이루고 있는 것은 아닐까? 그렇다. 착실한 농부를 최소한 군인과 동등한 선상에 놓을 때에 우리는 더 행복할 것이다! 한 인간이나 민족이 삶에서 누리는 기쁨이나 이익은 반드시 다른 사람이나 민족에게서 빼앗은 것이어야 한다는 말도 안 되는 미신을 포기할 수 있다면 얼마나 좋을까!

이제 교사들이 이렇게 말하는 소리가 들리는 듯하다. '흠, 아주 좋은 말들이에요. 하지만 부디 그 일을 한번 아주 객관적으로 국민 경제적 관점에서 바라봐 보세요. 세계 총생산은…….'

그에 대해 나는 이렇게 답한다. '아니, 됐어요. 국민 경제적 관점은 결코 객관적이지 않아요. 그것은 아주 많은 다양한 결과들을 바라보는 하나의 안경일 따름이죠. 가령 전쟁 전에 사람들은 국민 경제적으로 세계대전이 불가능하고, 만약 일어나도 오래가지 않을 것이라고 증명할 수 있었어요. 오늘날에는 마찬가지로 국민 경제적으로 그 반대를 증명할 수 있지요.

그런 상상 대신에 현실을 한번 생각해 봅시다!'

이런 '관점'으로는 아무것도 되지 않는다. 그런 관점이 어떤 이름으로 불리든, 아무리 기름기 철철 흐르는 교수들이 그것을 대변하든 간에 그런 관점들은 모두 상황을 호도하는 것들이다. 우리는 계산기도 아니고, 기계도 아니다. 우리는 인간이다. 그리고 인간에게는 단 하나의 자연스런 관점이 있을 따름이다. 단 하나의 자연스런 잣대가 있을 따름이다. 그것은 자신의 감각이다. 고집이다. 그에게는 자본주의의 운명도, 사회주의의 운명도 없다. 그에게는 영국도 미국도 없다. 조용하고, 거부할 수 없는 법칙 외에 아무것도 그 자신의 가슴에 살지 않는다. 편안하게 관습을 따르는 사람은 그 법칙에 따라 사는 것이 굉장히 어렵다. 그러나 고집이 있는 자에게는 그런 법칙이 운명이고, 신성을 의미한다.

‡

이제 민족들은 대체 아무것도 '배우지' 않는 듯하다. 패배한 전쟁으로부터도, 이긴 전쟁으로부터도 배우지 못한다. 모든 것 중에서 바로 배움이 그들에게 가장 어려운 일인 듯하다. 1870년, 1914년, 1939년의 전쟁으로부터 승자들은 무엇을,

패자들은 무엇을 배울 수 있었을까? 이를 통해 배우는 사람들은 각각의 민족들이나 민족의 지도층이 아니라, 정말 얇은 층을 이루는, 권력 없는 지식인층이다. 힘도 없고, 영향력 없는 소수의 지식인들은 깨닫고 진실을 알아차리지만, 이런 깨달음과 진실은 늘 한 세대는 더 지나서, 너무 단순하고 왜곡된 형태로 대중들에게 이른다. 그러다 보니 절망은 깨달은 자들의 본래적이고 당연한 태도인 듯하다. 반면 우중들의 태도는 거침없고, 저돌적이고, 맹목적이다. 그럼에도 사실적이고 명백해 보이는 것 배후에 더 진실되며 지속가능하며 의미 있는 현실이 있는 건 분명하다. 우리의 철학과 종교는 어렴풋한 예감을 가지고 이런 현실에 접근하고자 한다. 이런 현실 때문에 인생은 살만한 가치가 있다.

구원

ERRETTUNG

인간에게 존재하는 희망은, 세계와 다른 사람은 못 바꿔도 최소한 자기 자신만은 어느 정도 변화시키고 개선시킬 수 있다는 것인 듯하다. 그리고 자신을 개선하는 사람 덕분에 세상은 은밀히 구원된다.

DIE EIGENE PERSÖNLICHKEIT

자기 개성의 비밀은 오직 자신만이 발견할 수 있답니다. 당신은 결코 일개 군중 속 인간이 될 수는 없을 거예요. 당신이 지금 개성을 찾고 있다는 사실이 이미 당신이 평균 이상으로 개성적인 사람임을 보여줍니다. 하지만 내가 보기에 당신은 너무 억지로 찾는 것 같아요. 발견하지는 못하고, 평생 찾기만 할 수도 있어요. 찾는 것과 발견하는 것은 별개예요. 너무 힘들게 찾는 것은 발견하는 데에 그리 좋지 않아요.

나의 삶은 힘들었어요. 하지만 내가 찾고 추구하는 건 그렇지 않았어요. 나의 전반적인 기질상 나는 예술가가 되고 싶었고, 예술가가 되어야 한다는 걸 일찌감치 알았어요. 물론 그 길은 장애물이 많은 가시밭길이었어요. 찾는 것에서 발견하는 것까지의 길은 곧은길이 아니에요. 의지와 이성만으로는 그 길을 갈 수 없어요. 경청하고, 기다리고, 꿈꿀 수 있어야 해요. 그리고 예감에 열려있어야 해요. 난 더 이상의 것은 알지 못해요.

인간이 훈련된 존재가 되는 것, 즉 고릴라에서 문화적 존재로 발달해 가는 것은 길고 느린 길이다. 도덕과 법칙으로 못 박아 놓은 덕분에 달성한 성과들은 의심스럽다. 기회가 있을 때마다 이빨을 드러내며 싸우려 하는 저급한 행동이 노출되어, 완전히 이루어진 것으로 보였던 모든 것이 와르르 무너지기 때문이다. 우리가 인간됨의 조건을 잠정적으로 조로아스터(차라투스트라)와 노자 이래로 인류의 정신적 지도자들이 제기한 정신적 요구를 성취하는 것으로 본다면, 오늘날의 인류는 아직도 인간보다는 고릴라에 훨씬 가깝다고 말할 수밖에 없다. 우리는 아직 인간이 아니다. 인간됨으로 가는 길 위에 있을 따름이다.

몇천 년 전 수준 높은 한 민족의 종교 법칙은 기본적인 원칙을 가지고 있었다. "살인하지 말라." 그리고 언제나 우리 신앙인들은 앞으로도 저 낡은 요구를 제기할 것이다. "살인하지 말지니." 온 세상의 모든 법전이 언젠가 살인(전쟁에서의 살인과 형리에 의한 살인을 포함하여)을 금하게 될지라도 이 요구는 결코 그치지 않을 것이다. 왜냐하면 이것은 모든 발전, 모든 인간됨의 기본 요구이기 때문이다. 우리는 정말 살인을 많이 저지른다! 어리석은 전쟁을 통해, 혁명을 빌미로 한 어리석은 총격전을 통해, 그리고 어리석은 처형을 통해 우리는 도처에서 사람을 죽인다. 우리는 재능있는 젊은이들을 그들에게 전혀 어울리지 않는 일을 하게 만듦으로써 사람을 죽인다. 가난과 곤경, 치욕 앞에서 그냥 눈을 감아버림으로써 사람을 죽인다. 사회, 국가, 학교, 종교에서 편의상 이미 낡아버린 제도에 단호하게 등을 돌리는 대신, 이를 방관하고 용인함으로써 사람을 죽인다. 철저한 사회주의의 시각에서 소유는 도둑질인 것처럼, 우리와 같이 철저히 믿는 자들의 눈에는 생명을 존중하지 않는 모든 태도, 무정함, 무관심, 경멸은 다름 아닌 살인이다. 현재의 것을 죽일 수도 있고, 미래의 것을 죽일 수도 있다. 약간 빈정거리며 회의적인 태도를 보임으로써 어느 젊은이 안에 있는 많은 미래를 죽일 수도 있다. 곳곳에서 생명이 기다리며, 미래가 꽃핀다. 이 중에서 우리 눈에 보이는 건 늘 아주 작은 부분에 불과하며, 우리는 그중 많은 것들을 늘 짓밟는다. 우리는 어디서나 살인을 저지른다.

그러나 우리 모두는 인류와 관련하여 다만 한 가지 과제가 있다! 전체 인류를 진보시키거나, 제도를 개선하거나, 살인 제도를 폐지하는 등의 일은 굉장히 좋고 가치 있는 일이라 해도, 너와 내가 반드시 해야 할 일은 아니다. 인간으로서 우리의 과제는 우리 자신의 단 한 번뿐인 개인적인 삶 가운데 동물에서 인간으로 한 발 더 내딛는 것이다.

‡

어떤 상황에서든 살인은 인간 사이의 올바른 대결 방법이 아니라는 걸 당신은 오래전부터 알고 있을 것입니다. 따라서 문제는 다만 이것입니다. 당신은 애국이라는 이유로 살인을 강요받는 경우에 이를 거부할 커다란 용기가 있나요? 스스로 옳다고 깨달은 바를 위해 궁극적인 희생을 치를 수 있을지, 어떤 사람도 미리 확신할 수 없고, 말할 수도 없습니다. 어떤 사람도 그런 희생을 치를 의무가 있지는 않습니다. 다만 자신의 힘닿는 데까지 하면 될 것입니다. 유사시에 사람을 죽이라는 명령에 공개적으로 저항을 할 것인지, 아니면 아무 말 하지 않고 그냥 겉으로만 그 명령에 복종하는 척할 것인지는 그저 당신 자신의 내적 인도자가, 당신 자신의 감정과 양심이 결정할 일입니다. 우리는 이성과 도덕뿐 아니라, 우리 자신의 본성에도 귀 기울여야 합니다.

PREDIGER

　설교자가 "여러분 안의 목소리를 들으세요!"라고 말하면 많은 사람들이 그에게 질문하지. "네, 그런데 그 목소리가 대체 뭐라고 말하는데요? 설명 좀 해주세요!" 그러나 설교자는 설명할 수 없어. 그는 뻔한 목소리에 호소하는 것이 아니거든. 그는 말로, 또는 지폐와 동전으로 표현할 수 있는 의무를 수행하라고 요구하는 것이 아니라, 모두에게 자기 자신의 음성을 듣고, 그 음성의 요구에 대해 숙고할 것을 요청하는 것이란다.

　네가 내게 하는 질문을 다른 많은 사람들도 편지로 내게 질문한단다. "우리가 대체 무엇을 해야 하지요?" 그에 대해 나는 이렇게 말할 수밖에 없어. "난 그 질문에 답을 할 수 없어요! 우리는 당신의 양심이 어떠한지, 당신이 어느 정도 힘이 있는지 알지 못해요. 나는 당신에게 아무것도 요구하지 못해요. 아마 당신 자신만이 그 요구를 할 수 있을 겁니다." 그런 다음 자신의 내면의 음성을 깊이 들으면, 또한 길을 찾게 될 거야. 정확히 나 스스로도 2년 반 전부터 매일, 매주 그 길을 발견하고 또 새로이 찾고 있거든. 어떤 사람은 혼자서도 잘 해낼 것이고, 어떤 사람은 친구들과 함께 해나갈 것이고, 어떤 사람은 군복무를 거부할 거야……

　사람들은 병역 거부자들을 비웃지만, 나는 병역 거부는 이 시대의 가장 소중한 현상이라고 생각해. 물론 병역 거부자들마다 이유는 제각기 다르겠지만, 도덕적 이유에서 병역을 거부하는 사람들에게 민간 복무 기회를 주어야 한다는 목소리가 커지고 있어. 이런 제안은 현재로서는 통과되지 않겠지. 그러나 앞으로 그런 조치가 취해질 것이 확실해. 군인 세 명에, 민간 복무자 열 명이 되는 때가 올 거야. 그때에는 아주 자연스럽게 싸움꾼과 불한당들에게 전쟁을 위임하게 되겠지. 하지만 우선 많은 사람들이 마음을 굳게 먹고 일반 대중에 반대하여 이의를 제기하고 병역을 거부할 용기를 내지 않는 한, 이런 일들은 이루어지지 않을 거야.

모든 일이 그럴 거야. 사람들이 기꺼이 용감하게 목숨을 걸고 나서면 일은 관철될 거야. 1914년의 전쟁은 수십만의 자원자가 있었어. 1918년의 전쟁은 더 이상 자원자가 없었지.

ALLEIN

세상에는 이런 길, 저런 길

많이 있지만

목적지는 모두 다 동일하다네.

말을 타고 갈 수도, 차를 타고 갈 수도,

둘이서 갈 수도, 셋이서 갈 수도 있지만,

마지막 한 걸음은 오롯이 혼자서 가야 한다네.

그러기에 모든 어려운 일을 혼자 해내는 것보다

더 나은 지혜나 능력은 없다네.

Allein

Es führen über die Erde
Strassen und Wege viel,
Aber alle haben
Das selbe Ziel.

Du kannst reiten und fahren
Zu zweien und zu drei'n...
Den letzten Schritt musst du
Gehen allein.

Drum ist kein Wissen
Noch Können so gut
Als dass man alles Schwere
Alleine tut.

나는 목성의 부드러운 빛을 받으며 게자리에서 태어났다. 7월의 따뜻한 날, 초저녁이었다. 그 시간의 그 기온이란! 살아가면서 나는 무의식적으로 내내 이런 기온을 좋아했고, 이런 기온을 찾아다녔다! 이 정도의 따뜻함이 충족되지 않으면 굉장히 힘들어했다. 추운 곳에서는 살 수 없었다. 그래서 여행도 자발적으로 간 경우는 늘 남쪽으로 갔다. 내 부모님은 독실한 기독교 신자들이었다. 나는 부모님을 사랑했다. 어릴 적부터 네 번째 계명(여기서는 '네 부모를 공경하라'는 계명을 말한다—옮긴이)을 주입당하지 않았더라면 아마 더 많이 사랑했을 것이다. 그러나 계명들은 그것이 아무리 옳고 선한 뜻을 지닌다 해도 내게 늘 좋지 않게 다가왔다. 나는 태생이 양처럼 유순하고 비누거품처럼 여렸는데도, 종류를 막론하고 계명에 대해서는 ─특히나 청소년기에는─ 늘 거부감이 심했다. 그래서 "~하라(하지 말라)"라는 말만 들어도 내 안의 모든 것이 홀랑 뒤집어져, 마음이 턱 막혀버렸다. 이런 성향이 생긴 것은 학교 다닐 때 경험한 부정적인 일들 때문이라고 할 수 있다. 세계사라 불리는 그 재미있는 과목 시간에 선생님들은 우리에게 세계를 움직이고, 지배하고, 변화시켰던 건 언제나 전해 내려오는 법칙을 깨뜨리고 세계에 자신의 법칙을 부여한 사람들이었다고 가르쳐주었다. 그리고 그런 사람들은 정말 존경할 만하다고 말해주었다. 그런데 이런 말은 선생님들의 다른 모든 가르침과 마찬가지로 새빨간 거짓말이었다. 그도 그럴 것이 우리 중 하나가 좋은 뜻에서든 나쁜 뜻에서든, 용기를 내어 어떤 계율을 위반하려 하거나 멍청한 관습이나 의복 규정 하나라도 거스르려 하면, 그는 인정을 받거나 모범 학생으로 추천되기는커녕 벌 받고, 비웃음거리가 되고, 교사들의 비열한 위력에 짓눌림을 당했다. 다행히 나는 학교에 들어가기 전부터 삶에서 중요한 것과 가장 가치 있는 것이 무엇인지 알고 있었다. 나는 예민하고, 섬세하고, 깨어있는 감각을 가지고 있었고, 그 감각을 신뢰하고, 그 감각으로부터 많은 유익을 얻을 수 있었다. 나중에 형이상학의 유혹에 속절없이 굴복해, 내 감각을 등한시하고 간혹 고문하기까지 했을 때에도 섬세하게 훈련된 감각, 특히 시각과 청각은 늘 충실히 내게 남아, 내 정신세계에 ―그 정신세계가 추상적으로 보일 때에도 ― 생생한 영향을 미쳤다. 따라서 나는 이미 말했듯이 학교에 들어가기 한참 전부터 인생을 살아가기 위한 확실한 장비를 갖추고 있었던 것이다. 나는 내 고향 도시와 양계장, 숲, 과수원, 수공업자들의 작업장을 잘 알고 있었다. 나무와 새와 나비를 알고 있었고, 노래를 부를 줄 알았으며, 잇새로 휘파람을 불 줄 알았다. 그밖에도 살아가는 데 쓸모 있는 여러 가지 것을 할 줄 알았다. 학교에서 배우는 과목들 중에도 쉽고 재미있게 여겨지는 것들이 있었다. 특히 라틴어를 배우는 건 정말 즐거워서, 독일어로 시를 짓는 것만큼이나 빠르게 라틴어로도 시를 짓게 되었다. 처세술과 거짓말을 배운 건 2학년 때였다. 한 선생님과 보조 선생님 덕택에 이런 기술을 터득하게 되었는데, 그전까지 나는 어린애처럼 솔직하고 순진하게 행동하다가 연달아 어려움을 겪었던 터였다. 이 두 선생님은 교사들이 학생에게 바라는 것이 무조건 정직하게 사실을 말하는 것만이 아님을 깨우쳐주었다. 그들은 교실에서 일어난 불미스런 일을 두고 내가 범인이라 생각했다. 사실 나는 그 일에 아무런 책임이 없었는데 말이다. 내게서 자백을 받아내지 못하자, 사소한 사건은 크게 불거졌고, 그 두 교사는 나를 고문하고 매질했다. 물론 고문과 매질에도 내게서 바라던 자백은 나오지 않았고, 오히려 이 일로 인해 그간 선생님들이 꽤나 괜찮은 사람들이라고 믿었던 내 믿음만 송두리째 날아가고 말았다. 다행히 세월이 흐르면서 존경할만한 좋은 선생님들도 알게 되었다. 그러나 한번 입은 상처를 되돌릴 수는 없어서, 선생님들뿐 아니라, 모든 권위와 좋은 관계를 맺지 못했다. 학교에 들어가서 7~8년간, 나는 모범생이었다. 늘 반에서 가장 공부를 잘하는 축에 들었다. 고유한 인격으로 성장하기 위해 그 누구도 면제받을 수 없는 싸움들이 시작되면서, 나는 차츰 학교와도 갈등을 겪었다. 이십여 년이 지난 뒤에야, 그때 왜 그렇게 싸워야 했는지 이해할 수 있었지만, 당시에는 영문도 모른 채 그런 싸움을 했다. 의지와 상관없이, 나는 끔찍한 불행에 휘말렸다.

열세 살 때부터 내게 확실한 것 한 가지는 나는 문인이 되든가 아니면 아무것도 되고 싶지 않다는 것이었다. 그러나 이런 명확함에 점차적으로 또 다른 난처한 깨달음이 더해졌다.

사람은 교사, 목사, 의사, 수공업자, 상인, 집배원이 될 수 있었다. 음악가도, 화가도, 건축가도 될 수 있었다. 세상의 모든 직업에는 그것이 되는 길이 있었다. 뭔가가 되기 위해 갖추어야 할 조건이 있었고, 나와야 할 학교가 있었고, 초심자들을 위한 수업이 있었다. 그런데 문인만은 그런 것이 없었다! 물론 문인으로 살아갈 수는 있었다. 그것은 금지된 일도 아니고, 문인으로서 성공하고 유명해지는 것은 심지어 영예로운 일로 여겨졌다. 유감스럽게도 대부분은 사후에나 그렇게 되었지만 말이었다. 그러나 문인이 되고자 하는 것은 불가능했다. 문인이 되고자 한다는 건 우스운 것이고, 창피한 것이라는 걸 나는 곧 알게 되었다. 이런 상황이 무엇을 뜻하는지 나는 빠르게 알아차렸다. 문인이 될 수는 있지만, 그것이 되고자 해서는 안 되는 것이었다. 나아가 문학에 관심을 갖거나, 자신의 문학적 재능에 관심을 갖는 걸 학교 선생님들은 꽤나 못마땅해했다. 그런 학생은 미심쩍은 눈초리를 받거나, 비아냥의 대상이 되었고, 종종은 심한 모욕감을 느껴야 했다. 문인은 말하자면 영웅과 비슷했다. 강하거나 멋지고, 용기백배하고, 일상적이지 않은 인물들, 그리고 그런 노력들. 과거에 살았던 이런 인물들과 그들의 노력은 멋진 것으로, 모든 교과서가 그들을 칭송하는 내용으로 가득했다. 그러나 현재, 지금의 현실 속에서 그런 사람들과 그들의 노력은 미움을 받았다. 학교 선생님들은 학생들이 멋지고 자유로운 인간으로 성장하여, 위대하고 훌륭한 일을 하는 것을 최대한 저지하기 위해 훈련받기라도 한 것 같았다. 그렇게 나와 나의 면 목표 사이에 오직 심연만이 가로놓여 있는 듯했다. 모든 것이 불확실했고, 모든 것이 무가치해 보였다. 다만 한 가지, 그 길이 쉽든 어렵든, 가소롭게 여겨지든, 영예롭게 여겨지든 상관없이, 문인이 되고 싶다는 것 하나만큼은 분명했다. 이런 결심, 아니 이런 숙명이 이루어진 외적 경위는 다음과 같다. 열세 살 쯤, 앞서 말한 그 갈등이 막 시작되었을 때, 나는 집에서뿐 아니라 학교에서도 문제아로 찍혀 추방당하듯 다른 도시의 라틴어 학교로 보내졌다. 일 년 뒤에는 한 신학교의 학생이 되어 히브리어 철자 쓰는 법을 배우고, 히브리어 강세 규칙을 거의 파악할 즈음, 갑자기 속에서 밀려오는 격정을 주체하지 못해, 수도원 학교에서 도망쳤다가 감금되는 중벌을 받은 뒤, 신학교를 자퇴했다.

그 뒤 한동안 김나지움(중학교)에서 학업을 계속해 보려 애썼으나, 그곳 생활도 감금과 퇴학으로 끝났다. 이어 한 가게에 수습 점원으로 들어갔지만, 3일 만에 다시 도망쳐 나왔고, 며칠 밤낮을 종적을 감추어버리는 바람에 부모님께 큰 걱정을 끼쳤다. 그 뒤 6개월은 아버지의 조수로 있다가, 일 년 반 동안 기계를 다루는 작업장과 탑시계 공장에서 견습생으로 일했다.

하지만 모든 것이 순탄하지 않았다. 짧게 말해, 4년 동안 사람들이 내게 원하던 일들은 모두 어그러졌다. 어떤 학교도 나를 학생으로 데리고 있지 않으려 했고, 어떤 수습 일자리에서도 오래 견디지 못했다. 나를 쓸만한 인간으로 만들어 보려는 모든 시도는 실패로 끝났다. 소동을 일으키며 창피스럽게 끝난 적도 있었고, 도망가거나 쫓겨난 적도 있었다. 그러나 가는 곳마다 나는 재능이 많다는 소리를 들었다. 의지도 강하다고 했다! 또한 나는 늘 제법 부지런했다. 매번 빈둥거림을 높은 덕목으로 경탄하고 동경했지만, 한 번도 그 일을 잘 해낸 적은 없었다. 학교를 더 이상 다니지 못하게 된 열다섯 살에 나는 의식적이고 열정적으로 독학에 뛰어들었다. 집에 할아버지가 남긴 어마어마한 장서가 있다는 것은 나의 행운이자 기쁨이었다. 큰 방 가득 옛날 책들이 있었다. 무엇보다 18세기에 나온 독문학과 철학책은 죄다 있었다. 나는 열여섯 살에서 스무 살 사이에 엄청난 양의 습작을 했고, 세계 문학의 절반가량을 읽었으며, 예술사, 언어, 철학을 끈기 있게 공부했다. 일반적인 대학 공부를 마치기에도 충분할 정도의 노력이었다.

그런 다음 나는 드디어 스스로 밥벌이를 하기 위해 서점 직원이 되었다. 어쨌든 힘들게 만지던 나사와 톱니바퀴보다는 책이 더 좋고 친밀했으니 말이다. 처음에는 최신 문학에 잠기는 시간이, 정말이지 그런 문학들에 푹 빠져있는 시간이 너무나 황홀하고 즐거웠다. 하지만 한동안 시간이 흐른 뒤, 나는 깨달았다. 단순히 현재에 사로잡혀, 새로운 것과 최신의 것만으로 살아가는 삶은 정신적으로 견딜 수 없이 무의미하다는 것을! 과거의 유산과 지나간 것, 오래된 것, 아주 오래된 것과 계속 연결되어 있을 때 비로소 정신적으로 풍요로운 삶이 가능해진다는 것을! 그리하여 처음의 즐거움이 식어버린 뒤, 신문학에서 빠져나와 옛것으로 돌아가고 싶은 마음이 들었다. 나는 그 마음을 따라 고서점으로 자리를 옮겼다. 하지만 고서점에도 생계를 유지할 수 있을 만큼만 다녔고, 스물여섯에 문학적으로 첫 성공을 거둔 뒤에는 고서점 일도 그만두었다.

그렇게 많은 우여곡절을 겪으며 결국 나는 목표에 도달했다. 그리도 불가능하게 보였건만, 나는 문인이 되었고 세상과의 질기고 긴 싸움에서 승리한 것으로 보였다. 한때 거의 무너져 버릴 것만 같았던 학창시절과 독학시절의 고뇌는 잊혔고, 웃으며 돌아볼 수 있게 되었다. 지금까지 내게 절망하기만 했던 가족과 친구들도 내게 친절한 미소를 지어 보였다. 나는 승리했고, 이제 아무리 멍청하고 쓸데없는 짓을 해도 내가 나 스스로에게 매혹되어 있는 만큼이나 주변 사람들도 그런 행동을 매력적으로 보아주었다. 그제야 나는 내가 몇 년간 얼마나 몸서리치는 외로움과 고생과 위험 가운데 살았는지를 깨달았다. 인정받고 있다는 안온한 느낌은 기분이 좋았고, 나는 스스로에게 만족스러운 사람이 되기 시작했다.

나의 외적인 삶은 한동안 조용하고 순탄하게 지나갔다. 아내와 아이들과, 집과 정원이 생겼다. 책을 써서, 꽤나 괜찮은 작가로 평가받았고 세계는 평화로웠다.

그러다 1914년의 그 여름이 찾아왔고(1차 세계대전이 발발했던 여름―옮긴이), 세상은 내적으로나 외적으로나 완전히 달라져 버렸다. 지금까지 무탈해 보이던 삶이 굉장히 불안정한 토대 위에 있었음이 드러났고, 무탈하지 못한 날들이, 위대한 교육이 시작되었다. 대단한 시대가 열렸고, 내가 다른 사람들보다 더 준비된 상태로, 더 걸맞고 더 나은 상태로 그 시대와 조우했다고는 할 수 없다. 내가 다른 사람과 달랐던 것은 오직 한 가지, 다른 많은 이들이 공유했던 그 커다란 위안이 내겐 없었다는 점이다. 바로 그 시대에 열광하는 것 말이다. 그로써 나는 다시금 나 자신에게로, 세계와 불화하는 삶으로 돌아왔다. 나는 다시금 학교에 들어간 형국이 되었고, 나 자신에 대한, 세계에 대한 만족감을 다시금 잃어버렸다. 이런 경험과 더불어 비로소 삶으로 들어가는 문지방을 넘었다.

ALTERSWEISHEIT, SPOTT UND SCHELMEREI

할아버지에 관한 가장 생생하고 소중한 추억은 이것이다. 당시 나는 열다섯 살도 채 안 된 나이로, 마울브론 신학교에 다녔다. 그 학교는 수도회에 들어가거나, 학문을 하거나, 성직자가 되거나, 슈바벤 지방의 문단에 등용되기 위한 사다리의 가장 아래 칸에 해당하는 과정이었다. 그런데 그때 내 학창 시절의 가장 심각한 위기가 찾아왔고, 나는 속죄할 수 없고 이해받을 수 없는 죄를, 나와 나의 존경스런 가족들에게 치욕을 쌓아올리는 죄를 저지른 상태였다. 즉, 학교를 뛰쳐나가 온종일 숲을 헤매었고, 경찰에 신고되었으며, 섭씨 10도 남짓의 차가운 기온에 야외에서 밤을 지새우는 바람에 거의 죽을 뻔한 뒤, 병실과 학교 골방에 감금되어 있다가 방학

을 맞아 집으로 돌아온 참이었다. 신학교에서는 아직 최종적으로 퇴학 처리가 되지는 않았지만, 나의 학업은 구제불능의 위기에 처해있었다. 죄인이자 적으로 취급당하는 것, 즉 가까운 친척들로부터 그런 취급을 당하는 것보다 내가 무슨 끔찍한 전염병에 걸리기라도 한 듯, 사람들이 당황하고 조심스런 태도로 나를 슬슬 피하는 모습을 보는 것이 더 끔찍했다. 내가 고향으로 돌아와서 해야 했던 첫 번째 의무로서, 내게 가장 중요하고, 가장 어렵게 느껴졌던 것은 바로 존경하고 사랑하는, 그러나 동시에 너무나 두렵게 느껴지는 할아버지를 찾아뵙는 일이었다. 나는 부모님이 이 방문에 많은 기대를 걸고 있다는 걸 알았다. 그들이 존경하는 어른에게 제발 내 마음을 좀 속속들이 떠봐달라고, 그리고 내가 저지른 죄가 얼마나 크고, 후유증이 남는 것인지를 좀 분명히 해달라고 부탁했다는 걸 말이다. 할아버지에게로 가는 길, 그의 사랑스런 고택으로 들어가, 계단을 올라 높은 곳에 위치한 해가 잘 드는 그의 서재로 가는 길은 흡사 죄인이 재판관 앞으로 가는 길이나 다름없었다. 현관에서 이어지는 커다란 앞방에는 늘 그렇듯 수백, 수천 권의 책들이 꽂혀있었다. 그때 이미 나는 그 책들에 어마어마하게 끌렸고, 나중에 그중 많은 책을 읽게 될 것이었다. 방은 어스름하고, 적막이 흘렀다. 단 하나뿐인 창을 통해 뒷집의 벽이 보였다. 햇살을 받아 밝게 빛나는 벽에는 다락방 창문이 나있었고, 창문 위에는 작달막한 도르래 바퀴가 비스듬히 힘겹게 매달려 있었다. 땔나무를 위층으로 들어올리는 장치였다. 할아버지 집의 모든 것이 내 마음을 짓눌렀다. 책장 맨 아래 칸에 칙칙하고 엄숙하게 큰 판형의 책도, 길게 주르륵 꽂힌 잡지들의 빛바랜 제목들이 보여주는 정확한 간격도, 가죽 제본한 책이 반사하는 은은한 금빛도, 이 모두가 이런 운명의 시간에 초현실적이고 함축적으로 나를 압박해왔다. 모든 것이 이곳은 질서와 청결, 합법의 세계임을 말해주었다. 이 세계에서 멀어져 스스로 헤매기 위해 나는 이미 첫 번째 치명적인 행보를 저질렀다. 그리고 여기서 바로 그런 행보를 해명해야 하는 것이다.

나는 두려운 마음으로 성소로 들어갔다. 할아버지 서재에선 시가 연기 냄새, 종이 냄새, 잉크 냄새가 났다. 여러 언어로 된 책, 잡지, 원고가 쌓인 책상에 햇살이 일렁였다. 내 맞은편으로 창문과 해를 등지고 할아버지가 앉아있었다. 햇살에 반짝이는 연기구름 속에서 낡은 장의자 위에 앉아 집필 작업을 하던 할아버지는 천천히 고개를 들었다. 나는 조용히 인사를 하며, 손을 내밀어 할아버지와 악수를 했다. 심문당하고, 판단당하고, 책망당할 대비를 단단히 한 채로. 그때 하얀 구레나룻 사이로 여러 나라 말을 할 줄 아는 할아버지의 입에 살짝 미소가 스치는 것이 보였다. 할아버지의 밝은 파란색 눈은 그보다 더 많이 웃고 있었다. 그러자 급격히 긴장이 누그러지기 시작했다. 잔뜩 겁을 집어먹었던 나는 이곳에서는 판단이나 처벌이 아닌, 노인의 지혜와 인내심, 이해가 약간의 장난기와 놀림과 합해져 나를 기다린다는 것을 느꼈다. 그때 할아버지가 입을 열어 말했다. "그래. 헤르만 왔구나? 너 요즘 게니라이즈 같은 거 하고 다닌다며."

'게니라이즈'(Geniereise: Genie[천재] + Reise[여행]라는 단어의 합성어)!! 이것은 약 50년 전 튀빙겐 대학생들 사이에서 유행했던 일탈 행위, 즉 만용과 반항, 절망을 품고 마구 휘젓고 돌아다니며 모험을 하던 특별한 행태를 일컫는 말이었다. 그리고 여러 해 뒤에 비로소 나는 알았다. 기독교인이자 학자로 유명했던 할아버지도 한때 위험한 분위기에 휩쓸려 그런 게니라이즈를 한 적이 있다는 걸 말이다.

Es geschieht ja alles zu meinem Besten!

헤르만 헤세는 1892년 열네 살의 나이에 마울브론의 신학교에서 뛰쳐나왔고 3개월 뒤에 자살시도를 했다. '그에게서 고집의 마귀를 몰아내려는' 부모님, 친분이 있는 신학자들의 노력이 헛수고로 끝난 뒤, 헤세는 1892년 6월 말에 렘스탈의 슈테텐 정신병원에 보내졌다. 3개월간 그곳에 머물며 막 열다섯이 된 헤르만 헤세는 부모님께 여러 번 편지를 썼다. 어떤 형태로건 외부에서 자신의 인생을 좌지우지하려 하는 명령들에 크게 반발하고 있다는 점에서 독일 작가들의 서간 문학과 맥을 같이하는 편지들이다.

1892년 9월 11일, 슈테텐

모든 싸움질은 대개 당사자는 공감을 바라는데 실상은 완전히 서로 다른 의견이 충돌하기 때문에 일어나는 것 아니겠어요. 부모님은 내가 병원에서 이런 비참한 생활을 하고 나면 더 나은 삶을 살 수 있게 될 거라고 보시겠죠. 하지만 내 생각은 완전히 다르답니다. 그래서 난 차라리 아예 생명을 송두리째 버려버리거나, 아니면 기왕 사는 것 좀 사는 것답게 살고 싶어요. 아버지는 슈테텐이 '최고의' 장소라고 말해요. 내가 여기 갇혀있으면, 부모님이 나를 안전하게 떼어놓을 수 있기 때문이겠죠. 오, 맙소사 믿어주세요. 내가 이렇게 차갑게 말하는 건 그렇게 해야 내가 기분 좋고, 내 마음이 흡족해지기 때문이 아니에요. 전혀 그렇지 않아요. 나는 영원한 봄을 잃어버려서 너무나 마음이 아파요. 향수병이에요. 그러나 칼프에 대한 향수병이 아니라, 진실된 것에 대한 그리움이랍니다. 하지만 지금 나는 이런 삶과 활동, 희망과 사랑이 그저 망상으로 보일 뿐이에요. 그저 감정으로 보일 뿐. 투르게네프의 말처럼 '안개, 안개'일 뿐이에요! 몇 달 전에 지금 나의 삶을 상상해 봤더라면, 이런 삶을 불가능한 악몽쯤으로 여겼을 거예요. 차갑고, 반쯤은 현학적이고, 반쯤은 세상 물정에 밝은 목사님과 그의 설교들, 개념 없는 간호인들, 혐오스런 얼굴과 매너를 가진 환자들 등등, 정말 죄다 싫어요. 이곳은 젊은이에게 이 세상에 산다는 게 정말 얼마나 비참한지를 보여주려고 존재하는 것만 같아요. 난 늘 좋은 음악이나 좋은 시 같은 것을 좋아했는데! 여기에 그런 것들은 흔적도 없어요. 그냥 벌거벗은, 칠흑같이 깜깜한 산문뿐이죠. 내가 만약 여기서 자랐더라면 달랐을 거예요. 고치에서 빠져나온 나비처럼 훗날에 태양을 즐거워할 수 있었겠지요. 하지만 나는 이미 태양을 알아요. 나를 이곳에 가두는 것은 이미 고치를 빠져나온 나비를 다시 가두고 있는 형국이에요! 하지만 이런 말을 해봐야 무슨 소용이 있겠어요. 어머니 아버지는 슈테텐에 있지 않고 칼프에 있는데요. 그리고 나는 칼프에 있지 않고 슈테텐에 있고요. 부모님은 나와는 다른 공기를 호흡하고 있어요. '슈테텐의 헤르만'은 부모님에게 낯설 거예요. 부모님의 아들이 아니랍니다.

난 정원 일이 싫어요. 여기에 머물게 된 이래로 나는 처음에 몇 번 정도 정원에 나갔어요. 매일 가야 '했는데도' 말이에요. "나의 아버지가 나를 슈테텐에 보낸 건 일을 부려먹을 수가 없어서다"라고 해버리면 끝이에요. 다만 다른 곳에 갈 수는 없기에, 정원에 앉아 나 자신이 불쌍해서 눈물지어요. 속으로 감독관을 비웃으면서 말이에요. 나는 감독관의 말을 듣지 않아요. 감독관이 내가 정원에서 일하지 않거나, 리비우스를 공부하지 않는다는 걸 알면, 내게 먹을 것을 거의 주지 않기도 해요. 방에 가둬버리겠다고 위협할 수도 있어요. 그러고도 남아요.

나는 마지막 남은 힘을 다해, 내가 그냥 당겨서 사용하면 되는 기계가 아니라는 걸 보여줄 거예요. 사람들은 나를 억지로 기차에 앉혀, 슈테텐으로 데려왔어요. 나는 이곳에 있고, 세상을 성가시게 하지 않아요. 슈테텐은 세상 밖에 있으니까요. 그리고 나는 나의 네 벽 안에서 나의 주인이에요. 나는 복종하지 않고, 앞으로도 복종하지 않을 거예요.

감독관이 그것을 안다면, 아마 험악하게 들이닥칠지도 몰라요. 나는 학대당할 거예요. 그래요. 그래도 그분들은 모든 것이 다 내게 가장 좋게 해주려는 것이라네요!

자연은 나를 부모님의 집, 가족을 위한 존재로 만들지 않았어요. 하지만 그렇다고 부모님은 포자(《돈 카를로스》에 나오는)처럼 이렇게 말해서는 안 돼요.

"네가 너 외에 아무도 사랑하지 않게 된 이래로 넌 너무 불쌍해. 정말 얼마나 불쌍하게 되었는지 몰라."

나는 이런 말을 들을 만하지 않아요. 물론 나는 모든 사람처럼 나 스스로를 사랑해요. 그러나 내가 여기에 살 수 없는 것은 나를 사랑하기 때문이 아니라, 인간으로서 목표하는 바를 이루기 위해서는 다른 공기가 필요하기 때문이에요. 부모님은 내가 모든 것을 객관적으로 설명하려고 노력하고 있다는 걸, 그리고 미리감치 모든 이의를 불식시키려 하고 있다는 걸 아실 거예요. 결국 나는 한 가지 선택을 원하니까요. 부모님이 그렇게 말하면, 난 부모님이 낯설게 느껴질 거예요. 나는 살 수 있고 해낼 수 있어요. 아버지가 부지기수로 "우리가 너한테 좋게 해주려는 거 알지?"라고 말하는 게 내게 무슨 도움이 되나요? 그런 말은 하등의 쓸모가 없어요. 나는 여기 말고, 다른 사람들 사이에 있어야 해요. 줄리어스의 말을 빌리자면 이래요. "내 마음은 철학을 찾아 헤맸고, 상상은 자신의 꿈들을 내어보냈다. 내게 가장 뜨거운 꿈은 진실된 꿈이었다. 나는 정신의 법칙을 탐구한다. 그러나 그런 법칙들이 정말로 존재한다는 걸 증명하는 걸 잊어버린다. 물질주의의 대담한 공격이 나의 창조를 무너뜨린다."

내가 "너는 해야 한다(shall)" 또는 "너는 해야 할 것이다 (should)"라고 말하면, 물질주의는 "너는 반드시 해야 한다 (must)"면서 어쩌고저쩌고 해요. 그래요. 가장 물질주의적인 물질주의가 이곳에 있어요. 이곳에선 공기조차도 더 물질적 인 것 같아요. 이곳에는 희망, 믿음이 없어요. 사랑하고 사랑 받는 것도 없어요. 어떤 이상도, 아름다운 것도, 미학적인 것 도 없어요. 예술도 없고, 감성도 없어요. 일과 먹거리를 넘어 서는 모든 것은 이곳을 버티지 못해요. 약간이라도 고차원적 인 것이 아무것도 없어요. 지금의 윗사람보다 더 커다란 권 력은 없고, 외부의 명령 외에는 아무런 동기가 없어요. 한마 디로 말해서 이곳에는 정신(spirit)이 없어요. 이곳에는 감각 적으로 고상한 것이 전혀 없어요. 몇몇 귀족조차 이곳에 모 인 감각 없는 프롤레타리아의 일부예요. 나는 물론 이곳 사 람들과 정치를 논할 생각은 없어요. 하지만 그냥 일상적 대 화, 사적 대화도 안 돼요. 환자들이 뭘 모르는 것처럼 보였 고, 지금도 어느 정도 그렇게 보인다고 하여 이런 가련한 사 람들보다 고상한 척하는 건 두 배로 위험해요. 서툰 모략을 실행할 수 없을 만큼 멍청한 사람은 드무니까요.

내가 이 편지를 쓰는 동안, 나는 전혀 흥분해있지 않습니다.

그건 내 간호인도 확인해 줄 수 있어요. 간호인은 이 편지에 대해 약간은 알고 있거든요. 아무튼 나는 이 편지에서 객관적이고 단도직입적으로 상황을 설명하고자 해요. 그리고 나는 이제 단지 인간으로서 묻고 싶어요(내가 열다섯 살밖에 안 된다고 해도, 나 역시 부모님과 독립적으로 어엿한 나의 견해가 있으니까요). 신경이 조금 약한 것 외에 상당히 건강한 젊은이를 '정신박약자들과 간질 환자를 위한 의료 시설'에 집어넣는 것이 옳은가요? 그리하여 그 젊은이에게서 위압적으로 사랑과 정의에 대한 믿음과 신에 대한 믿음을 박탈하는 것이 옳은가요? 처음 슈테텐에서 돌아갔을 때 내가 다시금 살려고 애썼던 걸, 그리고 이제 상당히 치유된 지금 내적으로는 그 어느 때보다 병들어 있다는 걸 아시나요? 그런 사람이 목에 맷돌을 매고 깊은 바다에 빠져들어가는 형국인데, 그것이 더 나을까요?

부모님이 이런 내용을 읽으며 웃을지, 경악할지 모르겠어요. 하지만 어쨌든 나로서는 너무나 진지하게 드리는 말씀이에요. 이상적이긴 하지만, 인간적인 관점에서 여쭤보는 거예요. 부모님이 보시기엔 뻔뻔하게 보일지도 모르겠어요. 하지만 내가 먼저 세 번의 편지에서 행간에 담아 말씀드린 내용을 부모님은 아마 의도적으로 그냥 못 알아듣는 척하셨어요. 그래서 이 네 번째 편지에서 나는 분명히 말씀드리려고 해요. 명확함이 편지를 쓸 때 가장 중요한 조건이라 여기기 때문이죠. 부모님은 '넌 책임지지 않아도 되지 않니'라고 말씀하실지도 몰라요. 하지만 나는 피해를 보고 있어요. 나는 그저 중간에 끼어있으니, 스스로 뭔가 도모를 해야 할 것 같아요. 부모님은 '경건한' 사람들로서 이렇게 말해요. "아주 간단해. 우리는 부모고 넌 자녀야. 그것으로 끝이야. 우리가 좋다고 말하는 건 좋은 거고, 그것이 자녀도 원하는 걸 거야." 하지만 나는 나의 관점에서 말씀드려요. "나는 인간이고 쉴러의 말마따나 '인격'이에요. 나를 배출한 것은 다만 자연 (조물주)일 뿐. 그리고 자연은 나를 결코 나쁘게 대하지 않았어요. 나는 인간이고 자연 앞에서 보편적인 인권을 진지하고 거룩하게 요구해요. 아울러 특별한 인권도요." 이렇게 주장하고 싶네요. 우리의 본래적인 권리는 어떤 공로로 인해 주어지는 것이 아니라고 말이에요. 우리의 권리는 다만 자연에게서 와요. 자연이 그 권리를 갖도록 했어요. 내가 듣기에도 좀 이상하긴 하지만, 난 이렇게 말하고 싶어요. 나는 자연으로부터 결코 정신박약자들과 간질환자들 사이에서 살 권리를 부여받지 않았다고요.

하지만 부모님은 미성년자의 의견이나, 미성년자의 인권 따위 중요하게 생각하지 않는다는 걸 알아요. 그저 단순한 이유에서 부모님의 의견만 내세울 뿐이죠.

또 한 가지 이야기하고 싶은 것은 나는 외적으로 그 어느 때보다 더 건강하다는 거예요. 나는 숙면을 취하고 있고, 식욕도 충천하고, 힘도 있어요. 두통과 구역질은 오래전에 사라졌어요. 정신노동은 거의 힘이 들지 않아요. 나는 마울브론에 있을 때보다 키가 4센티미터 더 컸고, 몸무게도 16파운드 늘었어요. 아버지가 나를 이해한다고 생각할지 몰라도, 내 눈에는 그런 것 같지 않아요. 우리는 연달아 편지를 써요. 편지마다 같은 내용이 담겨 있고, 또 편지마다 약간 다른 내용이 담겨 있지요!

여하튼 신경이 좀 예민하지만 그밖에는 아주 건강하며, 학교에도 다녔던 열다섯 살의 청소년에게 이 드넓은 세상에서 렘스탈의 슈테텐 성 29번방 외에는 있을 곳이 아무데도 없다는 것은 정말정말 이상한 일이에요. 내가 돈이 더 많거나, 인간적으로 친분이 있는 사람들이 많다면, 나는 이 모든 것을 술집을 드나들며 잊어버렸을 거예요. 아들을 너무나 좋아하는 부모의 사랑이 아들을 그리로 보내어, 아들은 사교 모임에서 멋진 오후를 보냈을 거예요.

이곳에서는 모든 이상, 모든 사랑이 모독당하고, 오해받고, 웃음거리가 돼요. 부모님은 내 인생이 아직 창창하다고 말해요. 물론이죠. 그러나 청소년기는 모든 것이 시작되는 기초예요. 아직 선악에 민감하죠. 아, 하지만 나는 잊어버려요. 부모님은 다른 사람이라는 걸, 동상처럼 흠결이 없지만, 동상처럼 죽어있다는 걸 말이에요. 그래요. 부모님은 흠없는 유대인 니고데모처럼 진실되고 경건한 분들이에요. 부모님은 다른 소망, 다른 세계관, 다른 견해, 다른 이상을 가지고 계시고, 다른 것에서 자신들의 만족을 찾아요. 그리고 이 생과 저 생에 다른 기대를 품고 계세요. 부모님은 기독교인이니까요. 그러나 난 그저 인간일 뿐. 나는 자연이 만들어 낸 불행한 소산이에요. 불행의 싹이 내 자신 안에 놓여있어요. 나는 포자가 돈 카를로스에게 하듯이 내 자신에게 이렇게 말할 수 있어요.

"오, 그 착상은 유치했지만, 신적으로 아름다웠지. 이런 꿈들은 지나갔다네."

나는 편지를 계속하지만, 스스로도 왜 쓰는지 모르겠어요.

부모님이 내 내면을 들여다보신다면 이 깜깜한 굴속을, 빛의

점 단 하나가 지옥처럼 작열하며 타오르는 이 내면을 들여다보신다면, 부모님은 내게 죽음을 빌어주고 죽음을 허락할 거예요. 내 앞에 리비우스가 놓여있어요. 나는 그것을 공부해야 하는데 할 수가 없어요! 리비우스를 사전과 함께, 이 모든 정신병원, 볼, 칼프, 미래, 현재, 과거와 함께 불속으로 던져넣고 나도 뛰어들고 싶어요.

나는 도망가고 싶어요. 그러나 이 추운 가을에 돈도 없고, 목적지도 없이 어디로 갈까요? 지방 경찰관들이 누비는 땅에서 어디로? 차라리 혁명이라도 일어나고, 콜레라가 엄습하면 좋겠어요. 일반적인 불행이 만연한 속에서 소자는 조용히 죽을 수 있으니까요.

볼에서 나는 우선 웃는 것을, 그리고 우는 것을 배웠어요. 슈테텐에서도 배운 게 있어요. 바로 욕하는 것. 그래요. 나는 이제 욕설과 저주를 퍼부을 수 있어요! 무엇보다 나 자신과 슈테텐에 저주를 퍼붓고, 그다음 일가 친척들, 혐오스런 꿈, 세상의 광기, 하나님, 행복과 불행을 저주하죠. 제게 편지를 쓰려거든, 부디 부모님의 그리스도를 언급하지 말아주세요. 그리스도의 이름은 여기서도 충분히 떠벌려지고 있으니까요. '그리스도와 사랑, 하나님과 구원' 등등의 말들이 모든 장소에 구석구석마다 쓰여 있어요. 그리고 그 사이에 미움과 적대감이 가득하지요. 나는 돌아가신 '그리스도'의 영이, 유대인 예수의 영이 자신이 야기하는 일들을 본다면, 눈물을 뚝뚝 흘릴 거라고 생각해요. 나는 인간일 뿐이에요. 예수님도 그랬던 것처럼요. 그리고 예수님처럼 이상과 현실적인 삶 사이의 괴리를 봐요. 하지만 나는 그 유대인 예수처럼 그렇게 인내심이 많지 않답니다.

안녕히 계세요!

AN DEN VATER

1892년 9월 14일 슈테텐

존경하는 아버지께!

아버지가 무슨 부탁이든 들어주시려는 분위기를 내비치시므로, 아버지께 7마르크 또는 그냥 권총 한 자루를 보내주시기를 부탁드립니다. 아버지가 나를 절망으로 몰아넣으신 뒤 아버지는 기꺼이 내가 이런 절망에서 벗어나기를, 아버지가 나 같은 귀찮은 아들에게서 자유로워졌으면 하실 거예요. 사실 나는 이미 6월에 뒈져버렸어야 했어요.

아버지는 이렇게 쓰셨죠. 우리는 네가 슈테텐에 대해 험담을 한다고 너를 '끔찍하게 비난'하지는 않겠다. 이런 말은 도무지 이해가 가지 않아요. 염세주의자에게 욕할 권리를 빼앗아서는 안 돼요. 그것이 그의 처음이자 마지막 권리이기 때문이죠.

'아버지'라는 단어는 참으로 기이한 말이에요. 나는 이 말을 이해하지 못하는 것 같아요. 사랑할 수 있고, 사랑하는, 정말 진심으로 사랑하는 사람을 아버지라고 불러야 할 거예요. 그런 사람이 내게 있으면 얼마나 좋을까! 아버지가 내게 조언을 해줄 수 없을까요? 과거에는 도망치는 것이 쉬웠다죠. 지금은 티켓이나 증명서 없이 도망치는 것은 어려워요. 나는 열다섯 살이고, 힘이 세어요. 무대 일을 도우며 살 수 있을까요?

샬 선생님과는 협의하고 싶지 않아요. 그 무정한 작자는 정말 혐오스러워요. 죽여버리고 싶어요. 그는 내게 가족을 허락하지 않아요. 아버지나 다른 사람들이나 마찬가지예요.

나와 아버지의 관계는 점점 더 긴장이 팽팽해지는 것 같아요. 내가 인간이 아니고, 독실한 체하는 신자라면, 내 모든 특성과 성향을 정반대로 바꾼다면, 아버지와 사이가 좋을 수 있을 텐데요. 하지만 나는 결코 그렇게 살 수 없고 그렇게 살지도 않을 거예요. 그리고 내가 범죄를 저지른다면, 그건 바로 아버지 책임입니다, 헤세 씨. 당신이 내게서 삶의 기쁨을 앗아가 버렸으니까요. 나는 '사랑스런 헤르만'에서 다른 사람이 되어버렸어요. 세상을 미워하는 사람, 고아, '부모'가 살아있는 고아가 되었어요.

'사랑하는 헤르만'이라고 호칭하지 마세요. 그건 야비한 거짓말이니까요.

오늘 감독관을 두 번 만났어요. 나는 그의 명령을 따르지 않았고요. 나는 이 불행이 결코 오래 계속되지 않기를 바라요. 단지 무정부주의자들만 있다면 얼마나 좋을까!

슈테텐 교도소에 수감된 H. 헤세

*제가 '벌로' 슈테텐에 있는 게 아니라죠. 나는 이 일에서 누가 정신박약인지를 생각하기 시작했습니다. 그나저나 아버지가 간혹 슈테텐에 와주시기를 바랍니다.

‡

이어 1892년 11월, 아버지는 헤르만을 칸슈타트의 김나지움에 들여보낸다. 헤르만은 그곳에서 일 년 남짓 있다가 7학년 수료 자격시험을 치른 뒤 다시금 그곳을 떠난다. 헤르만의 아버지는 에슬링겐의 한 서적업자와 헤르만을 위해 고용계약을 맺는데, 이 계약은 이틀 뒤에 무효가 된다. 헤르만 헤세가 서점 일을 포기하고, 슈투트가르트로 달아났기 때문이다. 아버지는 슈투트가르트에 있던 헤르만을 집으로 데려온다. 다시금 병원에서 진단을 받은 뒤 헤르만 헤세는 부모님 집에 머무르며, 아버지가 시키는 일들을 하고, 1894년 봄에 아버지에게 다음과 같은 편지를 쓴다.

불필요한 흥분을 피하기 위해 번거롭지만 글로 씁니다. 유감스럽게도 우리 두 사람은 서로 대화가 안 되는 경우가 너무 많았으니까요. 우리 둘은 걸핏하면 핏대를 올렸죠. 견해와 원칙이 너무나 다르니까요. 자, 본론을 말씀드릴게요!
세미나는 내 마음에 들지 않았어요. 칸슈타트와 에슬링겐에서처럼요. 내가 늘 즉흥적으로 달아나버리는 것을 부모님은 병적으로 여겼죠. 물론 그런 행동은 옳은 일은 아니었어요. 하지만 나는 부모님이 내게 바라는 모든 것이 내키지가 않고, 힘도, 용기도 나지 않았어요. 나는 공부든 일이든 간에 전혀 흥미가 없는 걸 매시간 기계적으로 해야 할 때면, 정말 진절머리가 나요.

나는 늘 자유 시간을 개인적으로 공부하는 데 썼어요. 부모님은 그걸 돈벌이가 되지 않는 기술이라는 식으로 말했지만, 나는 이걸로 먹고 살 수 있기를 바라고 있어요. 나는 결코 내 의도와 소망을 부모님께 털어놓을 용기가 없었어요. 내가 바라는 것이 늘 부모님의 의도와 원하는 바와 일치하지 않는다는 걸 알았기 때문이죠. 그래서 우리는 계속해서 점점 더 어긋나기만 했어요. 나는 부모님이 시키는 대로 서점 일을 해봤어요. 이 일에 단 하나라도 애를 쓸만한 마음에 드는 면이 있었다면, 좀 더 의지력을 발휘했을 텐데……. 하지만 정말 구역질이 났어요. 이제 결정이 필요해요. 나는 아버지가 슈테텐, 크리쇼나 같은 곳을 생각한다는 걸 알아요. 따라서 제 속마음을 털어놓을게요. 지금까지 부모님의 계획 중 하나도 잘된 것이 없잖아요. 그러므로 정신병원에 가거나, 아니면 정원사나 목수가 되기 전에, 일단 내가 하고 싶은 걸 한 번이라도 시도해 보면 안 될까요? 나의 부탁은 이것이에요. 나는 아버지가 이런 면에서 정확한 걸 좋아한다는 걸 알고 있어요.

나는 내가 개인적으로 공부한 것을 바탕으로 생활비를 벌어보고 싶어요. 처음에는 약간 친숙한 지역에서 시작해 보려

해요. 칸스타트, 에슬링겐, 슈튜트가르트에서 말이에요. 하지만 경찰에게 제출할 서류가 필요하고, 처음에는 약간의 돈도 필요해요. 돈이 없이는 에슬링겐 같은 곳에 갈 수도 없거니와, 첫날에 상황이 좋지 않으면 꼬박 굶어야 할 테니까요. 따라서 시작하려면 누군가의 도움이 필요해요. 곧, 약간의 돈벌이를 하기를 바라고 있어요. 따라서 단도직입적으로 말하자면 아버지께 (최소한 상인이나 그와 비슷한 것이 되려면 1000마르크는 들 것 아니에요. 1000마르크 대신) 내게 자유를 허락해 주시길 부탁해요. 즉, 내가 필요한 서류를 마련하도록 도와주시고, 첫 출발을 위해 약간의 돈을 주세요. 그리고 속옷이나 구두 수선 같은 것은 당분간 아버지의 도움을 좀 받게 해주세요.

아버지는 나를 위해 돈을 많이 쓰셨어요. 나와 관련한 아버지의 계획을 실현하기 위해 지출하신 거죠. 이제는 내게 한번 기회를 주세요. 내 자신의 계획이 실용적 가치를 지니는지 한번 시험해 볼 수 있게끔 돈을 약간만 좀 지원해 주지 않으시겠어요? 그러고 나서 내 일이 잘되면, 더더욱 좋지 않나요? 잘 안되면, 내 소망이 가치없다는 것이 증명되는 것이고, 다시는 정신병원에 들어가지 않고, 내 맘대로 하겠다고 고집 피우지 않을게요.

헤르만

또 다시 치료시설에 격리되는 일은 일어나지 않았다. 열여섯 살이 된 헤르만이 1894년 초 (15개월간) 칼프의 탑시계 공장에 실습생으로 들어가기로 결정했기 때문이다.

‡

인간은 예측할 수 없고, 속을 알 수 없으며, 위험한 존재다. 자연이 창조한 그대로의 인간은 그러하다. 인간은 미지의 산들에서 발원하는 강이요, 길도, 질서도 없는 원시림이다. 원시림을 벌목하고 정리하여 강압적으로 제한하는 것처럼, 학교는 자연 그대로의 인간을 깨뜨리고, 정복하고, 강압적으로 제한해야 한다. 학교의 과제는 정부가 승인한 원칙에 따라 인간을 사회의 유용한 구성원으로 만들고 인간 속에서 적성을 일깨우는 것이다. 그런 다음 세심한 병영 훈련이 이렇게 일깨워진 적성을 완전히 연마시킨다. 그 일을 영광스레 마무리하는 것이다.

한창 청소년 특유의 반항이 시작되는 시기에 조숙한 소년에게서 나타나는 이상한 태도만큼 교사들이 두려워하는 것은 없다. 천재와 교사들 사이에는 예로부터 깊은 간극이 놓여 있었다. 천재들이 학교에서 보여주는 모습은 교사들에겐 불쾌 그 자체다. 교사들에게 천재는 자신들에게 존경을 표하지 않는 버릇없고 나쁜 놈들이다. 열네 살에 담배를 피우기 시작하고, 열다섯 살에 연애질을 하고, 열여섯에 술집에 드나들고, 세상에! 금지된 책을 읽질 않나, 당돌한 내용의 작문을 쓰질 않나, 때로 조소하는 표정으로 교사들을 응시하질 않나. 교무 수첩에 선동자와 감금형 후보로 기입되는 인물들이 그들이다. 교사는 자기 반에 천재 한 명을 데리고 있느니, 바보 몇 명을 데리고 있는 걸 더 좋아한다. 정확히 볼 때, 맞는 판단이다. 교사의 임무는 정신적으로 뛰어난 인물을 양성하는 것이 아니라, 라틴어를 잘하고 산수를 잘하는 건실한 소시민을 키우는 것이기 때문이다. 그러나 둘 중 한쪽이 상대로 인해 더 힘들어지고 고통받을 때, 교사가 아이로 인해 그렇게 되든, 아이가 교사로 인해 그렇게 되든 간에, 둘 중 누가 더 폭군이고 누가 더 골칫거리인지, 둘 중에 누가 더 상대의 영혼과 삶을 망치고 욕보이는지는 알기가 쉽지 않다. 분노와 수치심을 가지고 자신의 청소년기를 돌아보지 않으면 알 수가 없다. 하지만 이것은 우리가 할 일은 아니다. 우리에게 위로가 되는 것은 진정한 천재들의 경우 거의는 늘 상처가 아문다는 것과 학창시절을 힘들게 보냈을지라도 자신들의 좋은 작품을 내놓는다는 것이다. 나중에 그들이 세상을 떠나, 시간적 거리에서 비롯된 유쾌한 후광이 그들을 감싸면, 이제 차세대 교사들은 학생들에게 그들의 작품을 걸작으로, 고귀한 모범으로 소개한다. 규율과 정신 간의 투쟁은 학교마다 예외 없이 되풀이되며, 국가와 학교가 매년 등장하는 몇몇 더 심오하고 소중한 인재들을 정신적으로 싹부터 자르고자 숨 가쁘게 애쓰는 것을 누누이 보게 된다. 무엇보다 교사들의 미움을 받고, 종종 벌을 받고, 도망가고 쫓겨난 이들이 나중에 우리 민족의 보물을 더 풍성하게 하는 것을 본다. 그러나 그중 여럿은 남몰래 반항하다가 지쳐서 사위어 버린다. 얼마나 많은 수가 그렇게 되는지 누가 알겠는가?

젊은이들은 내 글에서 개성을 부추기는 면을 발견하는 반면, 교사들은 정반대로 젊은 영혼들을 가능하면 평범하고 획일화된 존재로 만들고자 한다. 물론 옳은 일이고, 이해할 수 있는 일이다. 두 기능, 내가 개인주의로 인도하는 기능과 학교의 일반화시키는 기능은 필수적이며, 서로 보완되어야 한다.

들숨과 날숨처럼, 모든 양극성을 띤 과정처럼 함께 가야 한다. 이를 이해하고, 저항을 해야 하는 경우에도 적대자와 사랑으로 하나 되는 것이 바로 지혜와 경외심과 경건이다. 오늘날 다른 사람들과 마찬가지로, 교사들에게도 이런 자질이 부족한 경우가 많다. 세상은 오랜 시간 세상을 단순화하려는 사람들의 손에 좌지우지되고 있다. 이 세상을 언제쯤 회복할 수 있을까. 아마도 우리가 1914년 1차대전이 일어나면서부터 시작된 파국이 끝나야 가능하려나.

ABSTECHER IN DEN SCHWIMMSPORT

한 문인이 이삼십 년간 애를 써서 친구도 많이 얻고, 적도 많이 얻었다는 건 어떤 의미일까? 그건 그가 이제 온갖 영예를 과분하게 누리고, 투고한 시를 늘 예의 바른 유감의 말과 함께 돌려보내던 언론사 편집국에서 고등학교 교사들을 동원해 그에 대해 긴 기사를 쓰는 것을 보게 된다는 뜻만은 아니다. 그렇다. 그에 그치지 않고 그는 대중들의 목소리도 직접적으로 듣게 된다. 매일 아침 우체부가 한 뭉치의 편지와 소포를 들고 오고, 그는 그런 우편물을 통해 자신의 노력이 헛되지 않았음을 깨닫는다. 수많은 젊은 동료들의 원고와 첫 책들을 읽게 되는 영예를 누리며, 예전에 함께 일하자고 해놓고는 계속해서 시들을 돌려보내던 편집국에서 이제 긴급하게,

종종은 전보까지 보내어 국제연맹, 혹은 행글라이더 스포츠의 미래에 대해 신문 문예란에 실을 글을 좀 써달라고 요청을 해온다. 젊은 여성 독자들은 사진을 좀 보내달라고 하고, 나이든 여성 독자들은 자기들의 삶의 비밀이나 그들이 신지학(theosophy)회나 크리스천사이언스(미국의 종교 단체)에 발을 들이게 된 이유를 소상히 밝혀온다. 백과사전을 구독해 달라는 요청도 받는다. 사전에 그의 고명한 이름도 실려있다는 것이다. 한마디로 말해, 매일 아침 도착하는 우편물은 문인에게 그의 삶과 활동이 헛되지 않았음을 증명해준다. 모든 문인이 마찬가지다.

하지만 살다 보면 때로는 아침에 일어나 첫 커피와 빵을 먹는 자리에서 이런 우편물들과 정중하게 마주하는 것이 내키지 않을 때도 있다. 독자들의 인사와 바람, 앞으로 쓸 책과 관련한 조언을 받아들일 기분이 아닐 때도 있다. 어제도 그랬다. 그래서 나는 이번엔 뜻밖에도 평소보다 훨씬 더 많아 보이는 우편물을 옆으로 밀어놓고, 모자를 쓰고 일단 잠시 산책을 나갔다. 계단을 내려가 이웃인 H씨 방문 앞을 지났다. H씨는 아마도 지금 책상 앞에서 숫자를 적고 있을 것이다. 그도 그럴 것이 그는 은행 직원이니까. 하지만 그는 다른 영역에

야심이 있었다. 즉, 그는 내심 운동선수였고, 내가 신문과 이웃들과의 대화에서 알아낸 바에 따르면 이즈음 자신이 개발한 특별한 기술로 야심 찬 첫 성공을 거둔 참이었다. 즉, H씨는 수영선수였다. 수영이라는 분야가 얼마나 전망이 어두운지 내게 탄식을 한 적도 여러 번이었다. 그는 취리히 호수를 10여 분만에 가로질렀다. 종단을 했는지 횡단을 했는지는 모르지만, 무지막지하게 빠른 속도였으므로 나는 탄복을 했다. 하지만 그는 어두운 표정으로 수영에서는 별로 이룰 것이 없다고 했다. 수영의 경우 선수들의 기량이 굉장히 뛰어나서, 아주 먼 거리라도 순식간에 횡단하게 될 거라고 했다. 그러면 1킬로미터를 1분에 완주하게 될 것이며, 이런 기록을 갱신할 수 있다고 해도, 이쪽을 출발하자마자 저쪽 편에 도착하는 것 외에 뭘 더 할 수 있겠느냐는 것이 전문가들의 말이다.

하지만 나의 이웃 H씨는 보통 수영선수가 아니었다. 그는 천재였다. 그는 하루아침에 간단히 새로운 수영 기술을 만들어냈다. 그의 말에 따르면 지금까지 수영선수들은 성실하고 훌륭하게 수영을 해왔다. 그런데 지브롤터 해협에서 열렸던 지난번 아동 수영대회에서 볼 수 있었듯이, 정말로 수영은 아무런 장애물이나 경계가 없는 종목이 아닌가. 그런데도 지금까지는 순진하게도 늘 직선거리로 수면 가까이에서만 수영을 해왔다. 그리하여 뛰어난 잠수부이기도 했던 나의 친구 H씨는 이제 새로운 스포츠를 만들어내었다. 이 스포츠에서는 수영선수가 마치 산등성이를 걷는 것처럼 해저에서 지형의 굴곡을 따라 오르락내리락 잠영을 한다. H씨는 며칠 전에 이런 방식으로 보덴 호수를 횡단했다. 호수 바닥에서 20센티미터 정도 거리를 유지한 채 잠영을 했고, 온 세계가 이런 업적에 혀를 내둘렀다.

그럼에도 나는 우리 문인들이 더 낫다고 생각했다. H씨가 최근에 이룬 업적이야, 훈련이 잘된 수영선수들은 금방 따라 할 수 있을 게 아닌가. 그러면 H씨의 명성은 퇴색할 것이다. 그러면 수영이라는 종목은 또 다시 애써 새로운 과제를 개발해야 할 것이다. 반면 우리 문인들에게는 그 모든 것이 아직 열린 상태다. 전 세계가 아직 거의 전인미답의 상태로 우리 앞에 넓게 놓여있다! 물론 인정한다. 호머 이후 2500년에 걸쳐 문학도 진보하긴 했다. 하지만 진보 자체도 논란의 여지가 있으며, 진보가 이루어졌다 해도, 그건 얼마나 작은 진보인지! 이런 생각에 이르자, 한결 힘이 솟아서, 나는 기분 좋게 집으로 돌아왔다. 원래는 곧장 글을 쓰려고 했다. 그러나 아침에

도착한 우편물들이 수북이 쌓여있는 것이 눈에 들어왔다. 맙소사. 오늘 아침의 우편물은 평소보다 서너 배는 더 많은 게 아닌가! 나는 약간 짜증스런 기분으로 일단 여남은 개의 편지를 개봉해서 읽기 시작했다. 그런데 오늘은 정말이지 행운의 날이었다. 편지 하나하나가 전부 반가운 내용이었다. 하나같이 '존경하옵는 선생님'이라는 호칭으로 시작해, 유쾌하고 듣기 좋은 말들 일색이었다. 가까운 곳에 위치한 대학에서는 내가 무슨 공장주나 테너 가수도 아닌데도, 내게 명예 박사학위를 수여하기로 했다는 것이었다. 투고한 시들을 번번이 되돌려보내던 유명 일간지 〈슈바인푸르터 차이퉁〉은 내게 어떤 형태든, 어떤 분야든 괜찮으니 글을 써달라며 간곡히 청해왔다. 내가 어떤 말을 하건 편집국과 독자들은 대 환영이라는 것이었다. 편지를 여는 족족 그런 내용들이 계속되었다. 시립극장 소속의 매력적인 갈색머리 미녀 여가수 이다는 나를 드라이브에 초대했고, 도르트문트와 칼스루에의 사진작가는 각각 사진 촬영 차 그 지역으로 왕림해 줄 것을 거의 애원조로 부탁해왔다. 무료로 3개월간 새 자동차를 시험 운전해 보게끔 해주겠다는 제안도 있었다. 신지학에 빠졌거나, 신 조로아스터교를 신봉하는 여성 독자들의 편지는 하나도 없었고,

김나지움 학생이 읽고 소감을 말해달라며 보내온 로마 비극이나 혁명의 드라마도 없었다. 놀라운 일이었다. 살다보니 이런 멋진 날도 있구먼. 50세 생일에도, 60세 생일에도 이에 버금가는 승리를 거머쥐어 본 적이 없는데.

과분하다는 생각이 들 정도였다. 나머지 편지들은 점심을 먹은 뒤에 읽어보기로 했다. 그런데 예쁘게 포장된 소포 하나가 눈에 쏙 들어와 호기심을 불러일으켰다. 보아하니 책이나 원고 따위는 아닌 듯싶었다. 그보다는 좀 더 반가운 물건일 것 같은 예감에 나는 끈을 자르고, 포장을 벗겨내었다. 속 포장을 한 분홍색 박엽지가 드러나며, 은은한 향기가 훅 느껴졌다. 내용물은 뭔가 부들부들한 종류인 듯했다. 나는 무슨 제막식 때 위엄있게 천을 걷고 기념비를 드러내듯, 조심스럽게 속 포장을 걷고, 아주 신축성 있고 고급스런 천으로 된 내용물과 마주했다. 이게 뭘까? 나는 당황해서 그 물건을 집어 의자 위에 펼쳐보았다. 그건 비단 같은 광택을 지닌 트리코트 원단으로 된 검은 수영복이었다. 수영복의 가슴 부분에 밝은 빨간색의 커다란 하트 모양의 천이 대어져 있고 가장자리는 십자수로 마감되어 있었다. 그리고 그 빨간색 하트 안에 검은 글씨로 이렇게 수놓아져 있었다. "독보적인 잠영선수, 위대한 하인리히에게.”

맙소사. 이제야 드디어 나는 이 많은 아침 우편물들이 내 것이 아니라는 사실을 알아차렸다. 그랬다. 다시 보니 이 모든 것이 이웃인 H씨에게 온 것이었다. 지금 책상 앞에서 연필을 깎고 있을, 그러나 내일이면 은행을 사직하고, 매일 같이 당도하는 초청을 따라 베를린으로, 미국으로, 파리로, 런던으로 나다닐 수영선수 H씨에게.

화가 나고 약간 침울해져서 나는 다시 한번 밖으로 나가, 부두 쪽으로 터덜터덜 걸어갔다. 그쪽에 취리히 호수가 있었기에 나는 호수를 바라보며, 차라리 수영으로 갈아타는 게 더 낫지 않을까 곰곰이 생각을 해보았다. 세계 기록을 세울 수는 없겠지만, 몸은 아직도 민첩하지 않은가. 어렸을 때는 나도 수영을 곧잘 했었는데 말이다. 주에서 개최하는 시니어 수영대회에서 주목을 얻어내기에는 충분하지 않을까. 하지만 다음 순간 호수 물이 진저리 쳐질 정도로 차갑고 축축해 보이는 것이었다. 그리고 H씨는 여기에서 저편 호숫가까지 정말 어마어마하게 먼 거리를 단 10분에 완주한다는 사실이 뇌리를 스쳤다. 그러자 다시금 문학에서 얼마나 무궁무진한 목표와 과제들이 감사하게도 나를 기다리고 있는가가 떠올랐다.

그렇다. 나는 공손히 사과하며 H씨에게 우편물을 돌려줄 것이다. 그리고 다음번에 그가 출연하는 수영 쇼가 열리면 입장권을 달라고 해야지. 간혹 유수의 언론 편집부랑 일할 기회가 있으면 내 소개도 한마디 해달라고, 그래서 내 시도 좀 실릴 수 있게 해달라고 부탁해 봐야겠다. 그러나 어쨌든 수영일랑 잉어와 농어에게 맡겨두고 나는 계속 글이나 써야겠다. 그렇잖아도 며칠 전부터 봄에 대한 시를 쓰는데 정신이 빼앗겨 있던 참이다. 봄에 관한 시랄까, 혹은 나무에서 돋아나는 끈적끈적한 새순에서 나는 독특한 향기와 그것이 젊은 사람들과 나이 든 사람들에게 미치는 영향에 대한 시랄까. 새싹처럼 푸릇푸릇 피어나는 마음의 일을 언젠가 어느 정도 마음에 들게 표현할 수 있을까? 그 일이 힘들고 거의 불가능하게 보이긴 하지만, 나는 내 '수공업'을 소홀히 하는 사람이 되고 싶지 않다. 내 생의 과업을 회피하는 사람이 되고 싶지 않다.

GLEICHE

그것들은 우리 안에 있는 것과 똑같은 것들이야. 우리 마음속에 있는 것 외에 다른 현실은 없어. 대부분의 사람들이 그리도 비현실적으로 사는 것은 그들이 바깥에 보이는 것만을 진짜로 여기고, 내면세계에는 전혀 발언권을 주지 않기 때문이야. 하지만 일단 다른 걸 알아버리면, 더 이상 대부분이 가는 길을 선택하지 않게 되지.

PERSÖNLICHKEIT

개성을 잡아먹는 우리의 산업계와 학계에 조언 같은 걸 할 생각은 추호도 없다. 산업과 학문에 더 이상 개성적인 사람이 필요 없다면, 그런 사람을 쓰지 않으면 될 터이다. 그러나 예술이 크게 파탄이 나고 있는 상황에서 아직 어지간히 견딜만한 삶의 가능성을 가진 섬에 거주하는 우리 예술가들은 예나 지금이나 다른 법칙을 따라야 한다. 우리에게 개성은 사치가 아니라 생존의 기본조건이고, 숨쉴 수 있는 공기이고, 필수불가결한 자본이다. 내게 예술가란 스스로 살아있고 성장하고 있음을 느끼고자 하는 욕구와 필요를 가진 모든 사람이다. 자신의 힘의 토대를 의식하고, 그 토대 위에서 타고난 법칙에 따라 스스로를 만들어가고자 하는 사람들이다. 그리하여 그들은 어떤 활동이나 삶의 방식이, 그 본질과 영향이 좋은 건축물에서 둥근 천장과 벽, 그리고 지붕과 기둥의 관계처럼, 자신의 토대와 명확하고 의미 있는 관계를 맺지 못하는 한, 그런 활동이나 방식에 매몰되지 않는 사람들이다.

폭력은 악한 것, 깨어있는 사람들에게는 비폭력이 유일한 길입니다.

비폭력은 결코 모두의 길은 아니지요.

더구나 세계사를 만들고자 하는 이들의 길은 결코 아닙니다.

자신이 어느 편에 서있는지를 알면, 더 자유롭고 평온하게 살 수 있지요.

불의를 행하는 것보다는 불의를 견디는 것이 낫습니다.

폭력을 수단으로 원하는 것을 이루려 하는 것은 잘못된 일.

세계사의 밝은 새 시대는 다음 전쟁들에 승리한 이들이 아니라,

고난을 견딘 이들, 폭력을 포기한 이들에 의해 창조될 것입니다.

Die Gewalt ist das Böse, und die
Gewaltlosigkeit der einzige Weg für
die, die wach geworden sind. Er wird
nie der Weg aller sein und nie
der Weg derer, die die Weltgeschichte
machen möchten.
Wenn man weiss, auf welcher Seite
man steht, lebt man freier und
ruhiger.

Besser ist es, Unrecht leiden
als Unrecht tun. Falsch ist es,
mit dem Mittel der Gewalt
das Erwünschte erreichen zu
wollen.
Eine neue und hellere Epoche
der Weltgeschichte wird gewiss
nicht von den Siegern der
nächsten Kriege geschaffen
werden, vermutlich aber von
den Leidenden und auf
Gewalt Verzichtenden.

H Hesse

안개 속에서

IM NEBEL

이상하여라, 안개 속을 거니는 것은!
모든 덤불과 돌은 고독하고
어떤 나무도 다른 나무를 보지 못하네.
모두가 혼자라네.

내 삶이 아직 환했을 때는
세상이 친구로 가득했었지.
그런데 이제 안개가 내리니
그 누구도 보이지 않네.

피할 수 없게 모든 이로부터

살며시 사람을 갈라놓는

어둠을 알지 못하는 자,

정녕 지혜롭다 할 수 없으리.

이상하여라, 안개 속을 거니는 것은!

인생은 고독한 것.

어떤 사람도 다른 사람을 알지 못하네.

모두가 혼자라네.

인간이 될 가능성

DIE MOEGLICHKEIT ZUM MENSCHEN

당신은 누군가가 저 거리를 두 발로 행보한다고 하여 그들 모두를 인간으로 여기지는 않겠지요? 그들이 직립 보행을 하고, 새끼를 아홉 달 동안 배 속에 넣고 다닌다는 이유로 말이죠. 당신은 그들 중 얼마나 많은 이가 물고기 혹은 양, 벌레 혹은 거머리인지 알겠지요? 얼마나 많은 이가 개미인지, 벌인지! 그들 모두 안에는 인간이 될 가능성이 들어있어요. 하지만 각자 그 가능성을 예감해야만, 나아가 그 가능성을 의식해야만, 비로소 그 가능성을 갖게 됩니다.

DER WALDMENSCH

　　인류 최초의 시대가 막 시작되고, 아직 인류가 지구상에 퍼
지기 전에 숲 사람들이 살았다. 이들은 어스름한 열대 원시림
안에서 무리 지어 살았고, 상당히 겁이 많아서, 친척인 원숭
이들과 늘 다퉜다. 그들의 삶에 유일한 신이자 법칙처럼 존재
하는 것은 바로 숲이었다. 숲은 고향이자 피난처요, 요람이자
둥지이자 무덤이었다. 숲 밖에서의 삶은 생각할 수 없었다.
숲 사람들은 숲 가장자리까지 가는 것을 기피했고, 특별한 운
명으로 인해 사냥이나 도망 길에 숲 가장자리에 가본 사람들
은 두려워 떨면서 바깥세상은 하얗고 아무것도 없이 텅 비었
더라고 전했다. 그곳에서 치명적으로 내리쬐는 뙤약볕 안에
무(nothing)가 작열하는 걸 보았다고 했다. 한 나이 지긋한 숲

사람이 있었다. 그는 수십 년 전에 야생동물에 쫓겨 숲의 경계를 넘어서까지 도망쳤고, 곧장 눈이 멀어버렸다. 그러고는 이후 숲의 사제이자 성자가 되어, 마타 달람(내면을 들여다보는 눈을 가진 자)이라 불렸다. 마타 달람은 거룩한 숲의 노래를 지었고, 숲 사람들은 큰 비가 내릴 때마다 그 노래를 불렀으며, 늘 마타 달람의 말을 청종했다. 태양을 직접 눈으로 보았는데도 죽지 않았다는 사실이 그의 영광이자 신비였다.

작은 체구에 털이 숭숭 난 갈색 피부를 가진 숲 사람들은 구부정한 자세로 걸었으며, 겁이 많아 보이는 야생동물의 눈을 하고 있었다. 그들은 인간처럼 걸을 수도, 원숭이처럼 걸을 수도 있었으며, 나뭇가지 위에서도 땅바닥에서처럼 안전하게 이동했다. 집이나 움막 같은 것은 아직 없었지만 여러 가지 무기와 도구들과 장신구를 사용했고, 딱딱한 나무로 활과 화살, 창과 싸움용 곤봉을 만들 줄 알았다. 식물의 속껍질을 엮어 목걸이를 만들고, 거기에 말린 나무 열매나 견과류를 주렁주렁 매달아 목에 걸었다. 그리고 수퇘지 어금니, 호랑이 발톱, 앵무새 깃털, 민물조개 같은 귀중품으로 머리를 장식했다. 끝없이 넓어 보이는 숲 한복판에는 커다란 강이 흘렀다. 그러나 숲 사람들은 어두운 밤에만 강가로 나올 엄두를 내었고, 강을 한 번도 본 적이 없는 사람들도 많았다. 용감한 사람들은 밤에 왕왕 살금살금 우거진 덤불을 빠져나와 두려운 마음으로 강을 엿보았는데, 그럴 때면 희미한 빛 속에서 코끼리들이 목욕을 하는 장면이 보였고, 위쪽 나무 우듬지 쪽으로 눈을 들면 망그로브 나뭇가지가 그물처럼 얽혀있는 사이로 반짝이는 별들이 매달려있는 모습에 화들짝 놀랐다. 태양은 결코 올려다볼 생각을 하지 못했다. 여름에 강물에 비친 태양을 보는 것만도 굉장히 위험하게 여겼다.

눈먼 마타 달람을 우두머리로 둔, 숲 사람들의 부족에는 쿠부라는 청년이 있었다. 쿠부는 젊은이들과 불평분자들의 지도자이자 대표자 격이었다. 마타 달람이 늙어가면서 권력에 대한 욕심이 더 커지자, 불만을 가진 사람들이 생겨났다. 지금까지 눈먼 마타 달람은 다른 사람들이 마련해주는 음식을 먹고 사는 특권을 누렸다. 숲 사람들은 그에게 조언을 구하고, 그가 지은 숲의 노래를 불렀다. 그러나 마타 달람은 점차 온갖 새롭고 귀찮은 관습들을 도입했는데, 숲의 신이 꿈속에서 계시해 준 것들이라고 했다. 하지만 몇몇 젊은이들과 의심을 품은 사람은 그 늙은이는 사기꾼이며, 자신의 유익을 구할 따름이라고 주장했다.

마타 달람이 도입한 최신의 관습 중 하나는 바로 초승달 축제였다. 이 축제가 열리면 마타 달람은 한가운데 앉아 나무 껍질로 만든 북을 두드렸고, 다른 숲 사람들은 길게 원을 만들어 춤을 추며 '골로 엘라'라는 노래를 불러야 했다. 기진맥진해서 주저앉을 지경이 될 때까지 그렇게 했다. 그러고 나면 모두 가시로 왼쪽 귀를 찔러야 했다. 젊은 여자들은 사제 앞으로 인도되었고, 사제는 가시로 젊은 여자들의 귀를 찔렀다.

쿠부는 몇몇 동년배들과 더불어 이런 관습에 반기를 들었고, 젊은 처녀들도 이에 저항하도록 설득하고 다녔다. 한번은 사제의 권력을 무너뜨리고 승리할 기회를 얻은 적도 있었다. 마타 달람이 다시 초승달 축제를 개최하여 젊은 여자들의 왼쪽 귀를 찌르고 있을 때였다. 한 힘센 아가씨가 공포감에 소리를 지르며 저항하기 시작했다. 그러자 마타 달람은 가시로 그녀의 눈을 찔러 눈알을 빼어버렸다. 그 아가씨는 고통스러운 비명을 질러대었고, 모든 사람이 놀라서 달려왔다. 그들은 무슨 일이 벌어졌는지를 보고는 경악하고 마음이 상했지만, 차마 드러내놓고 이야기를 하지는 못했다. 하지만 쿠부를 위시한 젊은이들은 달랐다. 이들은 이제 의기양양하게 나아갔고, 쿠부는 사제의 어깨를 움켜쥐려 했다. 그 순간 노 사제는 북 앞에서 벌떡 일어나더니 엄청나게 큰 소리를 지르며, 서슬 퍼렇게 무시무시한 저주를 퍼부었다. 모두가 경악해서 뒤로 내빼어버렸고, 쿠부 자신도 놀라서 심장이 얼어붙는 것 같았다. 늙은 사제는 아무도 알아들을 수 없는 말을 했는데, 말하는 품새와 어조가 너무나 거칠고 섬뜩해서, 제사 때에 신에게 바치는 두렵고 거룩한 말처럼 들렸다. 사제는 쿠부의 눈이 독수리의 밥이 될 것이며, 내장은 저 밖 들판에서 태양에 구워지게 될 거라고 저주했다. 그리고 이 순간 그 어느 때보다도 더 많은 권력을 갖게 된 사제는 그 젊은 처녀를 다시 한번 자기 앞에 세우라고 해서, 가시로 나머지 한 눈도 파내어 버렸다. 그 장면을 보던 사람들은 경악해서 숨 한번 크게 들이쉬지 못했다.

"너는 바깥에서 죽게 될 거야." 노 사제는 쿠부에게 그렇게 저주했다. 그 뒤로 사람들은 쿠부를 이미 글러버린 사람으로 여겨 피해 다녔다. "바깥에서." 이 말은 고향 밖에서, 어스름한 숲 밖에서라는 의미였다! "바깥에서." 이 말은 공포와 이글거리는 뙤약볕, 작열하는 텅 빈 죽음의 공간을 의미했다.

쿠부는 놀라서 저 밖으로 달아났다. 모두가 자신을 피하는 것을 본 쿠부는 속이 빈 나무 둥치에 몸을 숨긴 채 죽은 듯이 있었다. 그는 며칠 밤낮을 그렇게 누워있었다. 죽음의 공포와 반항심이 교차했고, 부족 사람들이 와서 그를 때려죽이는 건 아닐까, 태양이 숲을 뚫고 들어와 그를 포위해 쓰러뜨려버리는 건 아닐까 불안해했다. 그러나 화살도 창도 오지 않았고, 태양도, 번개도 오지 않았다. 찾아온 것은 깊은 무력감과 배고픔을 알리는 꼬르륵거림뿐이었다.

그러자 쿠부는 다시 일어나서 나무 둥치 밖으로 기어나갔다. 마음은 담담했고 실망감마저 느껴졌다.

"뭐야, 사제의 저주 따위 아무것도 아니잖아." 쿠부는 의아해하며, 먹거리를 찾아 나섰다. 요기를 하고 다시금 팔다리에 활력이 생기자, 그의 정신에 자부심과 분노가 돌아왔다. 이제 그는 더 이상 옛 동년배들에게 돌아가고자 하지 않았다. 이제 고독한 자, 추방된 자로 있고 싶었다. 미움을 받는 자, 눈먼 짐승 같은 사제의 주체할 수 없는 저주를 받는 자가 되고자 했다. 홀로 있고자 했고, 홀로 머물고자 했다. 그러나 그 전에 복수를 하고자 했다.

쿠부는 길을 걸으며 생각했다. 예전에 그에게 의심을 불러일으켰고, 속임수로 느껴졌던 모든 것에 대해 생각을 해보았다. 무엇보다 사제의 북에 대해, 그의 축제에 대해 생각했다.

생각하면 할수록, 홀로 있는 시간이 길어질수록, 그는 더 분명히 알아챌 수 있었다. 그래, 그건 사기였어. 모든 것이 속임수이고 거짓말이었어. 생각이 거기까지 미치자, 진실하고 거룩하게 여겨졌던 모든 것에 대한 불신이 깨어나기 시작했다. 숲의 신이나 거룩한 숲의 노래는 어떤가? 오 그 또한 아무것도 아니야. 그 역시 사기였어! 쿠부는 속으로 경악하면서 거룩한 숲의 노래를 가사를 바꾸어 부르기 시작했다. 경멸하는 음성으로 냉소하듯 비꼬는 가사로 바꾸어 불렀다. 그리고 세 번이나 숲의 신의 이름을 불렀다. 사형을 집행할 때 사제 외에는 아무도 불러서는 안 되는 그 이름을 말이다. 그래도 모든 것이 고요했다. 폭풍우도 일어나지 않았고, 번개도 번쩍이지 않았다!

쿠부는 한동안 고독한 자가 되어 돌아다녔다. 눈 위에 주름이 질 정도로 눈을 부릅뜨고, 날카롭게 쏘아보는 눈빛을 한 채. 그는 보름달이 뜬 밤에 강가로 나가기도 했다. 그런 일을 감행했던 사람은 아직 아무도 없었다. 쿠부는 강가에서 수면에 비친 달을 보고, 그런 다음 스스로 달을 올려다보았다. 달과 모든 별들을 오래오래 대담하게 눈에 담아두었다. 그래도 그 어떤 고통도 생겨나지 않았다. 달이 뜬 밤마다 그는 강가에 앉아 취한 듯 금지된 빛 속에 잠겨 이런저런 생각을 했다. 많은 대담하고 섬뜩한 계획들이 그의 마음속에 떠올랐다. 달은 내 친구야라고 그는 생각했다. 별은 내 친구야. 그러나 저 늙은 장님은 나의 적이야. 따라서 저 '바깥'은 아마도 이 안보다 더 좋을 거야. 숲이 그렇게 신성하다고 하는 것도 그냥 소문에 불과할 거야! 그리하여 그는 모든 인간들보다 몇 세대 앞서서 대담하고, 기발한 생각에 이르렀다. 나무껍질로 나뭇가지들을 이어서 그 위에 올라타고 강물을 타고 하류로 내려갈 수 있으리라는 것 말이다. 그의 눈은 반짝였고, 그의 가슴은 세차게 뛰었다. 하지만 그 계획은 실행할 수 없었다. 강은 악어들로 가득 차 있었기 때문이다.

따라서 숲 가장자리까지 가서 숲을 떠나는 것 외에 다른 길은 없었다. 숲에 끝이 있다면 떠날 수 있겠지. 그런 다음에는 저 이글거리는 텅 빈 공간에, 저 악한 '바깥'에 스스로를 맡길 수밖에 없어. 저 무시무시한 존재인 태양을 찾고, 견디어 내야 해. ―누가 알겠어?― 태양이 두려운 존재라는 그 오래된 가르침도 거짓말에 불과할지.

이런 대담한 생각은 쿠부를 전율하게 만들었다. 모든 시대를 통틀어 아직 그 어느 숲 사람도 자발적으로 숲을 떠나, 저

끔찍한 태양 아래로 나아갈 생각을 하지 못했던 것이다. 이런 생각을 품은 채로 쿠부는 날마다 걸어 다녔다. 그리고 드디어 용기를 내었다. 어느 밝은 정오에 그는 떨리는 마음으로 살금살금 강 쪽으로 갔다. 주변을 살피며 반짝이는 강가로 다가가, 두려운 눈빛으로 물속에 비친 태양에 시선을 주었다. 빛나는 광채에 눈이 아플 정도로 심하게 부셔서 쿠부는 얼른 눈을 다시 감아야 했다. 하지만 잠시 후 다시 눈을 떠보았고, 또다시 눈을 감았다. 그런 다음 다시 눈을 떠 드디어 물에 비친 태양을 쳐다보는 데 성공했다. 가능했다. 견딜 수 있었다. 나아가 마음이 즐겁고 용기가 용솟음쳤다. 쿠부는 태양을 믿게 되었다. 설사 태양이 그를 죽인다고 할지라도 태양을 사랑할 것이다. 사제가 소리를 지르고, 젊고 용감한 사람은 추방되고 매장되는 이 어둡고, 부패하고, 케케묵은 숲이 싫었다.

결심이 무르익었고, 그는 달콤한 열매를 따듯 결심을 실행에 옮겼다. 그는 철목으로 만든 새로운 힘 있는 망치에 아주 얇고 가벼운 손잡이를 달아서 다음 날 아침 일찍 마타 달람의 뒤를 따라갔다. 그러고는 마타 달람의 발자국을 발견하고 그를 찾아내어, 망치로 그의 머리를 내리쳐서, 그의 영혼이 일그러진 입에서 떠나는 것을 보았다. 쿠부는 그 늙은이가 누구의 손에 죽었는지를 사람들이 알 수 있도록, 자신의 무기를 마타달람의 가슴에 올려놓았다. 쿠부의 무기에는 쿠부가 깨진 조개껍질로 망치의 매끈한 표면 위에 힘들게 아로새긴 형상이 있었다. 원을 빙 둘러 여러 개의 직선을 그은 형상. 바로 태양의 모습이었다.

쿠부는 용감하게 방랑길에 올라 먼 '바깥'을 향해 출발했다. 아침부터 밤까지 똑바로 전진했다. 밤에는 나뭇가지 속에서 잠을 자고, 아침 일찍 다시 걷기 시작했다. 여러 날을, 개천을 넘고, 검은 늪을 건너, 약간 경사진 땅을 거쳐 전에 보지 못했던 이끼 낀 편편한 바위들을 지났다. 그런 다음 지형은 갑자기 가팔라지고 중간중간 계곡으로 가로막히기도 하면서 산으로 이어졌다. 그렇게 여전히 끝이 안 보이는 숲을 통과해야 했다. 회의가 들고 슬퍼졌다. 숲의 피조물이 고향을 떠나는 건 신이 금하는 일인 걸까?

그런 다음 오랫동안 계속해서 높은 곳으로 올라가니 공기가 점점 더 건조해지고 가벼워지더니, 갑작스럽게 끝에 도달했다. 숲이 끝났다. 그러나 숲과 더불어 걸음을 디딜 땅도 끝났다. 마치 이 자리에서 세상이 두 개로 쪼개진 것처럼, 아래는 텅 빈 낭떠러지였다. 멀리 희미한 붉은 노을과 위로 몇몇 별들 외에는 아무것도 보이지 않았다. 이미 밤이 시작되었기 때문이다.

쿠부는 세계의 가장자리에 앉아 아래로 추락하지 않도록 덩굴식물로 몸을 단단히 묶었다. 그러고는 두려움과 흥분 속에서 웅크리고 앉아 뜬눈으로 밤을 지새웠다. 어스름한 새벽이 찾아오자, 쿠부는 더 이상 참지 못하고 벌떡 일어나 몸을 굽혀 낭떠러지 아래를 쳐다보며 날이 밝기를 기다렸다.

샛노란 아침노을이 멀리서 희미하게 타올랐다. 광활한 창공에서 날이 밝는 모습을 아직 한 번도 본 적이 없는 쿠부만큼이나, 하늘은 기대감으로 떨고 있는 것처럼 보였다. 노란 빛다발이 불타오르더니, 갑자기 어마어마한 골짜기 너머로 크고 붉은 태양이 하늘로 떠올랐다. 태양은 잿빛이 끝없이 계속될 뿐, 아무것도 없어 보이는 공간에서 떠올랐고, 곧 이 공간이 검푸르게 변하더니, 바다가 모습을 드러냈다.

떨고 있는 숲 사람 앞에 베일을 벗은 '바깥' 세상이 놓여있었다. 그의 발 앞에서 산은 식별할 수 없을 정도로 안개가 자욱한 깊은 심연으로 곤두박질쳤다. 맞은편으로는 장밋빛 보석 같은 바위산이 솟아있었고, 옆으로는 멀리 거대한 거무스름한 바다가 놓여있었다. 하얀 거품이 이는 해안에는 고개 숙인 작은 나무들이 쪼로록 줄지어 늘어서 있었다. 그리고 이 모든 것 위로, 이런 무수한 새롭고, 낯설고 굉장한 형태들 위로 태양이 떠오르며, 작열하는 빛의 물결이 세상을 밝혀, 세상은 갖가지 즐거운 색깔로 불타올랐다.

쿠부는 태양의 얼굴을 쳐다볼 수 없었다. 그러나 그는 태양빛이 산과 바위와 해안, 멀리 파란 섬들 주위로 형형색색의 물결처럼 범람하는 광경을 바라보았다. 그러고는 무릎 꿇고 이런 빛나는 세계의 신들 앞에 땅에 닿을 정도로 고개를 조아렸다. 아, 쿠부, 그는 누구인가?! 그는 작고 더러운 짐승이었다. 그는 그동안 소심하고 우울하게, 비열한 신들에게 복종하며, 빽빽한 숲의 어둑어둑한 습지에서 답답하고 숨 막히는 삶을 살아왔다. 그러나 이곳에 진짜 세계가 있었다. 이 세계의 최고의 신은 태양이었고, 길고 굴욕적인 꿈과 같았던 숲 생활은 과거에 놓여있었다. 쿠부의 영혼에서 그 꿈은 이미 죽은 사제의 모습처럼 흐릿해지기 시작했다. 쿠부는 손발로 기다시피, 조심조심 가파른 절벽을 내려갔다. 빛을 향해, 바다를 향해 나아갔다. 그의 영혼은 태양이 다스리는 밝은 땅에 대한 벅차오르는 예감으로 떨려왔다. 이 땅 위에는 밝고 자유로운 존재들이 거하며, 태양 외에는 아무것에도 예속되지 않을 것이었다.

NEUES ERLEBEN

다시금 베일이 걷히고

가장 친숙했던 것들조차 낯설어진다.

새로운 별들의 공간이 손짓하니

마음은 꿈에 젖어 쭈뼛대며

나아간다.

다시금 주변 세계는

새로운 원으로 정렬을 하고

대단히 뭔가 아는 줄로 착각했던 내가

어린애가 되어 입장하는 걸 본다.

하지만 먼저 살다간 삶들로부터

먼 예감이 어렴풋이 움튼다.

별이 지고, 별이 생겨났구나.

공간은 결코 비어있지 않았구나.

마음은 몸을 굽히고 일어나

무한을 호흡하며,

찢긴 실들로 새로이

더 아름답게 신의 옷이 만들어진다.

DAS LEBEN EINES JEDEN VON UNS

당신이 보통의 군중이 살아가는 평균적인 삶이 아니라 고유한 삶을 영위하도록 타고났다면, 그 길이 힘들지라도 당신은 고유의 개성으로, 고유의 삶으로 나아가는 길도 찾게 될 것입니다. 당신이 그런 삶을 살 운명이 아니라면, 힘이 충분하지 않다면, 늦든 빠르든 포기하고 일반 대중의 도덕과 취향, 관습을 따르게 될 것입니다.

이것은 힘의 문제입니다. 아니, 그보다는 믿음의 문제라고 생각하고 싶군요. 아주 강한 사람인데도 쉽게 포기해 버리는 모습을 종종 볼 수 있는가 하면, 아주 연약하고 부드러운 사람인데도, 질병과 연약함을 딛고 삶을 소신껏 멋지게 살아내며, 인내하는 가운데 삶에 자신의 인장을 찍듯이 살아내는 사람들을 볼 수 있으니까요.

‡

우리 모두는 우리 자신을 위해 무엇이 허락되어 있고, 무엇이 금지되어 있는지를 알아야 합니다. 금지된 행동을 하지 못하면 대단한 악당이 되기는 힘듭니다. 그 반대도 마찬가지입니다. 사실 그건 그냥 안이함의 문제입니다! 너무 편한 것만 좋아하는 바람에 스스로 생각하고, 판단할 엄두를 내지 못하는 사람은, 기존에 있던 금지 규정에 순응합니다. 하지만 다른 사람들은 자신 속에 있는 계율을 느낍니다. 그들은 모든 신사들이 일상적으로 하는 일들을 오히려 금기시합니다. 그리고 보통 사람들에겐 금기시되는 다른 일들은 오히려 스스로에게 허락합니다. 우리 모두는 자기 자신의 편이 되어주어야 합니다.

‡

거부감이 드는데도 본인의 감정과 내적 지식을 거슬러 그저 다른 사람을 위해서 하는 일은 그것이 무엇이든 좋지 않아요. 그렇게 살면 언젠가 값비싼 대가를 치르게 마련입니다.

‡

나는 내 꿈을 꾸며 살아요. 다른 사람들도 꿈을 꾸며 살지만 그들은 자기 꿈을 꾸지 않아요. 그게 바로 다른 점이랍니다.

‡

나의 과제는 내 운명을 발견하는 거였어요. 그 어떤 운명이 아니라 바로 내 운명을 말이에요. 그리고 굴하지 않고 올곧이 그 운명을 살아내는 것이었어요. 다른 모든 것은 절반의 것이었어요. 벗어나려는 노력이었고, 대중의 이상으로의 도피였어요. 적응이었고, 자신의 내면에 대한 두려움이었어요. 새로운 이미지는 내 앞에서 두렵고 거룩하게 떠올랐어요. 백 번은 예감하고, 이미 종종 이야기했던. 그러나 비로소 지금에서야 경험하는 것이었어요. 나는 자연이 창조한 산물이었어요. 미지의 것으로, 아마도 새로운 것으로, 아마도 무(nothing)로 내보낸 자연의 소산물이었죠. 자연으로부터 받은 것을 내 영혼 안에서 작용하게 하는 것, 내 안에서 그 의지를 느끼고, 그것을 완전히 내 것으로 만드는 것, 그것만이 나의 소명이었어요. 오직 그것만이!

‡

　정말로 개성적인 인간은 이 세상에서 살아가기가 힘들어
요. 하지만 동시에 더 아름다운 삶을 살 수 있어요. 그들은 무
리 속에 숨어 안온한 보호를 누리지는 못해요. 하지만 자신만
의 고유한 상상을 하는 즐거움을 누리지요. 그리고 그들이 젊
은 시절을 이겨내고 살아남는다면, 세상에 아주 커다란 책임
을 져야 합니다.

WELTGESCHICHTE

어릴 적 별 볼 일 없는 라틴어 학교에 다닐 때 '세계사'라
칭해지던 것은 내게 굉장히 대단하고, 존경스럽고, 멀고, 고
귀한 어떤 것이었다. 여호와나 모세라는 이름처럼 말이다. 세
계사는 예전부터 존재했던 것이다. 번개와 천둥처럼 한때 현
재이자 현실이었던 것, 이제는 오래전에 지나갔고, 멀어지고
우러러보이는 것. 책에 나와 있고, 학생들이 배우는 것. 우리
가 어릴 적 배웠던 세계사의 마지막 사건은 바로 프로이센·프
랑스 전쟁이었는데, 이 전쟁만 해도 아주 놀랍고 흥분되는 것
이었다. 우리 아버지들과 삼촌들이 이 전쟁을 겪었고, 몇 년
만 더 일찍 태어났다면, 우리도 경험했을 것이다. 얼마나 멋
진 일이었을까. 전쟁, 영웅정신, 휘날리는 깃발, 말을 타고 달

리는 지휘관들, 새로 임명된 황제……. 이 전쟁에서 기적이 일어나고 영웅적 행동을 볼 수 있었다는 설명은 신성하고 믿음직스럽게 들렸다. 정말로 대단하고 세계사적인 일이 행해졌던 것이다. 어제나 오늘, 그리고 늘 그렇고 그런 날들과 같지 않게 말이다. 당시 남자들과 여자들은 엄청난 일을 했고, 그런 일들을 견디었다. 군중들은 벌어지는 일들에 열광하고 감격해 함께 울고 웃었고, 거리에서 낯선 사람들끼리도 서로 얼싸안았으며, 용감하고 희생적인 일이 다반사였다. 맙소사, 그런 일을 경험할 수 있었다면 얼마나 좋을까. 우리가 아는 사람들은 모두 영웅이 아니었다. 우리에게 때때로 이런 고양되는 이야기를 해주었던 선생님들도 영웅이 아니고, 그런 위대한 영웅적 전쟁을 몸소 겪었던 우리의 아버지들이나 삼촌들도 영웅이 아니었다. 그러나 뭔가가 있었음에 틀림없었다. 그 일에 대해 삽화를 곁들인 두꺼운 책들이 인쇄되어 나왔고, 집집마다 비스마르크의 사진이 걸려있었다. 가을이면 프로이센·프랑스 전쟁의 승리를 기념하는 축제가 열렸다. 일 년 중 가장 멋진 날이었다. 열다섯 살이 되어서야 비로소 나의 이런 환상은 빛을 잃었다. 나는 세계사가 정말로 그렇게 우러러볼 만한 대단한 것인지 의심하기 시작했다. 옛 사람들, 옛 민족들은 오늘날과 달랐다고, 그들은 일상적 삶이 아니라, 오페라에서 나오는 것처럼, 영웅적인 드라마에 나오는 것처럼 살았을 거라고 더 이상 믿지 않게 되었다. 나는 알았다. 우리 선생님들의 과제는 가능한 한 우리를 힘들게 하고, 억누르는 것이었구나. 그들은 자신들에겐 없는 미덕을 우리에게 요구했구나. 그렇게 그 선생님들이 우리에게 가르쳐준 세계사는 아마도 우리를 끌어내리고, 왜소하게 만들기 위한 어른들의 거짓말이었구나.

내가 세계사에 대해 이렇게 불경스럽고 시시껄렁한 생각을 한 데는 이유가 있었다. 젊은 사람들은 비판과 거부에서 힘을 얻기보다는 감정과 이상을 동력으로 살아간다. 당시 내 속에서 무슨 일인가가 일어났고, 그것은 그 이래로 계속 내면에 남았다. 그리하여 나는 외부로부터 들리는 목소리를 불신하게 되었다. 공식적인 목소리일수록, 더욱 불신했다. 그리고 원래 우리를 충만케 하고, 몰두케 하고, 숨을 멎게 하는 흥미롭고 가치 있는 것은 자신의 외부에 놓여있는 것이 아니라 자기 내부에 놓여있음을 느끼기 시작했다. 이에 대해 뭔가를 알게 되었다기보다는 그냥 느껴졌다. 그리하여 나는 철학서를 읽기 시작했고, 자유로운 영혼으로 살기 시작했다. 좋아하는 작가들의 작품을 탐독하기 시작했다. 이것이 나의 길이고, 내 자신에게 이르는 길이라는 느낌. 다른 모든 길은 내가 필요로 하고 내게 속한 길이 아니라는 그런 희미한 느낌으로 그 모든 것을 했다. 기독교인은 '묵상'이라 칭하고, 심리분석가는 '자아성찰'이라 부르는 것이 내 안에서 시작되었다. 나는 이런 길, 이런 방식으로 살고 존재하는 것이 다른 방식보다 더 나은지는 말할 수 없다. 다만 신앙인들과 문인들은 이런 식의 삶이 필요하다는 걸 알 뿐이다. 신앙인들이나 문인들은 아무리 원하고 노력해도, 최근의 대중적인 지혜로운 교사들이 '역사적 사고'라고 말하는 것을 배울 수 없을 것이다.

여러 해 동안 나는 세상이 돌아가는 일에 상관하지 않았고 세상도 내게 관심을 갖지 않았다. 세상에서 중요하게 여겨지고, 연설과 신문 사설에서 커다란 역할을 하는 것은 내 눈에는 그저 부자연스럽고 억지스런 쇼일 따름이었다. 반면 세상의 눈으로 볼 때 내가 하는 일, 내가 중요하고 소중하게 생각하는 것은 그저 별난 장난 짓거리일 따름이었다. 그렇게 그냥 계속될 수 있었으면 좋았을 텐데. 하지만 갑자기 다시금 세계사가 나타났다! 신문사설과 대학교수들, 원로교사들은 다시금 더 이상 일상이 아니라, 세계사가 시작되었다고, 이제 '위대한 시대'가 열렸다고 주장했다. 우리 문인들과 다른 아웃사이더들은 그에 대해 어깨를 으쓱했고, 수도자들은 정치 지도자들의 황당한 경솔함과 섬뜩한 무분별함을 경고했다. 그리고 이제 우리는 더 이상 그저 웃어넘길 수 있는 무해한 시인들이 아니게 되었다. 조국의 적이라는 둥, 패배주의자라는 둥, 비관론자라는 둥, 그리고 그 외 웃긴 이름들이 새롭게 우리에게 따라붙었다. 우리는 밀고당했고, 블랙리스트에 올랐고, 우리를 지독히 비방하는 기사들이 소위 '호의적인' 보도를 한다는 언론에 허다하게 실렸다. 사생활에서도 다르지 않았다. 나는 1915년 봄에 한 독일 친구에게 우리가 만일의 경우 알자스 지방을 다시 내어주어야 한다는 생각이 뭐가 그리 나쁘냐고 말하자, 그가 하는 말이, 자기 개인적으로는 나의 이러저러한 것들을 용서할 수 있지만, 내가 다른 사람들 앞에서 그런 말을 했다간 뼈도 못 추리게 될 거라고 했다.

여전히 사람들은 '위대한 시대'를 이야기했고, 여전히 나는 그런 시대를 볼 수가 없었다. 물론 나는 이런 시대가 왜 다른 사람들에게 위대하게 보이는지 이해할 수 있었다. 그것이 수많은 사람들에게 위대해 보였던 이유는 난생 처음으로 한 조각 내면의 삶이 반짝 빛나고, 약간의 영혼이 빛을 발했기 때문이다. 그전에 개에게 먹을 것이나 주던 노처녀들은 이제 부상 군인들을 돌볼 수 있었고, 젊은이들은 조국을 위해 목숨을 걸고 나서서, 생명이 무엇인지 처음으로 느끼며 전율했다. 이것은 하찮은 일은 아니었다. 위대하고 대단한 것이었다. 그러나 단지 역사적으로 사고하고, 위대한 시대와 다른 시대를 구분하는 사람들에게나 그런 것이었다. 그렇지 않고 평일에도 신을 믿으며, 영혼의 존재를 이미 그전부터 알고 있었던 신앙인들과 문필가들인 우리들에게 이 시대는 다른 시대보다 더 위대할 것도, 더 못할 것도 없어 보였다. 왜냐하면 이런 시대에 우리는 우리의 가장 내밀하고 은밀한 것과 더불어 살아갈 수 없었기 때문이다.

다시금 세계사가 거론되고 세계사적인 사건이 일어나는 지금도 그러하다. 오늘날 우리 스스로가 원했던 많은 일들이 일어나고 있다. 우리가 악독하다고 칭했던 권력들이 무너졌고, 우리가 위험하고 악하다며 미워하고 반대했던 정치인들이 권좌에서 내려왔다.

그럼에도 우리는 오늘날에도 역시 이런 커다란 사건들에 관심을 가지고 도취되어, 대중과 더불어 새로운 '위대한 시대'를 체험하지는 못한다. 우리는 땅의 떨림을 감지하며, 희생자들과 더불어 아파하고, 함께 굶주리고, 함께 가난해진다.

그러나 우리가 보는 진정 '위대한' 것들은 이런 고통 속에도, 붉은 깃발, 새로운 공화국, 민중의 열광 속에도 있지 않다. 우리는 지금도 역시 역사에 진정한 혼을 불어넣는 것, 신성의 반짝임으로 보이는 것만을 알아차리고, 그것들만을 진정으로 함께 경험한다. 우리는 그간 우리가 적으로 간주했던 황제가 아주 품위 있게 권좌에서 물러나면 깊은 연민을 느낄 것이다. 그리고 조국과 황제에 대한 광신에 가까운 열렬하고 맹목적인 애국심으로 목숨을 바친 젊은 군인은 그를 바보라고 비난하는 영악한 민주주의적 웅변가보다 우리에겐 훨씬 호감이 가고 소중한 존재다. 민주주의건, 왕정이건, 연방국가건 독립국가 연합이건 우리에겐 똑같다. 우리는 다만 '무엇'이 아닌 '어떻게'를 중요시하기 때문이다. 우리가 보기엔 최선을 다해 미친 짓을 하는 미친 사람이, 예전에 제후들과 제단 앞에서 고개를 조아리다가 이제는 새로운 정권에 똑같이 아부하는 교수 나부랭이들보다 낫다. 우리는 '모든 가치의 전도'를 맹목적으로 지지한다. 그러나 이런 가치 전도는 그 어느 곳보다 우리 자신의 가슴에서 일어나야 한다.

우리의 비역사적, 비정치적 사고방식을 '지식인들'의 눈꼴신 냉담함으로 보는 사람들의 목소리가 들리는 듯하다. 그런 이들은 우리를 모든 것을 문서로 만들고, 전쟁, 혁명, 삶과 죽음에 대해 그저 말로만 지껄이는 사람들이라고 생각한다. 그런 사람들이 있다. 확실하다. 그러나 우리는 그런 사람들이 아니다. 우리는 지조 없는 사람들이 아니다. 우리는 실로 좋은 신념과 나쁜 신념을 알지 못한다. 좌파적 신념과 우파적 신념을 알지 못한다. 하지만 우리는 두 종류의 인간을 알며, 오직 이 기준으로 사람을 판단한다. 한 종류의 인간은 신념대로 살고자 노력하는 사람이고, 다른 한 종류는 신념을 그저 멋으로 안주머니에 넣어가지고 다니는 사람들이다. 우리는 황제에게 충성을 다한 나머지 급변한 시대 상황을 견디지 못하고, 기사도 정신으로 황제의 동상 발치에서 목숨을 끊은 이를 모범적이라 생각하지는 않는다. 그러나 그런 사람을 사랑하고 이해한다. 반면 어제까지만 해도 구시대적 애국주의적 언사를 일삼다가, 오늘은 또 아무렇지도 않게 혁명적 언사를 하는 영악한 사람들을 경멸한다.

지금 얼마나 어마어마한 일이 일어나는지, 얼마나 많은 사람들이 요즈음 다시금 열정적으로 헌신하고 희망하는지! 얼마나 위대한 일이 이제 일어날 수 있는지! 우리 별종들과 황야의 설교자들은 거기서 멀리 떨어져 있지 않다. 무관심하지도 않다. 우리가 남들보다 더 고상한 사람이라고 생각하지도 않는다. 그러나 우리는 언제나 인간의 영혼에서 일어나는 일만을 '위대하다' 여긴다. 황제에 대한 믿음에서 민주주의적 믿음으로의 전향은 우리에겐 깃발을 바꾼 일일 따름이다. 많은 사람들에겐 이것이 그냥 깃발 교체 이상의 일일지도 모르겠지만!

이제 서부전선의 휴전과 함께 4년간의 전쟁이 막을 내리고 있다. 그러나 전쟁이 끝나는 것에 대해서는 그 어느 곳에서도 경축하지 않는다. 이쪽에서는 전제정치가 몰락하는 것을 축하하고, 저쪽에서는 승리를 축하했다. 끔찍한 4년을 보낸 뒤, 한 시간 사이에 무의미한 총질 전체가 완전히 중단되었다는 사실을 두고 신기해하고 흥분하는 사람은 아무도 없었다. 이상한 세계다! 앞으로 얼마나 더 사소한 일 때문에 다시금 창문과 인간의 두개골을 두들겨 부수는 일이 일어날 것인가!

이상적 인간

물고기, 새, 원숭이로부터 작금의 전쟁을 벌이는 동물에 이르기까지, 우리가 인간이자 신이 되기를 원하는 이 긴 여정에서 한 단계 한 단계 앞으로 밀치고 나아갔던 동물들은 결코 '평범한' 동물이 아니었다. 평범한 동물들은 보수적으로 그저 살아온 대로 살고자 했다. 평범한 도마뱀은 결코 언젠가 날아봐야겠다는 생각을 하지 않았고, 평범한 원숭이는 결코 나무를 떠나 땅에서 직립 보행할 생각을 하지 않았다. 직립 보행을 처음으로 시도한 원숭이, 맨 처음 그런 꿈을 꾸었던 원숭이는 원숭이 중의 공상가이자 괴짜이자 시인이자 개혁가였지, 결코 평범한 원숭이가 아니었다. 내가 보았던 바에 따르면 평범한 이들은 지금과 같은 삶의 방식과 인종과 종을 고수하고 보호하고 굳게 하는 역할을 했다. 또한 뒷받침해주고, 삶의 자원을 마련하는 역할도 했다. 그러나 공상가들과 별종들은 도약을 담당했고, 생각하지도 못한 일을 꿈꾸었다. 그럼으로써 언젠가 물고기가 육지 동물이 되고, 원숭이가 유인원이 될 수 있었을 것이다.

따라서 '평범하고 정상적인 것'은 이상적인 것과는 거리가 멀었다. 그것은 그저 기능을, 즉 보수적이고 종을 유지시키는 기능을 칭하는 말이다. 반면 '재능 있다'라던가 '공상가'라는 것은 유희하고, 시험해 보고, 공놀이를 하듯 문제를 가지고 요리조리 노는 기능을 칭하는 이름이다. 그렇게 하다가 망가질 수도 있고, 미칠 수도 있고, 스스로 죽음에 떨어질 수도 있다. 그러나 경우에 따라서는 날개도 고안할 수도 있고, 신들도 만들 수 있었다. 간단히 말해 평범한 사람들은 종이 있는 그대로 유지될 수 있게끔 한 반면, '지식인들'의 임무는 인류가 가진 반대의 것, 즉 이상을 꿈꾸고, 사그라들지 않도록 하는 것이었다. 인류의 삶은 이 두 양극 사이에서 이루어졌다. 한쪽 극은 도달한 것을 굳게 붙드는 것이고, 다른 한쪽 극은 그 이상의 것을 추구하기 위해 도달한 것을 버리는 것이었다! 그리고 시인이나 소설가의 기능은 이상적인 편에 서서 협력하고, 직관을 가지고, 이상을 만들어내고, 꿈을 키우는 것이었다.

그러다 보니 작가로서는 결코 믿을 수 없는 '현실'이 존재하게 되었다. 사업, 정당, 화폐 시세, 명예 타이틀, 훈장, 거주자 주의사항 같은 형언할 수 없이 중요한 세계 말이다. 그리고 시인이나 소설가가 정치 활동을 하게 되면, 그는 인류를 위해 앞서 꿈꾸는 자로서의 직무, 이상에 봉사하는 일로부터 멀어지게 되며, 실천가들의 일에 공연히 참견하고 끼어드는 꼴이 된다. 선거 개혁과 같은 일을 하면서 진보를 이룬다고 생각하는 실천가들은 다만 뒤처진 채 지식인들의 생각을 따라잡는 것이며, 지식인들의 직관과 생각의 이모저모를 소소하게 실현시키려고 노력하는 것이다. 그리하여 영원한 평화를 위해 노력하는 정치가는 먼 옛날에 꿈꾸었던 것을 실현하기 위해 애쓰는 수많은 개미들 중의 하나다. 그러나 그 꿈을 만들어낸 자는 이미 몇천 년 전에 처음으로 강력한 언어로 꿈을 꾼 지식인들의 정신이었다. "살인하지 말라!"라는 계명은 수백 만 년 간 지구상에 존재하지 않았지만, 공식적으로 발설되기까지 오랜 세월 인류 안에서 효모처럼 작용하던 것이었다. 인류가 직립 보행과 매끈한 피부에 이르렀던 것처럼 말이다.

나는 인류의 이상이 그렇게 만들어지는 게 아닐까 꿈꾸어 보았다. '평범한 사람'은 정신적인 것으로 나아갈 필요를 그리 느끼지 않는다. 그냥 있는 그대로 안심하고 행복하게 살아간다. 하지만 정신적인 사람, 지식인은 꼭 어떤 외적 필요가 미덕으로 몰아가지 않는다 해도, 예술작품으로 상쇄시켜야 하는 내적 약함이 없다 해도, 스스로 안에서 자원하여 이런 곤궁과 필요를 만들어낼 수 있음에 틀림없다. 그는 특별한 재능과 필요를 유희이자 즐거움으로서 자신 안에서 연마해 나갈 것이다. 그저 기분 전환 삼아 머리 가르마를 반대방향으로 바꾸는 것처럼 말이다. 그는 꿈꾸는 기쁨, 창작의 고통, 그리고 정신적 배태의 불안과 기쁨을 느끼고 시험할 것이다. 그렇다고 그것들의 저주를 겪지는 않을 것이다. 각각의 유희에 포만한 채 집에 돌아와서는 단순한 의지적 행동으로 자신 안의 욕구를 서로 옮기고 조정하여, 비중을 달리한 또 다른 균형을 만들어내기 때문이다. 이런 이상적인 사람은 왕왕 시를 짓고, 왕왕 음악을 연주하고, 왕왕은 원숭이 적 기억을, 왕왕은 미래의 교육과 희망의 예감을 자기 속에서 끌어내도록 하고 유희하도록 할 것이다. 그것은 훈련된 육상선수가 각각의 근육을 시험하고 유희하도록 하는 것과 비슷하다. 이상적 인간의 내부에서 이 모든 것은 억지로 힘들게 일어나지 않으며, 아주 건강하고 기분 좋은 아이에게서처럼 된다. 가장 좋은 것은 자신에게 새로운 이상의 요구가 주어지면, 이런 이상적인 인간은 자신의 변신에 대항하여 기를 쓰며 피 터지게 저항하지 않고, 자신과 이상과 운명에 절대적으로 완전히 동의하리라는 것이다. 그는 스스로를 쉽게 변화시킬 것이며, 죽음마저도 더 쉬울 것이다.

운명의 날들

SCHICKSALSTAGE

흐린 날이 어슴푸레 밝아오니

세상은 차갑고 적대적인 시선을 보내는구나.

그대는 겁에 질려

믿을 곳은 오직 그대 자신뿐인가 하는구나.

그러나 옛 기쁨의 땅으로부터

그대 자신에게로 추방당한 채,

그대는 그대의 믿음이

새로운 파라다이스로 향하는 걸 보네.

낯설고 해롭게 보였던 것이

가장 그대다운 것임을 알아차리며,

그대는 운명을 새로운 이름으로 부르네.

운명을 받아들이네.

그대를 죽일 것만 같았던 것은

다정한 것으로 드러나고, 생기를 호흡하네.

그것은 그대를 높은 곳으로, 더 높은 곳으로 인도하는

인도자이자, 메신저라네.

「차라투스트라의 귀환」 중에서

WAS SOLLEN WIR TUN?
AUS »ZARATHUSTRAS WIEDERKEHR«

한때 독일의 정신, 독일의 용기, 독일의 의연함이라고 불리던 것이 있었다. 이런 것들은 함께 모여 소리를 지르고 대중적으로 열광하는 모습으로만 나타나는 것은 아니었다. 이런 유의 마지막 위대한 정신은 바로 니체였다. 니체는 당시 독일에서 유령회사가 난무하고, 군중심리가 들끓던 와중에 반애국적, 반독일적인 사람이 되었다. 나는 이 글에서 니체를 상기시키고자 한다. 그의 용기, 그의 고독을! 저 '위대한 시대' 동안의 조야하고 허풍이 심했던 외침보다 전혀 나을 바가 없는 오늘날 저 울음 섞인 군중들의 외침 대신, 이런 외침으로 독일의 의식 있는 젊은이들에게 몇몇 단순하고 확고한 진실과 정신적 경험을 상기시켜 주고자 한다. 모두가 필요와 양심이 이

끄는 대로, 민족과 국민을 위해 행동할지라도, 그것을 넘어서 자신이나 자신의 영혼 돌보기를 게을리한다면, 모든 행동은 무가치할 것이다. 가난하고 패배한 독일에서 소수의 사람들이 비로소 그저 울며 욕만 하는 건 소용없는 일임을 깨닫고, 다가올 미래를 위해 스스로 의연하고 쓸모 있는 사람이 되고자 첫걸음을 내딛고 있다. 비로소 소수가 전쟁 전에 이미 오랫동안 지녀왔던 독일 정신의 붕괴를 예감하고 있다. 우리가 미래를 책임져 줄 훌륭한 정신과 인물을 원한다고 하여, 에둘러 정부 형태와 정치제도를 손보기 시작할 필요는 없다. 그보다는 오히려 젊은이들의 인격을 만드는 일에서 시작해야 할 것이다.

‡

차라투스트라가 다시 나타났으며, 여기저기 거리와 광장에서 그를 본 적이 있다는 소문이 수도에 사는 젊은이들 사이에서 돌기 시작하자, 몇몇 젊은이들은 그를 찾아 나섰다. 이 젊은이들은 전쟁에서 돌아와 파괴되어 확 달라진 고향에서 불안과 걱정에 휩싸여 있던 중이었다. 그들은 커다란 일이 일어났음을 보았다. 그러나 그 의미는 깜깜하기만 했다. 많은 사람들에게는 의미가 없어 보였다. 이런 젊은이들은 모두 사춘기가 시작될 무렵 차라투스트라를 예언자와 지도자로 생각했던 이들이었다. 젊음의 열정으로 차라투스트라에 대해 기록된 문헌을 읽고, 그에 대해 이야기하고 생각했다. 숲과 산을 걸어 다니며, 밤에는 램프 불을 밝히고 방에 모여 앉아 차라투스트라를 논했다. 차라투스트라는 그들에겐 성스러운 존재였다. 누구에게나 자신의 자아와 운명을 처음으로 강하게 일깨워준 목소리는 신성한 것이 되듯 말이다.

젊은이들이 차라투스트라를 발견했을 때, 차라투스트라는 군중으로 가득한 넓은 도로에서 담벼락에 기대어 연설을 듣고 있었다. 민족의 지도자 한 사람이 마차 위에서 물밀듯 밀려든 군중을 내려다보며 연설을 하고 있었던 것이다. 차라투스트라는 연설을 경청하며 빙그레 미소 지은 채, 많은 사람들의 얼굴을 들여다보았다. 나이 든 은자가 바다의 물결과 아침노을을 비친 구름을 바라다보듯. 차라투스트라는 사람들 안에 있는 두려움을 보았다. 그들의 초조함과 어찌할 바 모르고 울음 짓는 어린애 같은 불안도 보았다. 결연한 사람들과 절망한 사람들의 눈에 어린 용기와 미움도 보았다. 젊은이들이 차라투스트라의 미소를 보고 그인 줄 알아보았다. 차라투스트라는 늙지도 젊지도 않고, 교사나 군인처럼 보이지도 않았다. 그는 인간처럼 보였다. 창조의 어둠 속에서 막 튀어나온 인간처럼 보였다. 최초의 인간처럼 보였다……. 그의 미소는 밝았다. 하지만 친절해 보이지는 않았다. 그 미소는 악의가 없었지만, 자비로워 보이지는 않았다. 그것은 전사의 미소였다. 많은 것을 보아서, 더 이상 울음에 휘둘리지 않는 노인의 미소였다. 젊은이들은 그 미소로 차라투스트라를 알아보았다.

연설이 끝나고 군중이 소란스레 흩어지기 시작하자, 젊은이들은 차라투스트라에게 다가가 경외하는 몸짓으로 그에게 인사를 했다.

그들은 더듬거리며 말했다. "오셨군요, 선생님. 고통이 극에 달한 이때에. 드디어 돌아오셨군요. 환영합니다, 차라투스트라 선생님! 당신은 우리에게 우리가 무엇을 해야 할지 이야기해 주시겠지요. 우리를 위해 앞서가 주시겠지요. 우리를 이 크나큰 위험에서 구해 주시겠지요."

차라투스트라는 미소를 지으며 그들에게 자신과 함께 가자고 했다. 그러고는 걸어가면서 자신의 말을 경청하는 젊은이들에게 말했다. "친구들이여, 나는 아주 기분이 좋군요. 그래요. 하루를 머물지, 한 시간을 머물지 모르겠지만, 난 돌아왔어요. 그리고 여러분이 연극을 하는 걸 보고 있어요. 연극을 구경하는 건 언제나 즐겁지요. 연극을 할 때만큼 인간이 정직해지는 때는 없거든요."

　젊은이들은 그 말을 들으며 서로를 쳐다보았다. 그들이 생각하기에 차라투스트라의 말에는 너무나 많은 조소와 너무나 많은 명랑함과 너무나 많은 무심함이 깃들어 있었다. 민족이 지금 비참한 상황 가운데 놓여있는데, 어떻게 연극에 대해 이야기할 수가 있단 말인가? 조국이 전쟁에 패하여 엉망진창인 마당에 어떻게 미소를 지으며 즐거울 수가 있단 말인가⋯⋯. "여러분은 내게서 '뭔가'를 배웠나요? 내가 언어나 실용적인 것들을 가르쳤었나요? 봐요. 차라투스트라는 교사가 아니라서, 그에게 물을 수도 배울 수도, 어려운 경우에 어떻게 해야 하는지 크고 작은 방법들을 받아 적을 수도 없을 겁니다. 차라투스트라는 인간이에요. 그는 나와 너입니다. 차라투스트라는 여러분이 당신 스스로 안에서 찾는 인간입니다. 미혹되지 않은 정직한 인간입니다. 그런데 어떻게 그가 여러분을 그릇된 방향으로 인도하는 선동가가 되고자 하겠습니까? 차라투스트라는 많은 것을 보았습니다. 많은 고생을 했고, 많은 일들을 해결했고, 많은 해를 받았습니다. 그러나 그는 단 한 가지를 배웠습니다. 그의 지혜는 단 하나요, 그의 자랑은 단 한 가지입니다. 그는 차라투스트라가 되는 것을 배웠습니다. 여러분이 그에게서 배울 것도 바로 그것입니다. 하지만 여러분에게는 종종 그럴만한 용기가 부족합니다. 내가 차라투스트라가 되는 것을 배운 것처럼, 여러분은 여러분 자신이 되는 것을 배워야 합니다. 여러분은 다른 사람이 되거나, 심지어 아무것도 되지 않거나, 낯선 목소리를 모방하거나, 낯선 얼굴을 여러분의 얼굴로 여기는 습관을 버려야 합니다. 그러므로 친구들이여, 차라투스트라가 여러분에게 이야기한다면, 그의 말 속에서 지혜, 기술, 방법, 민중을 유혹하는 기법을 찾지 말고, 그 자신을 찾아보십시오. 돌에게서는 딱딱한 것이 무엇인지를 배울 수 있고, 새에게서는 노래가 무엇인지를 배울 수 있습니다. 내게서는 인간과 운명이 무엇인지를 배울 수 있을 겁니다.

외부로부터 운명을 받아들이는 자는 운명에 굴복당합니다. 화살이 야생동물을 쓰러뜨리는 것처럼 운명이 그를 굴복시키지요. 반면 운명이 내면으로부터, 가장 자기다움으로부터 비롯되는 자는, 운명이 그를 강하게 만들고, 신으로 만듭니다. 그것이 차라투스트라를 차라투스트라로 만들었습니다. 그것은 여러분을 여러분으로 만들 것입니다!

'우리가 무엇을 해야 합니까?'라고 여러분은 내게 묻습니다. 그리고 늘 스스로에게 그렇게 묻습니다. '행동'은 여러분에게 아주 중요합니다. 여러분의 모든 것이지요. 그것은 좋은 일입니다. 만약 여러분이 행동이 무엇인지 제대로 이해하고 있다면, 좋은 일일 겁니다!

그러나 보세요. '우리가 무엇을 해야 할까?'라는 질문이 이미, 이런 불안한 어린애 같은 질문이 이미 여러분이 행동에 대해 얼마나 모르는지를 보여줍니다!

젊은이들이여, 여러분이 '행동'이라고 말하는 것을 산에서 온 나이 든 은자인 나는 아주 다른 말로 칭하고 싶군요. 나는 이런 '행동'을 칭하는 여러 예쁘고 우스꽝스럽고 귀여운 이름들을 지어낼 수 있을 거예요. 행동, 이것은 미리부터 '내가 뭘 해야 하지?'라고 질문했던 사람에 의해 실행된 적이 없습니다. 행동은 좋은 태양으로부터 튀어나오는 빛입니다. 좋고, 옳고, 여러 번 검증된 태양이 아니라면, 심지어 자신이 무엇을 해야 할지 자문하는 태양이라면, 그런 태양은 결코 자신으로부터 빛을 내어주지 못할 거예요! 내가 말하는 행동은 여러분이 말하는 행동과 달라요. 내가 말하는 행동은 고안하거나 궁

리해낼 수 있는 것이 아니에요. 이런 행동이 무엇인지 여러분에게 말해주겠습니다. 하지만 그 전에 친구들이여, 여러분이 말하는 '행동'이라는 것이 내 눈에 어떻게 보이는지를 말해주고 싶군요. 그러고 나면 우리는 서로 말이 더 잘 통하게 될 거예요. 여러분은 고통으로부터 달아나는 것, 태어나지 않으려 하는 것, 괴로움을 피하는 것을 '행동'이라 불러요. 여러분이 밤낮으로 상점이나 작업장에서 야단법석을 피우고, 요란하게 망치질하는 소리를 듣고, 많은 그을음을 공기 중으로 날려 보내면서, 여러분 혹은 여러분의 아버지들은 이런 일을 행동이라 불렀지요. 이해해 줘요. 나는 여러분의 망치나 그을음 혹은 여러분의 아버지들에 대해 조금도 반감이 있는 것은 아니랍니다. 하지만 여러분이 이런 활동을 '행동'이라 부르는 것이 우스운 것뿐입니다. 이런 활동은 행동이 아니었어요. 고통으로부터의 도피일 따름이었죠. 사람들은 혼자 살아가는 것이 힘들어 사회를 이루었어요. 여러분은 자기다운 삶을 살고, 자신의 운명을 찾고, 자신의 죽음을 죽으라고 요구하는 내면의 갖은 목소리를 듣는 것이 곤혹스러웠어요. 그래서 도망쳐서 그런 내면의 음성들이 희미하게 들리고, 잠잠해질 때까지 기계와 망치로 소음을 내었던 것이지요. 여러분의 아버지들이 그렇게 했고, 여러분의 선생님들이 그렇게 했고, 여러분 스스로도 그렇게 했어요. 여러분에게는 고통이 요구되었어요. 그런데 여러분은 격분해서 고통받기를 원하지 않고, 단지 행동만 하려고 했어요. 그리고 여러분은 무엇을 했을까요? 우선 여러분은 바삐 일하며 소음과 마비의 신에게 헌신하고, 손에 손 가득 할 일을 지닌 채, 결코 괴로워하고, 듣고, 호흡하고, 생명의 젖을 빨아들이고, 하늘의 빛을 받아 마실 시간을 내지 못했어요. 여러분들은 늘 뭔가를 해야 했어요. 항상 그랬죠. 그리고 행동이 아무 짝에도 도움이 되지 않을 때, 운명이 여러분의 내부에서 달콤하고 무르익는 대신, 점점 썩고 유독해졌을 때, 여러분은 여러분의 행동을 더 확장시켰고, 적들을 만들었지요. 처음에는 상상으로, 그런 다음 현실에서 그렇게 했어요. 그렇게 여러분은 전쟁에 나가 전사가 되고 영웅이 되었어요! 정복하고, 정말 무의미한 일들을 참아가며, 말도 안 되는 거창한 일을 도모했어요. 그리고 이제는, 이제는 좋습니까? 이제는 마음에 안식이 깃들고 기쁜가요? 이제 운명이 달콤한가요? 오 아닙니다. 그 어느 때보다 쓰디씁니다. 그래서 여러분은 서둘러 새로운 행동을 하러 달려가지요. 골목으로 뛰어가서, 소리 지르며 돌진하고, 평의원을 선출하고 다시금 총에 총알을 장전합니다. 이 모든 것을 합니다. 영원히 고통에서 도망치려 하기 때문이지요! 여러분 자신으로부터, 여러분의 영혼으로부터 도망치려 하기 때문이지요!

여러분이 내게 뭐라고 대꾸할지 알아요. 여러분은 내게 여러분이 참고 견뎠던 것이 고통이 아니었냐고 묻겠지요? 여러분의 형제들이 여러분의 품 안에서 죽어갔을 때, 여러분의 팔다리가 땅속에서 꽁꽁 얼어붙거나, 의사들의 수술용 칼 아래에서 움찔대었을 때, 그것이 바로 고통이 아니었느냐고 말이에요. 그래요. 그 모든 것은 고통이었어요. 그것은 스스로 의도한, 애써 얻어낸, 조급한 고통이었어요. 그것은 운명을 바꾸려 했던 것이었어요. 그것은 영웅적인 것이었어요. 운명 앞에서 달아나고, 그것을 바꾸려 하는 자가 영웅일 수 있다면 말이죠.

고통을 배우는 것은 어렵습니다. 여러분은 남성들보다 여성들이 종종 더 아름답게 고통을 배우는 모습을 볼 것입니다. 그들에게서 배우십시오! 생명의 음성이 말하는 소리를 들어보세요! 운명의 태양이 여러분의 그림자와 유희하는 걸 보세요! 생명에 대한 경외심을 배우십시오! 여러분 자신에 대한 경외심을 배우십시오!

고통에서 힘이 나옵니다. 고통에서 건강이 나옵니다. 갑자기 쓰러져 바람을 맞으며 죽어가는 사람은 늘 '건강한' 사람들입니다. 고통을 배우지 못한 사람들입니다. 고통은 사람을 질기게 만듭니다. 고통은 사람을 단련합니다. 고통 앞에서 무조건 달아나는 건 어린아이들이지요! 나는 아이들을 좋아합니다만, 평생 어린애로 남으려 하는 사람을 어떻게 좋아할 수 있을까요? 그러나 여러분 모두는 그렇게 고통으로부터 행동을 통해 달아납니다. 아픈 게 무섭고, 깜깜한 게 무서웠던 옛날의 그 애처로운 아이 같은 두려움 때문이죠.

보십시오. 여러분이 그렇게 많은 행동을 하고, 그렇게도 부지런하고, 그렇게도 열심히 생업에 종사해서 무엇을 이루었는지! 그로부터 대체 무엇이 남았는지! 돈은 가버리고, 그와 함께 겁에 질린 열심의 모든 광휘도 사라지고 없습니다. 아니면 여러분이 그 모든 행동으로 이룩한 업적은 어디에 있나요? 위대한 인간, 빛나는 인간, 행위자, 영웅은 어디에 있나요? 여러분의 황제는 어디에 있나요? 그의 추종자들은 누구인가요? 누가 추종자가 되어야 하나요? 여러분의 예술은 어디에 있나요? 여러분이 시간을 쏟은 것을 정당화해 줄 작품은 어디에 있나요? 위대하고 즐거운 사상들은 어디에 있나요? 아, 여러분은 좋은 것, 빛나는 것을 만들어내기에는 너무 적은 고난을 겪었고, 고난을 제대로 겪어내지 못했습니다!

그도 그럴 것이 친구들이여, 진정한 행동, 좋고 빛나는 행동은 여러분이 말하는 행동에서 나오지 않기 때문입니다. 활동이나, 부지런함이나 망치질에서 나오지 않습니다. 그런 행동은 고요와 위험이 있는 봉우리에서 자랍니다. 고난으로부터 자랍니다.

젊은이들이여, 여러분은 내게 고난의 학교에 대해, 운명을 담금질하는 대장간에 대해 질문합니다.

그렇다면 나는 고독에 대해 이야기를 하겠습니다.

고독은 운명이 인간을 그 자신에게로 인도하는 길입니다. 고독은 인간이 가장 많이 두려워하는 길입니다. 그곳에는 모든 끔찍함이 있고, 모든 불쾌한 것과 역겨운 것이 숨어있습니다. 그곳에는 무서운 것이 도사리고 있습니다. 모든 은자들, 무엇보다 고독한 황야의 개척자들이 이상해졌다거나 악해졌다거나 병들었다는 이야기가 돌지 않던가요? 모든 위대한 영웅적 행위를 범죄자들이 저지르는 행동인 양 말하지 않던가요? 그런 행위에 이르는 길을 가지 않도록 스스로를 보호하는 것이 좋기 때문이죠.

차라투스트라에 대해서도, 그가 미쳐서 죽어갔다고, 그의 모든 말과 행동이 이미 광기로 얼룩져 있었다고 말하지 않던 가요? 그런 말을 들을 때 여러분의 낯이 붉게 달아오르지 않던가요? 그런 미친 사람들에게 속하는 것이 더 고귀하고 품위 있게 다가오는 듯해서, 하지만 여러분 자신은 그런 용기가 없다는 것이 부끄럽게 느껴지는 듯해서요.

친애하는 친구들이여, 고독에 대해서는 여러분들에게 노래를 부르고 싶습니다. 고독이 없으면 고난도 없고, 고독이 없이는 영웅적 행위도 없습니다. 하지만 내가 말하는 고독은 귀여운 시인의 고독이나, 연극처럼 꾸민 그런 고독을 말하는 것이 아닙니다. 그런 고독에서는 은자의 암굴 곁에서 고독의 샘물이 사랑스럽게 졸졸거리지요!

아이에서 어른이 되기까지는 단 한 걸음, 단 한 단계입니다. 바로 고독해지는 것, 그대 자신이 되는 것, 어머니와 아버지에게서 떨어져 나오는 것. 이것이 바로 아이에서 어른이 되는 과정이죠. 아무도 이런 과정을 완벽하게 완수하지는 못합니다. 우리 모두는, 제아무리 황량한 산속의 거룩한 은자이자 기인이라 하여도 어머니, 아버지, 모든 사랑하는 따스한 친척들, 그리고 소속된 집단과 연결된 끈을 가지고 갑니다. 그 끈을 길게 끌고 가지요. 친구들이여, 여러분이 그렇게도 열광적으로 민족과 조국에 대해 말할 때 나는 여러분들에게 그 끈이 달려있음을 보며 미소를 짓습니다. 여러분의 위대한 남자들이 그들의 '과제'와 책임을 이야기할 때 그 끈은 그들의 입까지 길게 매달려 있지요. 여러분의 위대한 남자들, 지도자들, 대변인들은 스스로를 부인하고 거스르는 과제를 말한 적이 없습니다. 결코 운명에 대한 책임을 이야기한 적이 없지요! 그들은 어머니에게로 귀결되는, 아주 따스하고 안온한 상태로 이어지는 끈에 매달려 있어요. 문인들이 감성적인 언어로, 유년과 유년의 순수한 기쁨을 노래할 때, 그들은 바로 그런 따스함과 안온함을 상기시킵니다. 누구도 이런 끈을 완전히 끊어버릴 수 없습니다. 죽음 속에서, 자기 자신의 죽음을 죽지 않는 이상에는 말입니다.

대부분의 사람들, 즉 군중 속에 휩쓸려 다니는 모든 이들은 결코 고독을 맛보지 못했습니다. 그들은 과거에 아버지와 어머니로부터 떨어져 나왔지만, 그건 그저 아내에게 기어들어가 빠르게 그곳에서 새로운 따스함과 소속감 속에 잠기기 위해서였죠. 그들은 결코 혼자 있어 본 일이 없고, 자기 자신과 이야기를 나누어본 일이 없습니다. 그들이 어쩌다가 고독한 이와 마주치면 그들은 고독한 이를 페스트처럼 무서워하고, 미워하고, 그에게 돌을 던집니다. 고독한 이에게서 멀리 떨어지기 전에는 안심을 하지 못하지요. 고독한 자 주위에는 별들의 냄새를, 저 차가운 우주 공간의 냄새를 풍기는 서늘한 공기가 감돕니다. 아, 그에게는 고향과 둥지의 그 모든 사랑스럽고, 따뜻한 향기가 풍겨나지 않지요.

차라투스트라는 이런 별들의 냄새를, 이런 지독한 차가움을 가지고 있습니다. 차라투스트라는 고독의 길을 저만치 나아간 사람입니다. 그는 고난의 학교에 눌러앉았습니다. 그는 운명의 대장간을 보았고, 그 대장간에서 단련되었습니다.

아 친구들이여, 나는 내가 여러분에게 고독에 대한 이야기를 더 해야 할지 모르겠습니다. 나는 여러분을 그런 고독의 길로 인도하고 싶습니다. 얼음같이 찬 우주 공간에서 느끼는 희열에 대한 노래를 들려주고 싶습니다. 그러나 나는 압니다. 극소수의 사람만이 해를 입지 않고 이런 길을 갈 수 있다는 것을요. 어머니 없이, 사랑하는 사람들 없이 사는 것은 어려운 일입니다. 고향 없이, 조국 없이, 민족 없이, 명예 없이, 공동체가 선사하는 그 모든 달콤함 없이 사는 것은 쉽지 않습니다. 추위 속에서 사는 것은 쉽지 않습니다. 그리하여 그 길을 가는 대부분의 사람들은 파멸에 이릅니다. 고독을 맛보고, 자신의 운명에 책임을 지고자 한다면, 이런 파멸에 대해 무심해야 합니다. 무리와 더불어 많은 사람과 더불어 가는 것은 쉽고 달콤합니다. 비참을 통과하는 일일지라도요. 일상이 던져주는 과제와 민족이 부여하는 '과제'에 헌신하는 것은 더 쉽고, 위로가 되지요. 보세요, 저 군중으로 가득한 거리에서 사람들이 얼마나 기분 좋아하는지! 총알이 날아다니고, 생명이 위태로워도, 저 밖 어두운 밤과 추위 속을 홀로 걷는 것보다 군중 속에서 군중과 더불어 몰락하는 것을 훨씬 더 좋아합니다.

하지만 젊은이들이여, 내가 어떻게 여러분을 고독으로 이끌 수 있겠습니까? 운명을 선택하는 것이 아니듯 고독 역시 선택할 수 있는 것이 아닙니다. 우리 안에 운명을 끌어당기는 마법의 돌이 있다면 고독도 우리를 찾아옵니다. 많은 사람들, 굉장히 많은 사람들이 황야로 길을 나섰지만, 예쁜 샘 곁에서 예쁜 은자의 오두막에서 우매한 군중의 삶을 살았습니다. 그러나 어떤 사람들은 사람들이 무수히 밀집한 곳에 서있지만, 별들의 서늘한 공기가 그들의 이마를 두릅니다.

그러나 자신의 고독을 찾은 자, 채색하고 꾸민 고독이 아니라, 그 자신의 고독, 그에게 정해진 유일한 고독을 발견한 자는 복이 있을지니! 고난을 견디는 자는 복이 있을지니! 마법의 돌을 가슴에 품은 자는 복이 있을지니! 그에게로 운명이 나아오고, 그에게서 행동이 시작될 것입니다.

절망은 영웅적인 행동이 아닙니다. 여러분도 전쟁 중에 그것을 직접 경험하지 않았습니까? 하지만 절망은 지금 독일 시민들이 보여주는 이런 우매한 두려움보다는 나아요. 그들은 자신의 돈지갑이 위험한 것을 볼 때에야 비로소 영웅적으로 행동합니다!

젊은이들이여, 여러분이 입버릇처럼 하는 말 중에 나를 살짝 불쾌하게 하는 말이 있어요. 그런 말을 들으면 나는 웃어버리거나 역겨워하거나 하지요. 그건 바로 세상을 개선해야 한다는 말입니다. 여러분은 여러분이 속한 단체나 무리 가운데서 계속 이런 노래를 부르지요. 여러분의 황제나 모든 예언자들은 특히나 이런 노래를 즐겨 불렀어요. 이 노래의 후렴구는 독일 정신과 그것의 회복에 대한 것이었죠.

친구들이여, 우리는 세상이 좋은지 나쁜지에 대한 판단을 자제해야 해요. 세상을 개선해야 한다는 그 이상한 생각을 버려야 합니다. 잠을 잘 못 잤거나 과식해서 속이 좋지 않은 날이면 사람들은 몹쓸 세상이 되었다고 탓하기 일쑤죠. 반면 연인과 막 달콤한 입맞춤을 한 날이면 세상은 정말 살만한 곳이라는 찬사가 절로 나온답니다.

세상은 개선되기 위해 존재하는 것이 아니에요. 여러분도 개선되기 위해 존재하는 게 아니랍니다. 여러분은 여러분 자신으로 살기 위해 존재해요. 여러분이 존재하기에 세상은 여러분의 소리와 울림, 분위기와 그림자로 더 풍성해질 겁니다! 여러분 자신이 되세요. 그러면 세상은 풍성하고 아름다워집니다! 여러분 자신이 되지 않고 거짓말쟁이와 겁쟁이가 되면, 세상은 가련해지고 개선이 필요한 곳으로 보이게 되는 것입니다.

바로 지금, 이 기묘한 시대에 세상을 개선하자는 노래는 다시금 아주 열심히 불리고 있어요. 세상을 개선해야 한다는 부르짖음이 아주 격하지요. 그런 노래가 얼마나 도취적이고 역겨운지, 여러분의 귀에는 들리지 않나요? 그것이 얼마나 부드럽지 않게, 행복하지 않게, 전혀 영리하거나 지혜롭지 않게 들리는지요! 이런 노래는 모든 그림에 들어맞는 액자와 같아요. 황제에게도 맞고, 순경에게도 맞고, 여러분의 유명한 독일 교수들에게도 맞고, 차라투스트라의 옛 친구들에게도 어울리지요! 이런 무미건조한 노래는 민주주의에도, 사회주의에도, 국제연맹과 세계 평화에도, 민족주의를 폐지하자는 의견과 새로운 민족주의에도 들어맞아요. 여러분의 적들도 이런 노래를 불러요. 서로에게 대항해 노래하며, 서로를 죽이고 싶어 하는 그런 합창이죠. 여러분은 깨닫지 못하나요? 이런 노래가 들리는 곳곳마다 주먹으로 책상을 내리치는 일이 일어나고, 사리사욕과 이기심이 지배한다는 것을. 자아를 고양하고 단련하고자 하는 고상한 자기 추구가 아니라, 돈과 허영과 자만이 난무한다는 것을. 인간이 자신의 이기심을 부끄러워하기 시작할 때, 그는 세계 개선을 이야기하기 시작하고, 이런 말 뒤에 스스로 숨기 시작하지요.

친구들이여, 난 모르겠어요. 세상이 일찍이 개선되었는지, 세상이 그저 늘 그만그만하게 좋기도 하고 나쁘기도 했던 건 아닌지. 나는 알지 못해요. 나는 철학자가 아니에요. 이런 쪽으로는 별 관심도 없어요. 하지만 내가 아는 것은 이것이에요. 만약 세계가 인간에 의해 개선되었다면, 인간에 의해 더 풍요롭고, 생동감 넘치고, 즐겁고, 위험하고, 재미있어졌다면, 그건 세계를 개선하려는 사람들에 의해 그렇게 된 것이 아니라, 진정한 이기주의자들에 의해 그렇게 된 거라는 것 말이에요. 나는 여러분 역시 그런 이기주의자들에게 속하기를 바랍니다. 이들처럼 진지하고 진정으로 이기적인 사람들은 목표나 목적을 알지 못합니다. 그저 살아가면서 자기 자신이 되는 것으로 족합니다. 감수해야 하는 것이 질병이라면 기꺼이 질병도 겪어냅니다. 자신이 얻은, 자신의, 아주 자기다운 질병인 것입니다. 감수해야 하는 것이 자신의 죽음이라면 기꺼이 죽습니다. 자신이 얻은, 자신의 죽음인 것입니다! 이를 통해 아마도 때때로 세상이 개선되었을 것입니다…….

여러분은 여러분의 것이 아닌 역할을 하고 있어요. 여러분은 황제와 리하르트 바그너의 도움으로 '독일의 미덕'을 오페라로 만들었어요. 세상의 그 누구도 여러분들처럼 중요하게 생각하지 않는 오페라를 말이에요. 이 멋지고 화려하고 떠들썩한 오페라 뒤에서 여러분 모두는 자기들의 어두운, 노예적이고 과대망상적인 본능을 키우고, 펼쳐왔어요. 여러분은 입으로는 신의 이름을 부르면서 손으로는 돈주머니를 차고 있었어요. 늘 질서니 덕이니 조직이니 하며 거창한 단어를 들먹였지만, 그것이 의미하는 바는 늘 돈을 버는 것이었죠.

내가 여러분을 아프게 하고 찌르는 말만 한다고 뭐라고 할지도 모르겠어요! 여러분은 서로 마음을 상하게 하는 데 익숙하지 않으니까요. 여러분은 서로 옳다고 추켜세우는 데만 익숙하죠. 옳지 않다고 하고, 나쁘게 말하고, 탐탁지 않은 경향들을 폭로해 버리는 건 언제나 적들의 몫이었죠. 그러나 나는 여러분에게 말해요. 삶의 편에 서서 세상에서 제대로 살아가려면 사람은 아픔을 주어야 하고, 아픔을 견딜 수 있어야 한다고요. 세상은 차가워요. 영원히 어린아이로 안온한 따스함을 느낄 수 있는 고향과 같은 둥지가 아니에요. 세상은 무자비하고, 종잡을 수 없어요. 강한 자와 노련한 자만 좋아하지요. 스스로에게 충실한 자를 좋아해요. 다른 모든 것은 세상에서 잠시 성공할 뿐입니다. 독일이 정신적으로 몰락해 버린 이후, 여러분이 상품과 조직으로 일구었던 그런 성공들이죠! 그런 성과들이 어디에 있나요? 하지만 이제는 아마도 여러분의 시대예요. 이제 여러분이 강력하게 의지를 펼칠 때가 되었어요. 새롭게 허풍을 떨거나 인생의 비밀스런 의미 앞에서 다시금 도망치는 것이 아니라, 어른다움으로, 여러분 스스로에 대한 믿음으로, 스스로를 거슬러 진실과 충실함으로 나아갈 때가 된 것입니다.

여러분은 세상에서 가장 경건한 민족입니다. 그러나 여러분의 경건함이 어떤 신들을 창조했는지요! 황제들, 하사관들!

여러분은 교사들과 책들로부터 두 가지 가르침을 배웁니다. 한 가지는 바로 민족이 전부이며 개인은 아무것도 아니라는 것이고, 다른 하나는 그 반대라는 것입니다.

독일인들은 다른 민족들보다 더 복종하는 것에 익숙합니다. 여러분의 민족은 아주 쉽게, 아주 기꺼이 기쁨으로 복종했습니다. 복종함으로 계명을 지키고 규율을 따랐다는 만족감을 느끼지 않고는 단 한 걸음도 움직이지 않았을 것입니다. 수많은 법들의 목록, 특히 금지규정 목록들이 숲처럼 여러분의 온 나라를 뒤덮었습니다. 그리도 오랜 휴지기 끝에, 지난한 기다림 끝에 언젠가 다시금 사람의 목소리가 들린다면, 어떻게 먼저 그저 복종하고 볼 수 있겠습니까? 지시와 규정 대신 다시금 힘 있고 확신에 찬 목소리가 들린다면? 순순히 명령에 복종하여 수행한 행동이 아니라, 그리스 여신(제우스의 머리에서 태어난 아테나 여신을 말함)처럼 완전 무장한 상태에서, 자기 아버지의 머릿속에서 건강하고 명랑한 상태로 튕겨져 나온 듯한 행동을 언젠가 다시금 본다면 말이에요.

친구들이여, 여러분의 민족이 무엇을 갈망하고 무엇에 굶주리는지를 늘 생각하고 잊지 마세요. 진정한 행위와 어른다움은 책이나 대중 연설에서 생겨나는 것이 아님을 잊지 말아요. 그것은 산속에서 자라납니다. 그리고 그곳으로 이르는 길은 고난과 고독을 통과합니다. 기꺼이 견딘 고난, 자발적인 고독을 통과합니다.

대중연설가들의 말과 달리 나는 여러분에게 호소하고 싶습니다. 그렇게 서두르지 마세요! 모두들 사방에서 여러분에게 이렇게 외칩니다. '서둘러라! 뛰어라! 얼른 결정해라! 세계가 불타고 있다! 조국이 위험에 처해있다!' 그러나 내 말을 믿으세요. 여러분이 시간적 여유를 갖는다고 하여, 여러분이 자신의 의지와 운명과 행위를 성숙하고 무르익도록 한다고 하여 조국은 그리 곤경에 빠지지 않습니다! 성급한 태도는 고분고분 복종해 버리는 태도와 마찬가지로 독일인의 미덕이 아닙니다.

자, 친구들이여, 이제 작별할 때가 되었습니다. 여러분도 알 것입니다. 차라투스트라가 작별을 할 때는 자신의 말을 경청한 사람들에게 그들이 자신에게 충실히 붙어있으라거나 제자로 남으라고 부탁하지 않는다는 것을요.

여러분은 차라투스트라를 숭배해서는 안 됩니다. 차라투스트라를 모방하려 해서도 안 됩니다. 차라투스트라가 되려고 해서도 안 됩니다! 여러분 안에 아직 어린애 같은 깊은 잠에 빠진 숨겨진 형상이 있습니다. 이런 형상을 일깨워 살아있게 만드십시오! 모든 사람에겐 자연의 외침, 의지, 자연이 던져 준 소질이 있습니다. 미래를 향한, 새로운 것, 더 높은 것을 향한 소질이 있습니다. 이를 성숙하게 하십시오. 이를 일깨우고, 잘 가꾸십시오! 여러분의 미래는 이것 혹은 저것이 아닙니다. 돈이나 권력이 아닙니다. 지혜나 생업상의 행운이 아닙니다. 여러분의 미래, 여러분의 어렵고 위험한 길은 바로 성숙해지는 것이며, 자기 자신 속의 신성을 발견하는 것입니다.

작별하면서 마지막으로 하고 싶은 이야기는 이것입니다. 여러분 자신에게서 나오는 음성을 들으세요! 이런 음성이 침묵하면, 뭔가가 잘못되고 있다는 것을 깨달으세요. 뭔가가 제대로 되고 있지 않다는 것, 여러분이 잘못된 길 위에 서있다는 것을 알아두세요.

‡

예언자들이 '멸망'을 이야기할 때 부르주아들을 엄습하는 경악과 곳곳에서 깨어나는 젊은이들의 기쁨은 우리 시대의 커다란 표지들이다. 젊은이들 중의 가장 훌륭한 젊은이들이 이렇게 기뻐하는 모습, 유쾌하고 진지한 태도, 책임지고 헌신하려는 자세는 미래의 미소이다. 오늘날 모든 민족 위에 이런 진솔하고 기쁜 아침 여명이 드리우고 있다. 젊은이들이여, 이 시대에 사는 것을 기뻐하라! 헌신의 행복과 무욕의 행복, 자발적인 협동의 행복을 맛보라! 다른 길은 그대들을 그렇게 확실하게 모든 삶의 기술의 목표로, 이기주의의 바람직한 극복으로 인도해주지 못한다. 이런 길은 개성을 포기함으로써가 아닌, 개성을 최고조로 계발함으로써 가능하다.

‡

오늘날 정치적 이성은 더 이상 정치권력이 있는 곳에 있지 않다. 파국을 막거나 정도를 좀 완화시켜야 할 때, 지성과 직관은 공적인 자리에 있지 않은 사람들에게서 유입되는 것이 틀림없다. 전제주의자들과 전쟁 기술자들이 떨그렁거리고 울부짖는 소리는 장기적으로 이성의 나지막한 목소리에 배겨날 수 없음을 믿어야 한다. 내가 '우리는 무엇무엇을 해야 한다'라고 말할 때, 이것은 도덕적 명령이 아니라 직접적인 생물학적 명령이다.

새로운 이상

NEUE IDEALE

　자신의 이상이 위협당할 때 모든 이는 아무리 무지막지한 일이라도 기꺼이 할 수 있어. 그러나 새로운 이상, 새롭고, 아마도 위험하고, 무시무시한 성장의 움직임이 문을 두드릴 때는 그곳에 아무도 없어……. 인류의 길에 영향을 미친 모든 사람들은, 모두 예외 없이 운명을 받아들일 준비가 되어있었기 때문에 그런 일을 해내고, 영향력을 발휘할 수 있었어. 모세와 부처도 그렇고, 나폴레옹과 비스마르크도 그래. 어떤 흐름 속에 봉사하는가, 어떤 극의 다스림을 받는가 하는 것은 자신이 선택할 수 없어. 비스마르크가 사회민주주의자들을 이해하고, 그들에게 맞추었더라면 그는 영리한 신사는 되었을지 몰라도, 운명의 사람은 될 수 없었을 거야. 나폴레옹, 카이사르,

로욜라, 모두 마찬가지였어! 늘 생물학적으로, 발달사적으로 생각해야 해! 지표면에서 일어난 지각 변동으로 물속에서 살던 동물들이 뭍으로 나오고, 육지에 살던 동물들이 물속으로 던져졌을 때, 운명을 받아들일 준비가 된 개체들만이 바로 새로운 것, 전대미문의 것을 실행하고, 새로운 적응을 통해 종을 구할 수 있었지. 이런 개체들이 전에 그들의 종 가운데서 보수주의자이자 현상유지자로 두각을 나타내던 쪽이었는지, 아니면 오히려 괴짜이자 혁명가였는지 우리는 알지 못해. 그들은 준비되어 있었기에 자신들의 종을 새로운 발전으로 인도하여 구해낼 수 있었어. 우리는 이것을 알아. 그래서 우리는 준비하고자 해.

《데미안》에서는 개성화 과정을 강조합니다. 자기다운 인격이 되지 않고는 고차원적인 삶을 살 수가 없지요. 오직 자기 자신에 충실해야 하는 이런 과정에는 커다란 적이 있습니다. 바로 관습, 타성, 시민성이지요. 관습의 거짓된 신을 받아들이기보다는 온갖 사탄과 마귀와 함께 해나가는 것이 차라리 낫습니다! 개성적인 존재가 되는 것에 관한 한 이것이 바로 현재 내가 표방하는 젊고, 프로테스탄트적인 관점이지요. 나는 우리의 과제이자 소명의 또 다른 측면이자 더 크고 신적인 측면, 즉 우리의 인격을 극복하고, 하나님의 속성이 스며들게 하는 일 역시 잘 알고 있습니다. 당신은 이를《싯다르타》에서 보았을 거예요. 나 스스로는《데미안》과《싯다르타》를 결코 모순되는 것으로 보지 않습니다. 같은 길에 속한 부분들로 봅니다.

‡

정말 많은 사람들이 자아와 세계 사이에서 중용을 찾지 못해 망합니다. 모든 '소명을 받은 자들', 즉 상당히 개성적인 존재가 되도록 정해진 사람들은 젊은 시절을 힘들게 보냅니다. 자기다움을 찾아가는 일은 사람을 고립시키고, 투쟁과 회의를 불러오지요. 가장 큰 위험은 재능 있는 사람들이 자신의 자아에 사로잡힌 나머지 세월이 요구하는 것을 다시금 깨닫지 못하고, 세상과 생산적인 관계에 이르지 못하는 것이에요.

외부와 나 자신

AUSSENWELT UND SELBST

외부로부터는 아무 조언도 받을 수 없어요. 당신은 당신의 길을 가야 합니다. 당신의 길을 포기하고 궁색하게 대강 다른 사람에게 맞추어 살든지 아니면 당신의 소질이 당신을 평균적이지 않은 삶으로 부르고, 그런 삶을 살도록 한다는 것을 의식해야 합니다. 목표가 눈에 보이지 않고, 이런 평균적이지 않은 삶이 나중에 당신과 같은 사람들을 어디에 세우는지 아직 알 수 없다고 하여도, 당신은 스스로를 귀히 여기고, 자신에게서 뭔가를 이끌어내고자 해야 합니다.

‡

자신의 길을 가는 모든 이는 영웅입니다. 자신이 할 수 있는 것을 진정으로 행하며 사는 자는 모두 영웅이지요. 설사 그 과정에서 어리석은 일이나 시대에 뒤떨어진 일을 한다고 해도, 스스로 희생하지 않고 아름다운 이상을 그저 말로만 떠들어대는 수많은 다른 사람들보다 훨씬 나은 사람입니다.

세상을 가만히 관찰해 보면, 무언가를 실행하는 일도 마찬가지입니다. 아름다운 생각과 이상과 견해는 늘 고상하고 선한 이들의 손에만 놓여있지는 않아요. 한 인간이 케케묵은 구시대적 신들을 위해 가장 고결한 싸움을 싸우고 죽을 수도 있습니다. 그러면 그는 돈키호테처럼 보일지도 모릅니다. 하지만 돈키호테는 철두철미한 영웅이고, 철두철미하게 고결하지 않은가요. 반대로 어떤 사람이 아주 똑똑하고, 박식하며, 유창한 언변을 지니고, 마음을 사로잡는 생각이나 관념이 담긴, 멋진 책들을 쓰고 강연을 할 수 있습니다. 하지만 그저 입으로만 떠벌릴 뿐, 희생이나 행동을 진지하게 요구받자마자 도망쳐 버릴 수도 있지요.

그래서 세상에는 여러 역할이 있는 것입니다. 반대편에 속해 있는 수준 높은 사람들이 서로를 같은 편 동지보다 더 존경하고 사랑하는 일이 가능하며, 이는 비길 데 없이 멋지고 옳은 일일 것입니다.

나와 너 사이에 다리가 없으며, 우리 모두는 이해받지 못한 채 고독하게 걸어간다는 것은 공상에 불과합니다. 현실은 반대예요. 인간이 공통적으로 가진 것은 각자가 자신만이 가진 것, 그리하여 다른 사람과 구별되는 것보다 훨씬 더 많고 중요하답니다.

‡

다음과 같은 면에서 나는 별로 운이 없습니다. 내가 뭔가 정말로 필요한 것, 행복한 것, 매력적인 것을 시도할 때마다, 사람들은 불쾌해 하거든요. 사람들은 그냥 있는 그대로를 유지하고, 얼굴을 변화시키지 않는 것을 좋아해요. 하지만 내 얼굴은 그걸 거부합니다. 내 얼굴은 종종 바꾸려 합니다. 그것이 내 얼굴이 가진 욕구지요.

내가 듣곤 하는 또 다른 비난은 나 자신이 봐도 아주 옳은 것이에요. 사람들은 내가 현실 감각이 떨어진다고 말해요. 내가 쓰는 작품들, 내가 그리는 그림들은 현실에 맞지 않아요. 글을 쓸 때 나는 종종 교양 있는 독자들이 제대로 된 책에 제기하는 모든 요구를 잊어버리지요. 무엇보다 나는 정말로 현실에 신경을 쓰지 않습니다. 현실은 별로 신경을 쓸 필요가 없는 것이라고 생각하지요. 현실은 충분히 괴로울 정도로 언제나 존재하는 것이기 때문입니다. 반면 아름답고 필요한 것들은 우리의 주의와 관심을 필요로 해요. 현실은 그 어떤 상황에서도 만족할 수 없는 것, 그 어떤 상황에서도 결코 숭배하거나 흠모할 수 없는 것이지요. 현실은 우연이요, 삶의 부산물이기 때문입니다. 이런 닳아빠지고, 늘 실망스럽고 황량한 현실은 우리가 현실을 부인하고, 현실보다 더 강하다는 것을 보여주는 것 외에 결코 다른 방식으로 바뀔 수 없습니다. 사람들은 나의 문학이 종종 현실을 고려하지 않는다고 아쉬워합니다. 내가 그림을 그리면 나무들은 표정을 갖고 있지요. 집들은 웃거나 춤추거나, 울어요. 그러나 그 나무가 배나무인지, 밤나무인지는 도통 알아볼 수가 없어요. 나는 이런 비난을 받아들입니다. 나 자신의 삶 역시 내게 아주 종종은 동화처럼 여겨진다고 고백합니다. 나는 종종 외부세계를 나의 내면세계와 연결하고, 합일해서 보고 느껴요. 외부세계와 내부세계를 일치시키지요. 이런 합일과 연결을 신비하다고 부를 수밖에요.

KINDERSEELE

때로 우리는 거리낌 없이 행동을 한다. 나가기도 하고, 들어오기도 하며, 이런 일도 하고 저런 일도 한다. 모든 것이 가볍고, 경쾌하고, 자유롭다. 모든 것이 다르게 되어도 상관없어 보인다. 하지만 때로, 어떤 때에는 아무것도 달라질 수 없을 듯해 보인다. 전혀 경쾌하지도, 자유롭지도 않다. 우리의 모든 행동 하나하나가 힘에 휘둘리고, 운명의 무게에 짓눌린다.

살아가면서 한 행동 중 우리가 선하다 일컬으며, 쉽게 화제에 올릴 수 있는 일들은 거의 첫 번째 '가벼운' 종류에 속한다. 그런 행동은 쉽게 잊힌다. 반면 이야기하기 힘든 일들은 결코 잊히지 않는다. 그런 일들은 남이 아닌, 우리 자신이 저지른 것인 경우가 많고, 그런 일들의 그림자는 삶의 모든 날들에 길게 드리운다.

어린 시절 우리 집은 햇살이 환하게 비치는 거리에 있었다. 크고 밝은 집이었다. 높은 현관문을 통과하면, 석재 건물 특유의 눅눅한 공기가 감도는 서늘하고 어스름한 공간이 나왔다. 어두침침하고 층고가 높은 전실은 말없이 사람을 받아주었고, 붉은 사암 타일이 깔린 바닥은 가벼운 경사를 이루며 계단으로 이어졌다. 전실 맨 안쪽에서 시작되는 계단의 아래쪽은 어스름에 잠겨있었다. 수없이 이곳을 드나들면서도 현관문이나 복도, 타일, 계단을 관심 있게 본 적은 없었다. 그럼에도 이 공간은 늘 다른 세계, 즉 '우리의' 세계로 넘어가는 길목이었다. 전실은 돌 냄새가 났고, 어둡고, 천장이 높았다. 계단을 오르면 서늘한 어둠에서 벗어나 빛이 반짝이는 밝고 쾌적한 공간이 나왔다. 하지만 우선은 반드시 어두운 전실을 거쳐야 했다. 그곳은 아버지의 기운이 느껴지는 공간이었다. 품위와 권위, 벌과 양심의 가책이 감도는 공간이었다. 웃으며 그곳을 통과하던 많은 날들이 있었다. 그러나 때로는 그곳에 들어서면, 곧장 주눅이 들고, 작아지고, 가슴이 조마조마해져서, 후다닥 계단을 뛰어오르곤 했다.

열한 살 때였다. 어느 날 나는 학교에 갔다가 집으로 돌아왔다. 그날은 운명이 구석에 도사리고 앉아 망을 보는, 그래서 무슨 일인가가 일어나기 쉬운, 그런 날이었다. 이런 날에 마음의 무질서와 혼란은 주변 세계에 투영되어, 그 세계를 일그러뜨리는 듯하다. 마음은 불쾌하고 불안하게 조여들고, 우리는 외부에서 그 원인을 찾는다. 세상이 이상하다고 생각하고 곳곳에서 저항에 부딪힌다.

그날도 그랬다. 아침부터 특별히 무슨 일을 저지른 것도 없는데 양심의 가책 비스름한 것이 느껴졌다. 왜 그런지 누가 알겠는가? 어쩌면 간밤에 꾼 꿈 때문인지도 모른다. 아침부터 아버지의 표정은 상당히 좋지 않았다. 힘들고 불만스런 표정이었다. 아침 우유는 밍밍하고 맛이 없었다. 학교에서는 그리 어려운 일은 없었지만, 다시금 모든 것이 지루하고, 따분하고, 맥이 빠졌다. 전반적으로 너무나 익숙한 절망감과 무력감이 느껴지는 것이 이런 시간이 끝없이 계속될 것이며 우리는 영원히 작고 힘이 없는 채로, 이런 멍청하고 짜증 나는 학교에 다니게 될 거라고 말해주는 듯했다. 그리고 이 모든 삶은 의미 없고, 역겨운 것이라는 말이기도 했다.

그날따라 그즈음 친하게 지내던 아이에게도 화가 났다. 나는 얼마 전부터 증기기관사의 아들인 오스카 베버와 친하게 지냈다. 내가 왜 자꾸 오스카 베버에게 끌리는지 나 자신도 알지 못한 채였다. 얼마 전 자기 아버지가 하루에 7마르크를 번다며 으스대길래, 그냥 입에서 나오는 대로 우리 아버지는 14마르크를 번다고 둘러대었는데, 오스카가 그 말에 비아냥거리지 않고, 오히려 감탄을 했던 것이 일의 발단이었다. 며칠 뒤 나는 베버와 합세하여, 함께 돈을 모아 나중에 권총을 한 자루 사기로 의견을 모았다. 철물점 진열장에서 본 권총은 푸르스름한 빛이 도는 총신 두 개가 달린, 육중해 보이는 총이었다. 베버는 우리가 한동안 열심히 모으면 그 권총을 살 수 있을 것이라고 했다. 돈이야 늘 들어온다면서, 자신은 밖에 나가 논다고 하면 10페니히를 용돈으로 받고, 그 밖에도 종종 용돈을 받는다고 했다. 때로는 골목에서 돈을 주울 때도 있고, 말굽 편자나 납 조각처럼 팔면 돈 되는 걸 주울 때도 있다나. 그러면서 곧장 우리의 모금을 위해 10페니히를 내어놓는 것이었다. 나는 이 10페니히에 상당히 솔깃한 나머지, 순간 돈을 모아 총을 사겠다는 계획이 상당히 실현 가능하고, 희망적으로 보였다.

그날 오후 오스카 베버에 대한 생각에 몰두한 상태로 현관문에 들어서자, 지하실처럼 서늘한 공기 속에서 불편하고 짜증 나는 많은 일들과 세계질서에 대한 어두운 경고가 내게 훅 끼쳐왔다. 나는 사실 오스카 베버를 별로 좋아하지 않는다는 생각이 들었다. 세탁부를 연상시키는, 마음씨 좋아 보이는 얼굴은 분명 호감이 느껴졌다. 그러나 베버에게 끌리는 것은 그의 인간성이나 성격 때문이 아니라, 그가 가진 약간 다른 속성 때문이었다. 그것은 그와 비슷한 출신 배경을 가진 모든 아이들에게 공통된 것이었다. 이런 아이들에겐 낯 두꺼운 처세술 같은 것이 있었다. 위험에 처하거나 멸시를 당해도 아랑곳하지 않았으며, 돈과 상점, 작업장, 물건과 물건값, 요리와 빨래처럼 자디잔 실질적인 일들을 다 꿰고 있었다. 학교에서 선생님들에게 매를 맞아도 아파하지 않는 것 같았고, 일꾼이나 마부, 여공과 친척과도 친하게 지냈다. 나와는 달리, 세상에 더 안정적으로 발을 딛고 사는 듯했다. 나보다 더 어른스러웠고, 자기들의 아버지가 하루에 얼마를 버는지를 비롯해, 내가 미처 모르는 많은 것들을 알았다. 간혹은 내가 알아들을 수 없는 말이나 농담을 하면서 웃어대었는데, 내가 도무지 흉내 낼 수 없는 웃음을 웃곤 했다. 분명 상스럽고 경박한 웃음이었다. 그러나 어른스럽고 '남자'다운 웃음이라는 건 부인할 수 없었다. 그들보다 똑똑하고, 공부를 잘한다는 건 아무런 도움이 안 되었다. 옷을 더 잘 입고, 머리를 말끔하게 빗고, 깨끗이 씻고 다닌다는 것도 별 도움이 안 되는 건 매한가지, 아니 오히려 그 반대였다. 바로 이런 차이가 그들이 가진 매력이었다. 베버 같은 아이들은 내 눈엔 아주 막연하고 모험적으로 보이는 '세계'에 어려움 없이 드나드는 듯했다. 그러나 내겐 이런 '세계'가 꼭 닫혀 있어, 나는 힘겹게 나이를 먹고, 학교에 다니고, 시험을 치르고, 교육받음으로써 그 세계의 문 하나하나를 어렵사리 정복해야만 할 것처럼 보였다. 베버 같은 아이들은 거리에서 말굽 편자, 돈, 납 조각들을 찾아내고, 심부름 값을 받고, 가게에서 이런저런 물건을 공짜로 얻기도 하면서 여러모로 능수능란하게 살았다.

베버랑 친구가 되고 공동의 저금통까지 마련한 것이 단지 그런 '세계'에 대한 동경 때문이었음이 어렴풋이 느껴졌다. 그런 세계를 둘러싼 비밀 외에, 베버에게 무슨 좋아할 만한 구석이 있던가. 그런 비밀 덕에 그는 나보다 어른들에게 더 가까웠다. 꿈과 소망 속에서 살아가는 나와 달리, 그는 있는 그대로의 적나라하고 거친 세계에서 살아갔다. 나는 끝내 그에게 실망하리라는 것을 일찌감치 알았다. 그에게 삶의 비밀과 마법의 열쇠를 얻어낼 수 있다고 생각하는 건 언감생심이었다.

나와 방금 전 헤어진 베버는 어떤 동경이나 예감으로 마음이 우울해지지 않은 채, 그저 느긋하게 휘파람을 불며 즐겁게 집으로 돌아가리라. 하녀와 직공들과 마주쳐 그들이 좀 미심쩍은, 아마도 놀랍거나 혹은 죄된 생활을 하는 걸 본대도, 베버에겐 그것이 미심쩍어 보이거나, 무슨 대단한 비밀로 다가오지 않을 것이다. 위험하거나, 거칠거나, 긴장되는 것으로 다가오지 않고, 당연한 것, 잘 아는 것, 물 만난 오리처럼 친숙하고 편안한 것으로 다가올 것이다. 반면 나는 늘 그 바깥에 서 있을 것이다. 홀로, 불안하게, 추측만 난무할 뿐, 어떤 확신도 없이 말이다.

　그날은 다시금 김이 팍 새어버린 듯 살아갈 맛이 나지 않았고, 토요일인데도 월요일 같은 느낌이 들었다. 다른 날보다 세 배는 더 길고, 세 배는 더 지루한 월요일 냄새가 났다. 이런 짜증스럽고 넌더리나는 삶, 거짓되고 역겨운 삶이라니. 어른들은 마치 세계가 완벽하고 자신들은 반쯤은 신 같은 존재이며, 우리 어린애들은 허섭스레기라도 되는 것처럼 굴었다. 바로 학교 선생님들이 그랬다! 우리 안에는 나아지고 분발하려는 마음이 있었다. 그리스어의 불규칙 변화를 익히는 것이든, 복장을 단정히 하는 것이든, 부모에게 순종하는 것이든, 모든 고통과 멸시를 말없이 씩씩하게 견디는 것이든 간에 정말로 열심을 내어 잘해보고자 했다. 그랬다. 우리는 늘 신에게 헌신하고 저 높은 곳에 이르는 이상적이고, 깨끗하고, 고상한 길을 걷기 위해, 덕스런 행동을 연습하고 나쁜 것을 말없이 견디기 위해, 다른 사람들을 돕기 위해 열심히 경건한 노력을 기울였다. 아, 그런데 이런 노력은 언제나 다시금 짧은 도움닫기에, 잠깐의 날개 퍼덕임에 그쳤다! 불과 며칠 지나지 않아, 아니, 몇 시간만에, 일어나서는 안 되는 일들이, 뭔가 비참하고, 낙심되고, 창피한 일들이 일어났다. 용감하고, 고상한 결심과 맹세를 하고 나서 한순간에 죄되고 한심한 행동으로, 구차하고 좀스런 행동으로 미끄러졌다! 선한 결심들이 아름답고 옳다는 것을 그리도 절절히 가슴 깊이 느끼면서도, 늘 번번이 평생을 (어른이 되어서도) 습관대로 살며, 늘 형편없고 못된 속성이 승리를 거두는 건 대체 왜 그런 것일까? 아침에 침대에서 무릎을 꿇고, 혹은 밤에 촛불 앞에 앉아 거룩한 맹세로써 선한 것과 빛나는 것에 연합하고, 하나님을 부르고, 모든 악을 영원히 물리치겠다고 마음을 다진 뒤, 그저 두어 시간 만에 어떻게 이런 거룩한 맹세와 다짐을 그리도 무참히 배신할 수가 있단 말인가? 그 배신이란 게 그저 동급생의 저속한 농담에 귀 기울이고, 함께 낄낄대고 웃는 것에 지나지 않는다 하더라도 왜 늘 이 모양이 되는 것일까? 다른 사람들은 달랐을까? 영웅들, 그리스와 로마인들, 기사들, 초기 그리스도인들은 모두 나랑 다른 사람들이었을까? 더 나은 사람, 더 완전하고 나쁜 충동이 전혀 없는 사람들이었을까? 내게 없는 어떤 장기가 그들에게 있어서, 그것이 그들이 하늘에서 일상으로, 고매한 상태에서 부족하고 비참한 상태로 추락하지 않도록 막아주었을까? 그런 영웅과 성인들은 원죄를 모르는 인간들이었을까? 거룩하고 고귀한 삶은 극소수의 선택받은 자들에게만 가능한 것일까? 따라서 내가 선택받은 자가 아니라면, 어찌하여 이런 아름다움과 고결함을 추구하는 마음을 타고난 것일까? 왜 이런 순결함과 선량함, 덕을 향한 크고 간절한 동경을 타고난 것일까? 이것은 정말 비웃음을 살만한 것이 아닐까? 하나님의 세계에 한 인간, 한 소년이 동시에 모든 높은 충동과 모든 나쁜 충동을 한 몸에 지니고 태어나 고통하고 절망했던 경우가 있었을까? 그런 불행하고 우스꽝스런 인물은 그저 바라보는 신을 즐겁게 하기 위해 존재하는 것일까? 정말 그런 경우가 있을까? 그렇다면 전 세계는 악마의 놀림감이 아닐까? 역겨워서 내칠 만한 것이 아닐까? 그렇다면 신은 괴수이자 미치광이, 어리석고 혐오스런 광대가 아닐까? 아아, 반항의 쾌감을 느끼며, 이런 생각에 몰두하는 동안, 신성모독 죄를 저지르는 것에 겁먹은 가슴은 이미 덜덜 떨리며 나를 벌주었다!

　30년이 지난 지금도 아버지 집 계단실이 눈에 선하다. 이웃집 벽에 면해 있어 볕이 거의 들지 않는, 불투명 유리의 높은 창문. 하얗게 닳아버린 전나무 목재 계단과 층계참, 매끄럽고 단단한 나무 난간은 내가 계단을 내려갈 때 무수히 타고 다닌 바람에 반들반들 윤이 났다! 어린 시절은 아득하고, 동화처럼 아른거릴지라도, 당시에 이미 행복의 한가운데에서 내 안에 있었던 고통과 갈등은 정확히 기억이 난다. 당시 아이의 마음에 있었던 이 모든 감정은 이후로도 늘 나를 동반했다. 나는 끊임없이 자신의 가치를 의심했고, 스스로를 꽤 괜찮은 사람으로 생각했다가 다시 낙담하기를 반복했다. 세계를 경멸하는 이상주의와 평범한 감각적 쾌락 사이를 오갔다. 당시처럼 나는 나중에도 백 번은 더 나 자신이 정말 병적이라고 경멸하다가는 곧 뛰어나다고 생각했고, 간혹은 하나님이 이런 고통스런 길을 통해 나를 특별한 고독과 심오함으로 인도하시려나보다라고 믿기도 했다. 그러다 또 다른 때에는 다시금 이 모든 것이 그저 알량한 성격상의 약점이나 신경증의 표시일 뿐, 나 역시 수많은 사람들처럼 평생 이런 특성들을 질질 끌고 살아야 한다고 생각했다.

이 모든 감정과 이런 고통스런 모순을 하나의 기본 감정으로 환원시킨다면, 불안이라고밖에 할 수 없을 듯하다. 이것은 불안이었다. 어린 시절 행복하지 못한 시간들에 느꼈던 것은 바로 두려움과 불안이었다. 벌 받을까 봐 겁나고, 양심 때문에 두렵고, 마음이 동요할까 봐 불안했다. 나에게 불안은 금지되고 죄악된 것이었다.

지금 내가 이야기하고자 하는 그 시간에도, 점점 환해지는 층계참에서 유리문으로 다가가면서 이런 불안감이 다시금 강하게 엄습했다. 아랫배가 조이는 느낌으로 시작해, 불안감이 목까지 차올라, 메슥거리고 구역질이 났다. 동시에 이런 순간이면 늘 ―지금도 그러한 바― 극도의 수줍음이 느껴졌고, 누가 지켜볼까 봐 의심스러웠고, 혼자 있고 싶고, 숨어버리고 싶은 마음이 들었다.

죄를 저지르기라도 한 듯, 불편하고 불쾌한 감정으로 나는 복도를 지나 거실로 들어갔다. 오늘 뭔가 사달이 나겠구나라는 느낌이 왔다. 오늘 무슨 일이 일어나겠구나. 나는 기압계가 변화된 기압을 느끼듯, 어찌할 도리가 없음을 느꼈다. 아,

이제 그것이 다시금 와있었다. 말로 형언할 수 없는 것이! 마귀가 집으로 살금살금 들어왔고, 원죄가 마음을 갉아 들어갔다. 모든 벽 뒤에 유령이, 아버지가, 심판자가 서있었다.

아직은 아무것도 알지 못했다. 아직은 모든 것이 짐작이고, 예감이며, 조마조마한 불쾌감이었다. 이런 상황에서는 사실 그냥 아파버리는 게 상책이다. 토하고, 침대에 누워버리면 때로는 무사히 지나가기도 했다. 엄마와 누이가 왔고, 차를 가져다주고, 따뜻하게 보살펴 주었다. 울 수도 있고 잠을 잘 수도 있다. 그러고 나면 말짱해진 모습으로 완전히 달라지고, 구원된, 밝은 세상에서 깨어났다.

어머니는 거실에 계시지 않았다. 부엌에는 하녀만 있었다. 나는 아버지에게 올라가 보기로 했다. 좁은 계단을 오르면 아버지의 서재였다. 아버지는 약간 무섭긴 했지만, 때로 아버지에게 갈 때 기분이 좋아지고, 가끔 이것저것 용서를 구하기도 했다. 어머니에게서 위안을 찾는 것이 더 쉽고 편하긴 했지만, 아버지에게서 받는 위로는 더 소중했다. 아버지의 위로는 판단하는 양심과 평화를 이루는 것을 의미했다. 선한 힘과의 화해였고, 그 힘과 새롭게 연합되는 일이었다. 힘들게 아버지의 방에 들어가, 심문당하고, 고백하고, 벌 받고 나면, 종종 착하고 정결해져서 나왔다. 벌 받고 훈계를 듣긴 했지만, 힘 있는 자와 연합하여 적대적인 악에 맞설 힘을 얻고, 새로운 결의에 가득 찬 모습이 되었다. 나는 아버지를 찾아가 속이 안 좋다고 말하기로 마음을 먹었다.

그리고는 서재로 통하는 좁은 계단을 올라갔다. 특유의 카펫 냄새와 더불어 속이 빈 가벼운 목재의 메마른 울림이 느껴지는 이 작은 계단은 현관보다 훨씬 더 의미심장한 길이요, 운명의 문이었다. 중요한 일이 있을 때마다 나는 이 계단을 올랐다. 두려움과 양심의 가책을 안고 백 번쯤은 그곳을 올랐으며, 반항심과 미칠 듯한 분노를 안고, 종종은 구원과 새로운 확신을 안고 내려왔다. 집의 아래층은 어머니와 아이들의 공간이었다. 아래층에서는 무해한 공기가 감돌았다. 그러나 이 위쪽은 권력과 정신이 거하는 장소요, 재판정이자, 신전이자, '아버지의 나라'였다.

나는 언제나처럼 약간 조마조마한 마음으로 구식 문고리를 살짝 내려 문을 빼꼼히 열었다. 익숙한 아버지 서재 냄새가 그윽하게 밀려왔다. 책과 잉크 냄새가 반쯤 열어놓은 창문에서 들어오는 푸르른 공기에 희석된 냄새랄까. 희고 깨끗한 커튼, 공간에 희미하게 배인 오드콜로뉴 향, 책상 위에는 사과

한 알이 놓여있었다. 그러나 서재는 비어있었다.

반쯤의 실망과 반쯤의 안도를 느끼며 나는 서재에 들어갔다. 발소리를 죽이고, 까치발로 걸었다. 아버지가 주무시거나 두통이 있을 때면 우리는 여기 위층에서 으레 그렇게 걸었다. 이렇게 소리 죽여 걷고 있음을 의식하자마자, 가슴이 쿵쾅거리고, 아랫배와 목이 두려움으로 다시금 조여왔다. 나는 이미 무해한 방문객도, 도움을 구하러 온 사람도 아니었다. 나는 침입자였다. 나는 벌써 여러 번 아버지가 안 계실 때 서재와 서재에 딸린 침실에 몰래 들어가, 그의 비밀스런 왕국을 샅샅이 엿보고, 두 번은 뭔가를 슬쩍하기도 했었다.

이런 기억이 밀려와 머릿속을 채우자마자, 나는 곧장 알았다. 이제 올 것이 왔구나. 이제 무슨 일이 일어날 것이다. 나는 금지되고 악한 일을 하고 있다. 도망칠 생각은 하지 마! 아니, 나는 도망쳐야 한다고 생각했을 것이다. 계단을 뛰어 내려가, 나의 작은 방이나 정원으로 갈 수 있기를 간절히 바랐을 것이다. 그러나 나는 알고 있었다. 내가 그렇게 하지 않으리라는 걸, 그렇게 할 수 없을 거라는 걸. 나는 속으로 옆방에서 아버지의 기척이 느껴지기를, 아버지가 서재로 들어와 나를 끌어당기고 옭아매는 이 섬뜩한 마력을 중단시켜 주기를 바랐다.

오, 아버지가 왔으면! 꾸지람을 들어도 좋으니 아버지가 와준다면, 오 제발, 너무 늦기 전에 그가 와주었으면!

서재에 들어왔다는 표시로 나는 헛기침을 했다. 대답이 없자, 낮은 목소리로 "아버지!" 하고 불러 보았다. 그러나 사방은 고요하기만 했다. 벽을 가득 채운 수많은 책들은 침묵으로 일관했고, 덧창 한쪽이 바람에 덜그럭거려서, 바닥에 해그림자가 거칠게 일렁였다. 나를 구원해주는 이는 아무도 없었다. 나에게 악마가 원하는 것 외에 다른 것을 할 자유는 없었다. 죄의식에 속이 바짝바짝 타들어가고, 손끝이 차가워졌다. 가슴은 두려움에 널을 뛰었다. 내가 무슨 일을 할지 아직 알지 못했다. 아는 것이라곤 그것이 나쁜 일일 거라는 것뿐.

책상 앞에서 책을 한 권 집어들고 알아먹을 수 없는 영어 제목을 읽었다. 나는 영어가 싫었다. 부모님은 자신들의 이야기를 우리가 못 알아듣게 하려고 영어로 대화했다. 부부싸움을 할 때에도 영어를 썼다. 책상 위 오목한 그릇에는 이쑤시개, 철제 펜촉, 압정 같은 자디잔 잡동사니들이 들어있었다. 나는 펜촉 두 개를 집어서 주머니에 넣었다. 딱히 쓸데가 있어서는 아니었다. 나는 펜촉이 필요하지 않았고, 그것이 없는 것도 아니었다. 그저 나를 짓눌러 나쁜 짓을 하게 하고, 스스로 해를 끼치고, 죄를 짓게 만드는 강박을 좇았을 따름이었다. 아버지의 서류를 뒤적이다 보니, 쓰다 만 편지가 눈에 띄었다. "다행히 저희와 아이들은 잘 지내고 있어요"라고 적혀 있었다. 아버지가 손으로 쓴 라틴어 철자들이 눈처럼 나를 빤히 쳐다보았다.

나는 살금살금 침실로 건너갔다. 아버지가 쓰는 철제 접이식 침대가 놓여있고, 침대 아래에는 아버지의 갈색 실내화가 있었다. 침대 옆 협탁에는 손수건이 놓여있었다. 서늘하고 밝은 방에서 나는 아버지 냄새를 호흡했다. 아버지의 모습이 내 앞에 선명하게 떠올랐고, 나의 무거운 가슴속에서는 아버지에 대한 외경심과 거부감이 서로 다투었다. 순간 아버지가 미워진 나머지, 나는 약간 심술궂은 마음으로 간혹 두통이 있을 때 침대에 일자로 누워, 이마에 젖은 수건 올린 채 이따금 신음을 하던 아버지를 떠올렸다. 그러자 그렇게 강한 아버지도 사는 게 그리 만만하지는 않겠다는 생각이 들었다. 아버지도 스스로에 대한 의심과 옭죄는 두려움을 모르지는 않겠구나. 그러자 묘한 미움의 감정은 이내 사라지고, 측은한 마음과 동정심이 들었다. 그런 생각을 하면서 나는 서랍장의 서랍 하나를 열었다. 그 서랍에는 속옷들이 개여져 있고 아버지가 좋아하는 향수 한 병이 놓여있었다. 향수 냄새를 맡아보려고 했으나, 아직 개봉하지 않아 뚜껑이 꽉 닫혀 있어서 향수병을 도로 서랍장 속에 넣어놓았다. 향수병 옆에는 감초 맛 사탕들이 든 둥글고 작은 통이 있었다. 나는 그 통에서 사탕 몇 개를 집어 입에 털어넣었다. 살짝 실망감이 밀려왔다. 그러나 동시에 더 이상은 찾은 것도 없고, 슬쩍한 것도 없다는 사실이 다행스러웠다.

그만하고 물러가야지 하는 마음으로 나는 약간 더 놀이하듯 다른 서랍을 열었다. 약간 안도감이 들면서, 아까 슬쩍한 철제 펜촉 두 개도 도로 제자리에 가져다 놔야겠다는 결심이 섰다. 후회하고 뉘우치는 일, 다시 돌이키고 구원받는 일은 가능한 모양이었다. 내 위에 임하는 하나님의 손길이 모든 유혹보다 더 강한지도 몰랐다.

나는 빠른 눈길로 아직 반쯤 열린 서랍 속을 흘깃 보았다. 아, 그곳에 양말이나 셔츠나, 오래된 신문 따위가 들어있었더라면! 하지만 아뿔싸, 유혹적인 것이 눈에 쏙 들어오지 않겠는가! 이어 누그러질락말락했던 긴장, 그리고 두려움의 마력이 부리나케 되돌아왔다. 손이 덜덜 떨리고, 가슴이 미친 듯이 뛰었다. 식물 속껍질로 꼬아 만든 인도풍 혹은 다른 이국풍의 바구니 안에 달콤한 분이 하얗게 올라온, 말린 무화과가 크리스마스 리스처럼 둥글게 엮어져 있었다!

둥근 무화과 리스를 들어 보았다. 꽤 묵직했다. 나는 리스에서 무화과를 세 개 빼내서 하나는 입 속에, 두 개는 주머니 속에 넣었다. 이제 그 모든 두려움과 모험이 헛되지 않았던 셈이었다. 이곳에서 더 이상 구원도, 위로도 얻을 수 없었지만, 나는 최소한 빈손으로 돌아가고 싶지 않았다. 무화과 리스에서 무화과를 서너 개 더 빼냈지만, 리스는 별로 가벼워지지 않았다. 그리하여 나는 몇 개 더 빼냈다. 양주머니가 불룩해지고, 무화과가 반 이상이 사라진 상태가 되자, 나는 끈적한 고리에 아직 달려있는 무화과들을 띄엄띄엄 벌려놓아, 벌어진 틈이 너무 눈에 확 띄지 않도록 했다. 그런 다음 갑자기 소스라치게 놀라 서랍을 확 닫은 뒤, 방에서 달려 나왔다. 좁은 계단을 뛰어내려와 내 방으로 와서 작고 높은 책상에 기대어 서자, 무릎이 후들거렸고, 숨이 가빴다.

곧 식사 시간을 알리는 종이 울렸다. 나는 머릿속이 하얘져서는 환멸을 느끼며, 무화과를 책꽂이 깊숙이 집어넣고, 책으로 교묘히 가린 뒤, 식당으로 향했다. 식당에 들어가려는데 손이 끈적이는 것이 느껴져, 우선 부엌에 가서 손을 씻었다. 식당에 들어가니 모두가 이미 식탁에 앉아 기다리고 있었다. 나는 얼른 인사를 했고, 아버지는 식전 기도를 올렸다. 나는 수프 위로 코를 박듯이 머리를 숙였다. 식욕이 전혀 없어서, 한 모금 한 모금 삼키는 것이 곤욕이었다. 내 옆에는 누이들이, 맞은편에는 부모님이 앉아있었다. 모두가 밝고, 즐겁고, 떳떳했다. 나만 범죄를 저지르고 그곳에 처량하게 앉아있었다. 홀로, 주눅이 든 채, 모두의 다정한 눈길을 두려워하면서 가족들 사이에 끼어있었다. 입안에선 아직도 무화과 맛이 났다. 참, 위층 아버지 침실 문을 닫았던가? 서랍은?

비참한 기분이 몰려왔다. 무화과를 저 위 서랍장에 원위치시킬 수만 있다면, 손이 잘려도 좋을 것 같았다. 아아, 나는 무화과를 얼른 밖으로 가져다 버리기로 마음먹었다. 학교에 가져가서 아이들에게 나누어주어야지. 무화과를 없애버릴 수만 있다면, 다시는 무화과를 내 눈으로 보지 않을 수만 있다면!

"안색이 안 좋아 보이는구나" 아버지가 식탁 너머로 말했다. 나는 접시 쪽으로 눈을 내리깐 채, 내 얼굴에 머무는 아버지의 시선을 느꼈다. 이제 아버지는 눈치챌 것이다. 그는 모든 것을 눈치채었다. 늘 그랬다. 어찌하여 그는 나를 떠보는 것일까? 차라리 그냥 나를 데리고 나가서 죽도록 팰 것이지.

"어디 불편하냐?" 아버지가 물었다. 나는 두통이 있다고 거짓말을 했다.

"그럼 식사를 마치고 잠시 누워있거라. 오후 수업이 몇 시간 남았지?"

"체육 시간만 남았어요."

"음, 체육이라면 나쁘지 않을 것 같네. 억지로라도 좀 먹어라! 곧 가라앉을 거야."

나는 식탁 너머를 곁눈질했다. 어머니는 아무 말도 하지 않았지만, 어머니가 나를 쳐다보고 있다는 걸 알았다. 나는 내 몫의 수프를 먹고, 고기와 야채도 씨름하듯 꾸역꾸역 배 속에 집어넣고는, 물을 두 잔 마셨다. 그 이상은 아무 일도 없었다. 가족들은 더 이상 내게 참견하지 않았다. 마지막에 아버지가 감사 기도를 드렸다. "주님께 감사드립니다. 주는 자비하시며 영원토록 은혜를 베푸십니다." 그 순간 다시금 이런 밝고 거룩하고 신뢰에 찬 말들과, 식탁에 앉은 모든 이들로부터 모욕적으로 단절되는 느낌이 들었다. 꼭 포갠 나의 손은 거짓이었고, 경건한 척하는 나의 행동은 신성모독이었다.

내가 일어서자 어머니는 내 머리를 쓰다듬고는, 열이 나는가 보려고 손으로 내 이마를 짚어보았다. 이 모든 것은 얼마나 괴로웠던가!

내 방으로 돌아와 책꽂이 앞에 섰다. 아침은 거짓말을 하지 않는다. 모든 징조는 맞아떨어졌다. 오늘은 불행의 날, 내가 경험했던 최악의 날이었다. 이보다 더 심한 건 누구도 견딜 수 없을 터. 이보다 나쁜 일이 찾아온다면, 목숨을 끊어야 할 것이다. 독을 마시는 게 제일 낫고, 아니면 목을 매어야 하겠지. 어쨌든 사는 것보다 죽는 게 더 나았다. 모든 것은 거짓되고 추했다. 나는 책꽂이 앞에 서서 곰곰이 생각하다가 얼떨결에, 무화과 쪽으로 손을 뻗어 내가 뭘 하는 건지 제대로 알아채지 못한 채, 하나둘, 무화과를 먹어버리기 시작했다.

책꽂이에 얹어둔 우리의 저금통이 눈에 띄었다. 그것은 내가 시가 상자에 단단히 못질을 해 만든 저금통으로, 뚜껑에 주머니칼로 서투르게 홈을 파서 동전을 집어넣을 수 있게 만든 것이었다. 서투르고 거칠게 홈을 파다 보니, 주변에 나무 거스러미가 일어나 있었다. 나는 이런 것 하나 제대로 해내지 못했다. 동급생들 중에는 정성을 들여 인내심 있고 흠잡을 데 없이 이런 일을 해내는 아이들이 있었다. 목수가 대패질을 한 듯이 매끄러운 솜씨를 발휘했다. 하지만 나는 늘 날림이었다. 늘 급하게 서두르고, 깨끗하게 마무리하지 못했다. 목공도 그랬고, 글씨를 쓸 때도, 그림을 그릴 때도 그랬다. 나비를 수집할 때든, 무엇을 할 때든 그랬다. 아무것도 제대로 하는 것이 없었다. 게다가 이젠 도둑질까지 하다니! 이건 정말 최악이었다. 철제 펜촉도 아직 주머니 속에 들어있었다. 무엇 때문에? 나는 무엇 때문에 이걸 가져왔을까, 아니 가져와야 했을까? 왜 사람은 전혀 원하지 않았던 일을 해야만 하는가?

시가 상자에서는 동전 하나만이 달그락거렸다. 바로 오스카 베버가 넣은 10페니히였다. 그 이후로는 더 들어간 돈이 없었다. 내가 하는 일이 다 그렇지! 이 저금통도 그랬다. 제대로 하는 일이 하나도 없고, 시작만 해놓고 변변히 진행시키는 일이 없었다! 제길, 이런 저금통 따위 그냥 사라져 버렸으면! 더 이상 그것에 신경 쓰고 싶지 않았다.

오늘 같은 날에는 점심 먹고 오후 수업까지 남은 시간이 싫고 힘들었다. 좋은 날들, 평화롭고, 이성적이고, 사랑할 만한 날들이라면 그 시간은 기다려지는 아름다운 시간이었다. 그럴 때면 나는 내 방에서 인디언 책을 읽거나, 점심을 먹자마자 곧장 다시 학교 운동장으로 뛰어가, 몇몇 활달한 친구들과 어울려 놀았다. 소리 지르고 열을 내며 여기저기 뛰어다녔다. 그러다 보면 학교 종소리가 까맣게 잊고 있던 '현실'로 우리를 다시 불러들였다. 그러나 오늘 같은 날에, 누구랑 놀 수 있단 말인가. 어떻게 가슴속의 악마를 잠재운단 말인가? 나는 올 것이 오고 있음을 보았다. 아직은 아니었다. 그러나 다음 번에, 아마도 곧. 그때는 운명적인 사건이 일어날 것이다. 아직은 단지 작은 것이 부족했다. 두려움, 고통, 무력감이 아주 조금 모자랐다. 그것이 임계점을 넘어 흘러넘치면 끔찍한 파국이 올 것이다. 바로 오늘과 같은 날, 나는 완전히 악에 빠져서, 이런 무의미한 삶을 견디지 못하고, 분노와 반감으로 뭔가 끔찍하고 결정적인 일을 저지를 것이다. 끔찍한 일, 그러나 해방시키는 일. 두려움과 고통에 영영 종지부를 찍게 만들 어떤 일. 그것이 정확히 어떤 일일지는 알지 못한다. 그러나 그에 대한 환상과 강박적 상상들은 이미 여러 번 내 머릿속을 어수선하게 관통했다. 세상에 복수하는 동시에 나 자신을 희생하고 파괴할 범죄를 저지르는 상상들. 때로는 우리 집에 불을 지르는 상상을 했다. 무시무시한 불길이 날개 돋친듯 깜깜한 밤을 뚫고 확산되어, 집과 골목이 다 화염에 휩싸이고, 온 도시가 검은 하늘을 향해 활활 타오르는 상상. 어떤 때에는 아버지에게 복수하는 상상을 했다. 아버지를 잔인하게 죽이는 상상. 그런 다음에는 예전에 우리 시내를 거쳐 호송되어

가던, 유일하게 진짜 범죄자처럼 보였던 그 죄수처럼 행동할 것이다. 그는 강도 짓을 하다가 체포되어 지방법원으로 가는 중이었는데, 수갑을 차고, 머리에는 뻣뻣한 중산모를 삐딱하게 썼고, 앞뒤로 경관 한 사람씩이 그를 감시했다. 그가 우리 시내를 통과하던 날, 호기심에 못 이겨 구경 나온 인파가 거리를 가득 메웠고, 무수한 욕설과 악의적인 농담이 난무했다. 고래고래 저주를 퍼붓는 사람들도 있었다. 그런데 이 죄수는 그전에 왕왕 연행되어 가곤 했던 가련하고 겁먹은 죄수들과는 전혀 다른 모습을 보였다. 평소에 봤던 이런 죄수들이야 보통은 단순히 불쌍한 걸인들일 따름이었다. 하지만 그 진짜 죄수는 단순한 걸인이 아니었다. 그는 경박하지도, 겁을 먹지도, 울먹이지도 않았다. 전에 보았던 다른 사람처럼 머쓱하고 넉살 좋은 미소로 상황을 모면해 보려고도 하지 않았다. 그는 약간 우글쭈글해진 모자를 보란 듯이 쓰고는, 반항적인 품새로 고개를 꼿꼿이 들고 걸었다. 창백한 얼굴에 경멸 어린 미소가 조용히 스쳤다. 욕하고 침 뱉는 군중은 그의 옆에서 폭도이자 천민이 되었다. 당시 나도 사람들을 따라서 소리를 질렀었다. "잡혔다. 목을 매달자!" 하지만 이어서 나는 그의 꼿꼿하고 당당한 걸음걸이를 보았다. 수갑을 찬 손을 앞으로 내

민 모습을. 악하고 고집스런 머리에 마치 멋진 왕관이라도 되는 듯 중산모를 쓴 모습을. 게다가 미소 짓는 모습을! 그 모습을 본 나는 입을 다물었다. 나도 사람들이 나를 재판정으로, 단두대로 데려갈 때, 그리고 많은 사람들이 내 주변에 몰려들어 조롱하며 소리를 지를 때, 나 역시 이 죄수처럼 고개를 빳빳하게 들고 미소를 지어야지. 맞다. 아니다, 일절 말하지 않고, 그냥 아무 말 없이 무시해 버려야지.

그리고 내가 처형되어 죽어서 하늘나라에서 영원한 심판자 앞에 서게 된다면, 나는 절대로 고개를 떨구거나 굽실거리지 않을 것이다. 모든 천사들이 심판자를 둘러싸고, 모든 거룩과 위엄이 그에게서 뿜어져 나온다 해도! 그가 나를 지옥에 보내서, 펄펄 끓는 역청에 집어넣는다 해도! 나는 결코 잘못했다고 하거나 주눅 들거나 용서를 빌지 않을 것이다, 아무것도 후회하지 않을 것이다! 그가 내게 "너 이런 일을 했냐?"라고 물으시면, 나는 이렇게 소리칠 것이다. "그래요. 그렇게 했어요. 그리고 더 많은 것을 했어요. 맞아요. 난 그런 짓을 했고, 할 수 있다면, 난 또다시 그런 짓을 할 거예요. 나는 살인을 하고, 집에 불을 질렀어요. 그게 재밌어서요. 당신을 조롱하고 화나게 하려고 했어요. 난 당신을 싫어하니까요. 당신의 발 앞에

침을 뱉겠어요. 하나님, 하나님은 나를 괴롭히고 혹사시켰어요. 아무도 지키지 못할 계명을 주었어요. 당신은 어른들을 부추겨, 우리 아이들의 삶을 완전히 망쳐놓도록 했어요."

머릿속으로 이런 일을 그려보면서, 내가 정확히 그렇게 하고, 그렇게 말할 수 있을 거라고 굳게 믿으면, 순간 기분이 좋아졌다. 하지만 곧장 다시 회의감이 들었다. 내가 약해지지 않을까? 내가 겁을 먹고 그냥 굴복해 버리지 않을까? 아니면 내가 나의 반항심이 원하는 대로 모든 것을 한다 해도, 하나님이 어떤 방법을 쓰지는 않을까? 어떤 우월한 방법이나 속임수를 쓰지 않을까? 어른들이나 권력자들이 늘 그렇듯이 결국 으뜸 패를 꺼내서 사람을 부끄럽게 만들고, 얕보면서, 선의의 가면을 쓰고 사람을 깡그리 무시해 버리지 않을까? 아, 물론 그렇게 끝날 것이다.

나의 상상은 이리저리 오갔다. 상상 속에서 내가 이겼다가, 신이 이겼다가 했고, 나를 불굴의 죄수로 치켜올리다가 다시 아이로, 약자로 끌어내렸다.

나는 창가에 서서 이웃집의 작은 뒷마당을 내려다보았다. 담을 따라 지지대가 세워져 있고, 코딱지만 한 정원에는 몇 군데 채소들이 푸르게 자라고 있었다. 그때였다. 갑자기 오후의

적막을 뚫고 종소리가 들려왔다. 정신이 번쩍 들게 하는 단호한 소리가 내 상상 속을 파고들었다. 두 시였다. 나는 소스라치게 놀라 어수선한 꿈으로부터 현실 세계로 돌아왔다. 체육 시간이 시작되었다. 마법의 날개를 펼쳐 체육관으로 직행한다 한들, 수업에는 늦을 것이다. 또 낭패였다! 수업에 지각하면 모레 선생님한테 불려가 꾸중 듣고 벌 받을 것이다. 차라리 가지 말자, 어차피 돌이킬 수 없다. 지각할 수밖에 없었던 좋은 핑곗거리가 있을까? 아, 하지만 이 순간에는 아무것도 떠오르지 않을 것 같았다. 아아, 선생님들이 나를 그리도 거짓말을 잘하게 교육시켰는데 왜 이럴까. 지금은 거짓말을 그럴듯하게 꾸며낼 수 없었다. 차라리, 아예 수업에 빠지는 편이 나았다. 커다란 불행에 작은 불행 하나를 추가한다고 해서 뭐 그리 대수겠는가!

하지만 종소리가 나를 깨우는 바람에 상상놀이는 멈추어버렸다. 나는 갑자기 아주 약해졌고, 새삼 내 방은 너무나 현실적으로 나를 쳐다보고 있었다. 책상과 그림들, 침대, 책들. 모든 것에 엄중한 현실의 무게가 실려있었다. 내가 살아야 하는 세계, 그러나 오늘 다시 내게 이리도 적대적이고 위험해져버린 세계로부터의 이 모든 부름들. 이제 어떻게 해야 할까?

나는 체육시간을 빼먹지 않았는가! 나는 도둑질을, 정말 치
졸하게 도둑질을 하지 않았는가! 그리고 제기랄 저 미처 먹다
만 무화과들이 책꽂이 깊숙이 놓여있지 않은가! 이 마당에
죄수니, 사랑의 하나님이니, 최후의 심판이니 하는 것이 내게
무슨 상관이람! 그 모든 것은 때가 되면 다 닥칠 것이다. 하지
만 이제, 이미 지금 이 순간에 내 죄가 발각됐을지도 모른다.
아마도 아버지가 저 위에서 이미 서랍장을 열어보고는, 내가
저지른 파렴치한 행동에 엄청나게 분개하고, 마음이 상해서,
어떤 식으로 나를 꾸중할지 생각하고 있을지도 모른다. 아,
아버지가 벌써 내게로 오고 있는지도 모른다. 곧장 도망치지
않는다면 나는 곧 안경을 걸친 아버지의 심각한 얼굴을 마주
하게 될 것이다. 물론 아버지는 무화과를 훔친 범인이 누구인
지 곧장 알아챌 것이다. 나 말고 우리 집에 그런 죄를 저지를
사람이 누가 있겠는가. 누이들은 절대 그럴 위인들이 아니었
다. 왜 그런지는 하나님만 아시겠지만 말이다. 그러나 아버지
는 어쩌자고 서랍장에 그런 무화과 리스를 숨겨두었던 것일
까?

그런 생각을 하며 나는 이미 내 작은 방을 나서고 있었다.
나는 뒷문으로 나가 정원 쪽으로 빠져나갔다. 정원과 풀밭에

는 밝은 햇살이 넘실거렸고, 노랑나비가 날아다녔다. 모든 것이 불길하고 위험해 보였다. 오늘 아침보다 훨씬 안 좋았다. 이토록 고통스러웠던 적이 또 있었을까? 이런 적은 처음이라는 생각이 들었다. 모든 것이 아무렇지도 않다는 듯 태연하게 나를 쳐다보고 있었다. 시내, 교회탑, 풀밭, 길, 풀꽃들, 나비들. 평소에 즐겁게 바라보았던 그 모든 어여쁘고, 유쾌한 것이 이제 마법에 걸린 듯 낯설었다! 나는 이런 느낌을 알고 있었다. 늘 다니던 길을 양심의 가책을 느끼며 걸어가는 것이 어떤 맛인지를! 이제 아주 희귀한 나비가 풀밭 위로 날아와 내 발치에 앉는다 해도, 아무 감흥도 없을 것이다. 기쁘지도 않고, 매혹적이지도 않고, 위로도 되지 않을 것이다. 이제 멋진 버찌나무가 내게 그 풍성한 가지를 드리워준다 해도 그 무슨 보람이 있을까. 무에 그리 기쁠까. 이제 도망치는 것 외에는 아무것도 할 수 없었다. 닥칠 모든 일이 피할 길 없이 찾아올 때까지, 안절부절못하며 아버지로부터, 벌로부터, 나 자신으로부터, 내 자신의 양심으로부터 도망치는 것 외에는.

　나는 안절부절못하며 내달렸다. 산 쪽으로 내달려 숲으로 올라갔고, 떡갈나무 숲에서 농가의 물방앗간 쪽으로 내려왔다. 그런 다음 작은 다리를 건너, 다시 건너편 산을 올라 숲을 걸었다. 우리가 마지막으로 캠핑을 했던 곳이었다. 아버지가 여행 중이던 작년 부활절에 우리는 어머니와 함께 이곳에서 부활절 음식을 먹었다. 어머니는 숲과 잔디에 부활절 계란들을 숨겨놓고 찾게 했다. 언젠가 방학 중에는 이곳에서 사촌들이랑 성을 지었는데, 아직도 반쯤은 남아있었다. 곳곳에 이전의 흔적들이 있었다. 곳곳이 과거를 비춰주는 거울이었다. 지금과는 사뭇 달랐던 내 모습이 그곳에 있었다! 내가 그랬었나? 그리도 즐겁고, 명랑하고, 감사하고, 사교적이고, 엄마에게 상냥하고, 겁도 없고, 그리도 행복했던가? 내가 정말 그랬던가? 지금은 어쩌다 이렇게 되었을까? 어쩌다 이리도 달라질 수가, 완전히 달라질 수가 있을까? 왜 이리도 악하고, 불안하고, 망가질 수가 있을까? 모든 것이 존재하고 있었다. 숲과 강, 양치류 식물과 꽃들, 성과 개미집들, 하지만 모든 것은 더럽혀지고, 황폐해진 듯했다. 되돌아갈 길이 있을까? 행복하고 순수했던 곳으로? 언젠가 다시 그렇게 웃을 수 있을까? 누이들과 그렇게 천진하게 놀고, 부활절 계란을 찾을 수 있을까?

나는 달리고 또 달렸다. 이마에 땀이 송골송골 맺혔다. 내 뒤로는 죄책감이 쫓아왔다. 크고 무시무시한 아버지의 그림자도 나를 따라왔다.

가로수들이 나를 스쳐 지나가고, 숲 가장자리가 저만치 가라앉았다. 나는 산마루에서 걸음을 멈추고, 길 옆 풀밭에 털썩 누웠다. 산을 뛰어오르느라 몹시 콩닥대던 심장은 곧 잠잠해질 것이다. 아래로 시내와 강이 내려다보였다. 학교 체육관도 보였다. 이제 체육시간이 끝나고 아이들이 체육관에서 나와 뿔뿔이 흩어지고 있었다. 기르스름한 우리 집 지붕도 보였다. 그곳에 아버지의 침실과 무화과가 없어진 서랍장이 있었다. 그곳에 내 작은 방이 있었다. 내가 돌아가면, 그곳에 심판이 나를 기다리고 있을 것이다. 그러나 돌아가지 않는다면?

나는 내가 돌아갈 거라는 걸 알았다. 늘 돌아갔다. 매번, 늘 그렇게 끝난다. 아프리카로도 베를린으로도 도망칠 수 없었다. 어리고, 돈도 없고, 도와주는 이도 없으니. 그렇다, 모든 아이가 힘을 모아 서로 돕는다면! 아이들은 많다. 부모를 합친 수보다 아이들이 더 많다. 그러나 모든 아이가 도둑이자 죄인은 아니었다. 나 같은 아이는 극소수였다. 나 같은 아이는 나 하나뿐인지도 몰랐다. 하지만 그렇지는 않다. 나와 같은 일이 종종 일어나곤 한다. 내 삼촌 한 분도 어릴 적 도둑질을 하고, 많은 사고를 저질렀다는 걸 언젠가 부모님이 나누는 대화를 몰래 엿들어서 알고 있다. 알아둘만한 것들을 귀담아

들어야 할 때 으레 그렇듯 계속 몰래 엿들었었다. 하지만 그 모든 것은 내게 도움이 되지 않는다. 그 삼촌만 해도, 내게 도움이 되지 않을 터! 그는 오래전에 어른이 되었고, 목사가 되어서 이제 어른들 편을 들고 내 편을 들지 않을 테니까 말이다. 어른들 모두가 그랬다. 우리 아이들을 대할 때 그들은 위선적이고 부정직했다. 본 모습을 보이지 않고, 그저 어른 역할을 할 뿐이었다. 그나마 엄마는 그렇지 않았다. 혹은 정도가 덜했다.

그래, 이제 더 이상 집으로 돌아가지 않는다면 어떻게 될까? 무슨 일이 일어날 수도 있지 않은가. 내가 목이 부러졌을 수도 있고, 강에 빠져 익사했을 수도 있고, 기차에 깔렸을 수도 있다. 그러면 모든 것이 달라질 것이다. 사람들은 나를 집으로 데려갈 것이고, 모두가 할 말을 잃고, 경악해 울 것이다. 모두들 마음 아파할 것이고, 무화과에 대해서는 입도 벙긋하지 않을 것이다. 사람이 스스로 목숨을 끊을 수도 있다는 걸 나는 아주 잘 알았다. 그리고 나도 언젠가 그렇게 하지 않을까 하는 생각도 했다. 나중에 언젠가 아주 안 좋아지면 말이다. 병에 걸리면 좋을 것이다. 그러나 그냥 기침을 하는 정도가 아니라, 내가 성홍열에 걸렸을 때처럼 정말로 심하게 아프면 좋겠다.

그러는 동안에 체육시간은 오래전에 끝났다. 가족들의 커피 타임 시간도 훌쩍 지나갔다. 가족들은 함께 커피를 마시려고 나를 기다리다가 오지 않으니까 내 이름을 부르며 내 방으로, 정원으로, 마당으로, 다락방으로 나를 찾아다니고 있을지도 모른다. 하지만 아버지에게 내 도둑질이 이미 발각됐다면, 아마 나를 찾지 않을 것이다. 아버지는 내가 커피 마시는 시간에 나타나지 않은 이유를 알고 있을 테니 말이다.

풀밭에 오래 누워있을 수는 없었다. 운명은 나를 잊지 않고, 내 뒤를 따라왔다. 그리하여 나는 다시 몸을 일으켜 걷기 시작했다. 근처 벤치를 지나갔다. 그 벤치에도 다시금 추억이 매달려 있었다. 아름답고 달콤한 추억이 다시금 불처럼 타올랐다. 아버지가 내게 주머니칼을 선물해 주었고, 즐겁고 뿌듯한 마음으로 우리는 함께 산책에 나섰었지. 내가 주머니칼로 길다란 개암나무 가지를 베어내는 동안, 아버지는 이 벤치에 앉아있었다. 그런데 나는 열심히 개암나무 가지를 자르다가 그만 새 칼을 부러뜨렸다. 나는 소스라치게 놀라 아버지에게로 돌아왔고, 처음에는 그 일을 비밀로 하려고 했다. 하지만 곧장 아버지는 왜 금방 돌아왔느냐고 물었다. 나는 부러진 칼 때문에, 그리고 아버지에게 꾸지람을 들을까 봐 아주 의기소침했다. 하지만 아버지는 빙그레 미소를 지었을 뿐, 내 어깨를 슬쩍 어루만지며 "저런, 그랬구나!"라고 말했다. 그때 내가 아버지를 얼마나 사랑했는지, 속으로 아버지에게 얼마나 용서를 빌었던지! 이제 당시의 아버지의 얼굴, 아버지의 목소리와 동정심을 생각하니 기가 막혔다. 종종 이런 아버지를 상심케 하고, 거짓말하고, 오늘은 물건까지 훔쳤으니 나는 얼마나 몹쓸 놈이란 말인가!

다시 시내로 들어와 우리 집에서 멀리 떨어진 다리에 이르렀을 때는 벌써 땅거미가 지고 있었다. 이미 유리문으로 불빛이 환하게 새어나오는 어느 상점에서 한 남자아이가 달려 나오더니, 갑자기 우뚝 서서 내 이름을 불렀다. 오스카 베버였다. 이 순간에 하필 오스카 베버를 만나다니. 지금 내게 베버보다 더 거북스런 상대는 없을 것이다. 어쨌든 오스카 베버는 내게 체육시간에 선생님이 내가 빠진 걸 눈치채지 못했다고 말해주었다. 그러면서 날더러 대체 어디 갔었냐고 물었다.

"아, 어디 갔던 건 아니고 그냥 컨디션이 좀 안 좋았어."

나는 그렇게 말하고는 뚱하게 입을 다물고, 귀찮다는 표정을 지어 보였다. 잠시 후 ― 이 잠시는 정말 길게 느껴졌다 ―

그는 내가 그를 성가셔 한다는 걸 알아채고, 얼굴이 붉으락푸르락해졌다.

"나한테 상관 마. 혼자 집에 갈 수 있으니까." 내가 차갑게 말했다.

"그래?" 오스카가 외쳤다. "나도 물론 혼자 집에 아주 잘 갈 수 있지. 이 잘난 체하는 바보 녀석아! 내가 무슨 네 부하인 줄 알아? 그건 그렇고 우리 저금통은 대체 어찌 된 거야? 난 10페니히를 넣었고, 넌 한 푼도 안 넣었잖아."

"그깟 10페니히, 그렇게 걱정되면 오늘에라도 당장 가져가든가. 다시는 너랑 엮이고 싶지 않으니까. 내가 무슨 네 덕이라고 보려고 그랬는 줄 알아!"

"흠, 얼마 전엔 좋아서 가져갔으면서 말이지." 오스카는 조롱하듯 말했다. 하지만 화해의 틈을 완전히 닫아놓은 말투는 아니었다.

하지만 나는 머리끝까지 화가 치밀어 올랐다. 내 안에 쌓여있던 모든 걱정과 불안이 맹렬한 분노가 되어 터져 나왔다. 베버에게는 뭐라 꾸지람을 들을 만한 일이 없지 않은가. 그에게는 아무런 잘못한 것이 없고, 아무런 양심의 가책이 없었다. 게다가 나는 이제 대들 수 있는 상대가 필요했다. 뻐기며, 내가 옳다고 주장할 수 있는 상대가 필요했다. 내 안의 모든 심란함과 어두움이 거친 기세로 이런 출구로 흘러들었다. 그리하여 나는 평소에는 좀처럼 하지 않는 행동을 하고야 말았다. 나는 내가 상당히 점잖은 집 자제인 걸 과시하며, 너같이 거리를 쏘다니는 불량소년 하나쯤 친구로 지내지 않아도 된다는 식으로 말했다. 그리고 우리 집 정원에서 딸기나 포도를 따먹거나, 내 장난감을 가지고 함께 노는 일 따위 이제 끝이라고 말해주었다. 나는 열이 뻗쳐서 주체를 할 수 없는 지경이 되었다. 이제 적이 생긴 것이다. 본인이 싸움을 자초했으므로, 맞서 싸울 수 있는 적수가 생긴 것이다. 모든 생의 충동은 이런 구원과 해방을 안겨주는 기꺼운 분노로, 적을 만났다는 격렬한 기쁨으로 결집되었다. 이번에 적은 내 안에 있지 않았다. 적은 나와 마주 서있었고, 놀란 눈빛에 이어 화난 눈빛으로 나를 쏘아보고 있었다. 나는 적의 목소리를 듣고, 적의 비난을 무시하고, 적이 욕하면 더 심한 욕설을 날렸다.

우리는 점점 더 언성을 높이며, 나란히 붙어서 어두운 골목길을 내려갔다. 여기저기서 사람들이 현관문 쪽으로 나와 우리를 쳐다보았다. 나 자신에게 향했던 분노와 경멸이 이제 불운한 베버에게 향했다. 베버가 내가 수업에 빠진 걸 체육선생님에게 고자질하겠다고 엄포를 놓기 시작했을 때, 나는 기분이 좋아 미칠 것 같았다. 그런 짓을 하겠다니, 아주 잘하는 짓이로군. 야비하게도! 나는 싸울 힘이 더 생겼다.

정육점 골목 근처에서 우리가 몸싸움을 시작하자, 몇몇 사람들이 멈추어서 우리의 드잡이질을 지켜보았다. 우리는 서로 배와 얼굴을 마구 때리고, 어깨로 상대방을 거칠게 밀쳤다. 이제 한순간 나는 모든 것을 잊었다. 나는 정의의 편이고, 내 잘못은 없어. 미친 듯이 싸우니 후련한 마음이 들었다. 베버가 나보다 힘이 세긴 했지만, 나는 더 민첩하고 영리하고, 더 빠르고, 불 같았다. 우리는 미친 듯이 화를 내며 엎치락뒤치락했다. 베버가 절망적으로 내 셔츠 깃을 잡아채어 셔츠가 찢어지자, 나의 뜨거운 몸으로 차가운 공기가 훅 하고 들어왔다.

때리고, 움켜잡고, 목 조르고, 발길질하고, 뒤엉켜 싸우면서도 우리는 말싸움을 그치지 않았다. 말로 대들고, 상처 주고, 모욕을 주었다. 말싸움은 점점 격해지고, 한심해지고, 추해지고, 기발해지고, 창의적이 되어갔다. 말싸움에서 나는 베버를 훨씬 능가해 베버보다 더 못되고, 기발하고, 독창적이었다. 그가 개새끼라고 하면 나는 미친 개새끼라고 쏘아붙였고, 그가 악당이라고 소리 지르면, 나는 악마라고 되받아쳤다. 부지불식중에 둘 다 피를 흘리면서도 저주와 악담을 그치지 않았다. 교수대에 목매달아 죽어버리라고 했고, 칼로 갈비뼈를 후벼 파버리겠다고 했으며, 서로의 이름과 집안과 아버지를 모욕했다.

내가 그런 싸움에서 갖은 욕설, 주먹질, 야만성을 총동원해 완전히 무엇에 씐 사람처럼 갈 데까지 다 간 적은 정말이지 처음이자 마지막이었다. 그런 속되고 원초적인 욕설과 저주가 난무하는 싸움을 무서워하면서도 흥미롭게 구경한 적은 많았다. 그런데 이제 내가 그런 욕설을 다 뱉어내고 있었다. 마치 어려서부터 능숙하게 욕설을 써왔다는 듯이. 눈에선 눈물이 흐르고, 입술에선 피가 났다. 그러나 세상은 멋졌다. 세상은 의미 있고, 살 만해졌다. 주먹질하고, 피 흘리고, 피 흘리게 만드는 것은 아주 좋았다.

이 싸움이 어떻게 끝났는지 잘 기억이 나지 않는다. 어느 순간 싸움은 끝났고, 나는 홀로 고요한 어둠 속에 서서, 길모퉁이와 집들을 바라봤다. 우리 집 근처로 낯익은 동네였다. 서서히 취한 듯한 상태가 물러가고, 흥분과 충격이 가라앉았다. 가장 먼저 눈앞에 현실이 펼쳐지더니, 현실은 조금씩 더 내 감각으로 밀려들었다. 저쪽에 샘물이, 그리고 다리가 보였다. 내 손에는 피가 묻었고, 옷은 찢어져 있고, 양말은 흘러내렸고, 무릎이 화끈거렸다. 눈도 얼얼했다. 모자는 온데간데없었다. 모든 것이 차츰차츰 찾아와 현실이 되어 내게 말을 걸었다. 갑자기 깊은 피로가 몰려왔고 무릎과 팔이 후들거렸다. 나는 더듬더듬 담벼락을 손으로 짚었다.

그곳에 우리 집이 있었다. 맙소사! 나는 그곳이 피난처라는 것밖에는 더 이상 아무것도 알지 못했다. 평화와 빛, 안온함이 있는 곳. 나는 안도의 한숨을 쉬며 높은 현관문을 밀었다.

돌 냄새, 눅눅하고 서늘한 기운과 더불어 갑자기 기억이 내게로 밀려들었다. 수백 겹의 기억이. 오 하나님! 엄격함, 계율, 책임, 아버지, 그리고 하나님의 냄새가 났다. 나는 도둑질을 했을 뿐, 싸움에서 귀환한 상처 입은 영웅이 아니었다. 나는 집을 찾아온 아이가, 어머니가 따스함과 동정으로 맞아줄 가련한 아이가 아니었다. 나는 도둑이었고, 죄인이었다. 저 위에는 나를 위한 피난처도, 잠자리도, 잠도 없었다. 음식도, 돌봄도, 위안도, 망각도 없었다. 죄와 심판이 나를 기다리고 있었다.

당시 저녁의 어두운 복도에서, 그리고 힘겹게 기어올라갔던 계단에서 나는 난생 처음으로 한순간 차가운 공기를, 고독을, 운명을 호흡했던 것 같다. 나는 출구를 보지 못했다. 계획도 없었고, 무섭지도 않았다. 오직 "어쩔 수 없다" 하는 차갑고, 삭막한 감정뿐이었다. 난간을 붙잡고 계단을 올라갔다. 유리문 앞에 이르자, 한순간 계단에 주저앉아버리고 싶은 마음이 들었으나, 그러지 않았다. 그래봤자였다. 그냥 안으로 들어가야 했다. 문을 열면서 지금 몇 시나 되었을까 생각했다.

식당에 들어가자 가족들이 다 식탁에 둘러앉아 있었다. 막 저녁식사를 마친 참이라, 사과가 담긴 접시가 아직 그대로 있었다. 여덟 시경이었다. 허락 없이 이렇게 늦게 들어온 적도 처음이었고, 저녁 식사 때 빠진 것도 처음이었다.

"하나님 고맙습니다. 돌아왔구나!" 어머니가 나를 보자마자 외쳤다. 어지간히 내 걱정을 하고 있었던 모양이었다. 내 쪽으로 다가오다가는 내 얼굴과 찢어지고 더러워진 옷을 보더니 깜짝 놀라서 그 자리에 우뚝 섰다. 나는 아무 말도 하지 않았고, 아무도 쳐다보지 않았다. 하지만 아버지와 어머니가 서로 시선을 교환하는 게 느껴졌다. 아버지는 아무 말도 하지 않고 가만히 있었지만, 화가 머리끝까지 난 것 같았다. 어머니는 나를 데려가, 얼굴과 손을 씻기고, 반창고를 붙여주었다. 저녁 식사도 차려주었다. 동정 어린 돌봄을 받으며, 나는 가만히 앉아 깊이 부끄러워했다. 양심의 가책을 느끼며 따뜻한 보살핌을 누렸다. 그러고 나서 잠자러 들어갈 때 나는 아버지의 얼굴을 쳐다보지 않은 채 아버지와 악수를 했다.

침대에 누웠는데 어머니가 내 방으로 들어와 의자에서 입던 옷을 가져가고, 새 옷을 올려놓았다. 내일이 일요일이었기 때문이다. 그런 다음 어머니가 조심스레 묻는 바람에 나는 베버와 싸운 이야기를 털어놓고 말았다. 어머니는 상당히 안 좋게 생각하는 것 같았지만, 꾸지람을 하지는 않았고, 내가 이일 때문에 이렇게 주눅이 들고 쩔쩔매는 것이 약간 의아하다고 생각하는 눈치였다. 그러고 나서 엄마는 방을 나갔다.

이제 엄마는 모든 것이 잘 마무리되었다고 생각할 것이다. 나는 싸움질을 진탕했고, 피가 나도록 얻어맞았다. 하지만 이건 내일이면 잊힐 것이다. 다른 것, 원래의 것에 대해서는 엄마는 알지 못했다. 엄마는 속상해했지만, 자연스럽고 다정하게 대해주었다. 그걸로 보아 아버지도 아직 아무것도 알지 못하는 것 같았다.

그러자 어마어마한 실망감이 밀려왔다. 나는 내가 집에 들어온 순간부터 오직 한 가지를 바라고 있었다는 걸 깨달았다. 청천벽력이 떨어지고, 나에 대한 심판이 거행되는 것. 바로 그것만 생각하고, 바라고, 고대했던 것이다. 두려운 것이 현실이 되기를, 그리하여 끔찍한 두려움이 그치기를! 나는 모든 것을 각오하고 있었고, 모든 것에 대비되어 있었다. 중한 벌을 받고, 매를 맞고, 방 안에 갇혀 외출금지를 당할지도 몰랐다! 아버지가 나를 굶길지도 몰랐다! 아버지가 호된 꾸지람을 하고 나를 내어 쫓을지도 몰랐다! 하지만, 이 두려움과 긴장을 끝낼 수만 있다면!

그러나 대신에 나는 사랑과 보살핌을 받고 지금 이렇게 누워있지 않은가. 다정한 환대를 누리고, 문책을 당하지도 않았다. 그리고 이제 새롭게 조마조마하게 기다리며 마음을 졸이게 되었다. 옷이 찢어진 채 늦게 들어왔어도, 저녁 식사 시간에 맞추지 못했어도 부모님은 나를 나무라지 않았다. 기진맥진해서 피를 흘리며 들어온 내 모습에 마음이 아팠기 때문이다. 그러나 무엇보다 그들이 다른 하나는 알지 못했기 때문이다. 내가 친구랑 싸운 것만 알았지, 나의 죄에 대해서는 까맣게 몰랐기 때문이다. 이제 그 죄가 들통나면 상황은 두 배로 불리해질 것이다! 예전에 한번 엄포를 놓았듯이 나를 교화시설로 보낼지도 모른다. 그곳에선 딱딱하고 오래된 빵을 먹는다지. 그리고 쉬는 시간마다 장작을 패고 장화를 닦아야 한다지. 숙소에는 감독관이 배치되어, 조금이라도 딴짓을 하면 막대기로 얻어맞고, 새벽 4시에 찬물을 끼얹어 사람을 깨운다지. 아니면 부모님은 나를 경찰에 넘겨 버릴까?

그러나 어쨌든, 무슨 일이 일어나든, 나는 또 다시 기다려야 했다. 두려움을 더 오래 참아야 하고, 비밀을 더 오래 간직해야 하고, 집안의 시선 하나, 발자국 소리 하나에도 몸을 사시나무처럼 떨면서, 그 누구의 얼굴도 쳐다볼 수 없는 시간들을 보내야 한다.

또는 마지막까지 도둑질을 들키지 않고 그냥 넘어갈 수 있을까? 그냥 아무 일도 없었던 듯이? 나의 이 모든 두려움과 고민이 헛된 일일 수 있을까? 오, 만약 그런 일이 일어난다면, 그렇게 기상천외한 일이, 기적 같은 일이 일어난다면, 나는 완전히 새로운 인생을 시작할 것이다. 그러면 나는 하나님께 감사드리고, 매 시간 순결하고 흠 없이 사는 모습을 보여드릴 것이다! 전에는 노력했어도 잘 안 되었지만, 이제는 될 것이다. 이제 나의 결심과 의지는 철통과 같을 것이다. 이런 비참함, 이런 고통의 지옥을 맛보았으니! 나는 온 마음을 다해 이런 소망을 부여잡았고, 이런 소원이 이루어지기를 간절히 바랐다. 하늘의 위로가 비처럼 내렸고, 미래가 푸르고 환하게 열렸다. 나는 이런 상상을 하다가 잠이 들어, 밤새 한 번도 깨지 않고 푹 잤다.

　다음 날은 일요일이었다. 침대에서 눈을 뜨자 과일 맛 같은 일요일 기분이 느껴졌다. 독특하고 묘하게 뒤섞였지만 전체적으로 달콤한 기분. 학교 다닌 후부터 알게 된 기분이었다. 일요일 아침은 좋았다. 늦잠을 잘 수 있고, 학교 수업도 없고, 맛있는 점심도 기대되고, 선생님도 보지 않고, 잉크 냄새도 나지 않고, 자유시간도 많았다. 자유시간이 많다는 게 제일 중요했다. 낯설고 무미건조한 분위기들이 슬쩍슬쩍 끼어들긴 했다. 교회에 가거나, 주일학교에 가거나, 가족 소풍을 가거나, 옷을 더럽힐까 걱정하거나 하는 것 때문에 순결하고 근사하고 달콤한 맛과 향기가 약간 반감되고, 그르쳐졌다. 마치 서로 어울리지 않는 음식 두 가지를 동시에 먹을 때처럼. 가령 푸딩을 먹으면서 주스를 마실 때처럼, 혹은 왕왕 구멍가게에서 얹어준 사탕이나 과자에서 치즈 맛이나 기름 맛 같은 살짝 불쾌한 뒷맛이 감돌 때처럼 말이다. 그런 것들은 맛있긴 하지만, 완벽하고 환상적인 맛이 아니라서 한쪽 눈을 살짝 찡그리게 된다. 일요일도 대부분 이와 비슷했다. 무엇보다 일요일에 교회나 주일학교에 가야 할 때면 말이다. 다행히 매주

가지는 않았지만, 이로 인해 휴일은 의무와 지루함의 뒷맛이 났다. 가족들과 산책할 때에도 종종은 좋았지만, 보통은 무슨 일인가가 일어났다. 누이들과 다투게 된다든지, 너무 빨리 걷거나, 너무 느리게 걷는다든지, 옷에 송진을 묻혀온다든지, 대부분은 뭔가 일이 하나씩 있었다.

이제, 그 일이 올 것이다. 나는 편안했다. 어제 이후로 많은 시간이 흘렀다. 나는 나의 부끄러운 행동을 잊지 않았다. 아침에 이미 다시금 그 일이 떠올랐다. 하지만 그건 이제 오래된 일이어서, 공포도 이미 저만치 물러나 비현실성을 띠었다. 게다가 나는 비록 양심의 고통을 통해서일 따름이었지만, 어제 내 죄를 속죄했지 않은가. 어쨌든 아주 비참하고 참담한 하루를 견디었지 않은가. 이제 나는 다시 순진함과 천진난만함을 되찾으려 하고 있었고, 비참한 생각을 별로 하지 않았다. 그렇다고 그런 생각이 아직 완전히 떨어져 나간 것은 아니어서, 약간의 압박감과 찜찜함은 남아있었다. 아름다운 일요일에 저 작은 의무들과 걱정거리들이 끼어들 때처럼 말이다.

아침을 먹을 때는 모두 즐거웠다. 우리는 교회와 주일학교 중에서 고를 수 있었다. 나는 언제나처럼 교회에서 예배드리는 쪽을 골랐다. 교회에 가면 최소한 조용히 앉아 생각을 할 수 있었다. 또한 알록달록한 스테인드글라스 창문이 있는 높고, 엄숙한 공간은 아름답고 성스럽게 느껴졌다. 실눈을 뜨고 오르간이 놓인 길고 어스름한 측랑 쪽을 바라보면, 때로 놀라운 이미지들이 보였다. 어둠 속에서 우뚝우뚝 선 오르간 파이프들은 수많은 탑을 가진 반짝이는 도시처럼 보였다. 교회가 신도들로 꽉 차지 않았을 때는 예배 시간 내내 방해받지 않고 동화책을 읽을 수도 있었다.

오늘은 동화책을 가지고 가지 않았다. 예배에 슬쩍 빠져볼까 하는 생각도 하지 않았다. 어젯밤의 여파로 말미암아 나는 굳은 결심으로, 이제 하나님과 부모님과 세상과 고분고분 잘 지내보고자 했다. 오스카 베버에 대한 분은 이미 모두 풀려서, 베버가 온다면 최대한 잘해줄 것 같은 마음이었다.

예배가 시작되었고, 나는 찬송가를 따라 불렀다. 학교에서도 외워서 불렀던 '양치는 목자'라는 곡이었다. 이것을 부르며 다시금 노래할 때, 특히 교회에서 아주 느리게 질질 끄는 찬송가를 부를 때는, 가사를 그냥 읽거나 읊을 때 하고는 가사가 판이하게 다르게 느껴진다는 걸 실감했다. 가사를 읽을 때는 전체적인 의미가 들어왔고, 가사는 문장으로 구성된 것으로 느껴졌다. 반면 노래할 때는 가사가 단지 단어로만 구성되고, 문장 전체로 들어오지 않으며, 의미도 느껴지지 않았다. 하지만 대신에 단어들, 특히 노래 속에서 음절이 길게 늘여지는 단어들은 독립적인 생명력을 얻었다. 그랬다. 그 자체로는 전혀 의미가 없는 각각의 음절들일 뿐인데도, 노래할 때는 그것이 독자적으로, 형체를 얻었다. 가령 오늘 찬송가에서 "양을 치는 목자는 한 순간도 졸지 않으시리"라는 가사를 노래할 때도 이 문장의 연관이나 의미가 다가오지 않았다. 목자도, 양도 생각하지 않았고, 아예 아무 생각도 없었다. 그러나 노래하는 건 전혀 지루하지 않았다. 각각의 단어들, 가령 '조오올지'라는 말은 노래 속에서 아주 풍부하고 아름답게 느껴져서, 완전히 그 음절에 푹 잠길 수 있었다. 또한 '순간'이라는 음절도 굉장히 신비스럽고 무게감 있게 들리며, '가아안'이라는 음절을 노래할 때는 '간'이 생각났다. 몸 안에 놓여있는 어두침침하고, 감정에 예민하고, 잘 알려지지 않은 장기가. 그 위에 오르간 소리가 더해졌다!

이어 목사님이 나와서 설교를 했다. 설교는 언제나처럼 무지막지하게 길었고, 나는 아주 기묘하게 경청을 했다. 즉, 설교하는 목소리의 억양이 종이 울리듯 오르락내리락하는 것만을 한참 듣다가, 다시금 몇 단어의 의미가 아주 날카롭고 선명하게 와닿아서, 될 수 있는 한 그 말들을 따라가 보려고 애쓰기도 했다. 이곳 회중석이 아니라 성가대석에 앉아있다면 얼마나 좋을까. 교회에서 음악회가 열릴 때 성가대석에 앉아본 일이 있었다. 다같이 장의자에 앉지 않고 한 사람씩 따로따로 육중하고 깊은 의자에 앉았다. 의자 하나하나가 작고 튼튼한 건물 같았고, 위로는 특히나 매력적이고, 다채로운 그물 모양의 둥근 천장이 있었다. 높은 벽에는 산상설교의 장면이 부드러운 색깔로 그려져 있었다. 연푸른색 하늘 위에 파란색과 붉은색 가운을 입은 주님의 모습은 보기만 해도 마음이 부드럽고 행복해졌다.

때로는 교회 의자가 삐걱대었는데, 난 이런 의자가 정말이지 싫었다. 의자는 촌스러운 노란색으로 페인트칠이 되어있었는데, 앉을 때마다 약간씩 페인트칠이 옷에 묻어났다. 때로는 파리가 윙윙거리며 날아다니다가, 창문에 제 몸을 들이받았다. 아치형 창문의 상단에는 붉은색 파란색이 어우러진 꽃들과 초록 별들이 그려져 있었다. 설교는 어느새 끝이 나고, 나는 고개를 길게 빼고, 목사님이 어둡고 좁은 계단실로 내려가는 것을 보았다. 그 뒤 신도들은 다시 심호흡을 하며 아주 우렁차게 찬송을 부르고는 하나둘 자리에서 일어나 예배당을 빠져나가기 시작했다. 나는 집에서 챙겨온 5페니히 짜리 동전을 헌금함에 넣었다. 양철로 된 함에 동전이 쨍그랑 하고 떨어지는 소리가 교회의 엄숙함과는 도무지 어울리지 않는다는 생각이 들었다. 이어 사람들 사이에 끼어 예배당 문을 나서서 밖으로 나갔다.

일요일의 가장 멋진 시간이 찾아왔다. 예배가 끝나고 점심을 먹기 전의 두 시간. 이제 의무는 다했고, 예배당에 오래 앉아 있었기에, 몸을 움직이고 싶고, 놀고 싶고, 걷고 싶었다. 책을 읽고도 싶었다. 점심시간까지는 완전히 자유였다. 게다가 일요일이니 점심 땐 으레 맛있는 게 나오리라. 나는 유쾌한 기분으로 어슬렁어슬렁 집으로 걸어갔다. 머릿속은 즐거운 생각으로 가득했다. 세상은 그럭저럭 잘 돌아갔고, 살 만했다. 나는 태평하게 현관을 통과해 계단을 올라갔다.

내 방 안은 햇살로 환했다. 어제 소홀히 했던 나의 애벌레 상자를 들여다보니, 새로운 고치 두세 개가 눈에 띄었다. 나는 식물에 물을 주었다.

그때 문이 열렸다.

나는 문이 열린 걸 곧장 알아채지 못했다. 일 분쯤 지났을까. 이상한 적막감에 문 쪽으로 고개를 돌리자, 문간에 아버지가 서있었다. 아버지는 창백하고 곤혹스런 표정이었다. 인사를 하려 했으나 목에 말이 걸려 나오지 않았다. 나는 깨달았다. 아버지가 그 사실을 알게 되었다는 걸. 아버지가 왔고 심판이 시작된 것이다! 그 어느 것도 잘 넘어가지 않았고, 그 어떤 것도 속죄되지 않았고, 그 어느 것도 잊히지 않았다. 태양은 빛을 잃었고, 일요일 오전 분위기는 급속히 시들어 버렸다.

나는 아연실색하여 아버지를 응시했다. 그가 미웠다. 왜 어제 오지 않았던가? 지금 나는 아무것에도 대비되어 있지 않고, 아무 준비도 되어있지 않고, 뉘우칠 마음도 죄책감도 없는 것을. 그리고 어찌하여 아버지는 저 위 서랍장에 무화과를 넣어두었었단 말인가?

아버지는 내 책꽂이 쪽으로 가더니 책 뒤에서 무화과 몇 개를 끄집어내었다. 몇 개 남아있지 않았다. 그러고는 어찌된 일이냐고 묻는 듯 나를 빤히 쳐다보았다. 곤혹스럽기 짝이 없었다. 나는 솟구치는 고통과 반항심을 간신히 억눌렀다.

"무슨 일이세요?" 나는 간신히 그렇게 내뱉었다.

"이 무화과는 어디서 났지?" 아버지가 물었다. 낮고, 절제된 음성이었다. 내가 정말 싫어하는 목소리.

나는 곧장 말하기 시작했다. 거짓말을 했다. 그 무화과들을 한 제과점에서 샀다고, 원래는 한 꾸러미를 샀다고 했다. 돈이 어디서 나서? 돈은 친구랑 같이 모으는 저금통에서 나왔다고 했다. 둘이 이따금 돈이 생길 때마다 저금통에 넣었다고 했다. 여기 저금통이 있어요. 나는 동전을 넣을 수 있는 홈이 파인 상자를 가져왔다. 어제 우리가 무화과를 샀기 때문에 지금은 달랑 10페니히만 들어있다고 했다.

아버지는 절제된 표정으로 조용히 내 이야기를 듣더니 낮은 음성으로 "무화과 값이 얼마였는데?"라고 물었다.

"1마르크 70페니히요."

"어디서 샀는데?"

"제과점에서요."

"어느 제과점?"

"하거 씨네요."

침묵이 흘렀다. 나는 떨리는 손가락으로 저금통을 들고 있었다. 온몸이 차갑게 얼어붙었다.

아버지는 약간 협박하는 듯한 음성으로 물었다. "정말이냐?"

나는 다시 빠르게 말을 이었다. 물론 사실이라고, 내 친구 베버가 제과점에 갔었고, 난 그저 따라갔던 것뿐이라고. 돈은 주로 베버의 주머니에서 나왔고, 내가 보탠 건 얼마 안 된다고.

"모자를 챙겨라." 아버지가 말했다. "하거 씨네 제과점에 가보자. 하거 씨에게 물어보면 알겠지."

나는 미소를 지으려고 애썼다. 싸늘한 기운은 이제 심장과 위까지 이르렀다. 난 앞서 나가 복도에서 나의 파란 모자를 집었다. 아버지는 유리문을 열고, 자신도 모자를 챙겼다.

"잠시만요! 얼른 화장실 좀 다녀올게요."

아버지는 고개를 끄덕였고, 나는 화장실에 들어가 문을 잠갔다. 이제 혼자였다. 잠시는 안전했다. 아, 지금 죽어 버릴 수 있다면!

나는 일 분쯤, 아니 이 분쯤 화장실에 머물렀다. 소용이 없었다. 죽지 않았다. 견디는 수밖에 없었다. 나는 화장실 문을 열고 나왔고, 우리는 계단을 내려갔다.

대문을 나서는데, 갑자기 좋은 생각이 떠올랐다. 나는 부리나케 외쳤다. "그런데 오늘 일요일이잖아요. 제과점 문 안 열어요."

그건 희망이었다. 2초간의 희망. 아버지는 태연하게 말했다. "그렇다면 하거 씨네 집으로 가보자."

우리는 걸어갔다. 나는 모자를 똑바로 쓰고는, 주머니에 한쪽 손을 쑥 넣은 채, 별일 아니라는 듯 아버지 옆에서 씩씩하게 걸어가려 애썼다. 누가 봐도 호송되는 죄수 몰골일 거라는 걸 알고 있었지만, 어떻게든 이를 숨기고자 했다. 아무 일도 없는 것처럼 자연스럽게 숨을 쉬고자 했다. 내 가슴이 얼마나 처참하게 움츠러들고 있는지, 아무에게도 내보이고 싶지 않았다. 나는 순화로운 표정에, 자연스럽고 자신감 있는 태도를 보이고자 애썼다. 공연히 한번씩 양말도 올려가며, 씩 웃음을 지어가며, 이런 미소가 정말 끔찍하게 멍청하고 부자연스러워 보인다는 걸 알면서도 말이다. 나의 속에서, 목구멍과 오장육부에 악마가 앉아 내 목을 졸라대었다.

여관을 지나고, 대장간과 마부의 집과 철교를 지났다. 저 건너편은 내가 어제 저녁 베버와 싸운 장소였다. 눈이 찢어진 곳이 아직도 아프지 않은가? 맙소사! 맙소사!

나는 무작정 걸었다. 아무렇지 않은 척하느라 너무나 힘들었다. 아들러네 헛간을 지나 역전거리로 들어섰다. 어제까지만 해도 이 길은 얼마나 무해하고 좋은 거리였던지! 생각하지 말자! 그냥 앞으로! 앞으로!

이제 하거 씨네 집이 아주 지척이었고, 나는 몇 분 사이에 수백 번도 넘게 그곳에서 나를 기다릴 장면들을 그려보았다.

드디어 하거 씨네 집 앞이었다. 이제 올 것이 왔다.

그러나 나는 그 일을 견딜 수 없었다. 나는 멈추어 섰다.

"음? 왜 그러니?" 아버지가 물었다.

"들어가지 않을래요." 내가 나지막이 말했다.

아버지는 나를 내려다보았다. 아버지는 처음부터 알고 있었던 것이다. 왜 아버지 앞에서 그 모든 쇼를 하고 무진 애를 썼던 것일까? 아무런 의미가 없었던 것을.

"무화과를 하거 씨네 집에서 산 게 아니냐?" 아버지가 물었다.

나는 아니라는 뜻으로 고개를 저었다.

"아 그래." 아버지가 짐짓 평온하게 말했다. "그럼 다시 집으로 돌아가자꾸나."

아버지는 품위 있는 태도로, 거리에서도 사람들 앞에서 나를 점잖게 대해 주었다. 거리에 사람들이 많아서, 아버지는 연신 사람들과 인사를 나누었다. 이 무슨 야단법석이란 말인가! 이 얼마나 어리석고 쓸데없는 고생이란 말인가! 나는 아버지의 이런 배려를 고마워할 수가 없었다.

아버지는 다 알고 있었다! 그런데도 내가 북 치고 장구 치도록 내버려두었고, 쓸모없는 곡예를 끝까지 선보이도록 했다. 사로잡힌 생쥐를 익사시키기 전에 덫 안에서 몸부림치도록 내버려두는 것처럼 말이다. 아, 차라리 내게 질문이나 심문을 하지 말고, 그냥 처음부터 회초리로 머리를 후려쳤더라면! 침착과 정의로 내 멍청한 거짓말의 그물 속에 나를 포위해 천천히 질식하게 만드는 것보다는 나았을 것을. 이리도 섬세하고 정의로운 아버지보다는 거칠고 무식한 아버지를 두는 것이 더 나았을 것을. 이야기책이나 글 속에 나오는 것처럼, 화가 나거나 술에 취해 자녀들을 마구 두드려 패는 아버지라면, 그런 부당한 아버지라면, 매 맞는 건 아파도, 속으로 어깨를 으쓱하며 아버지를 경멸할 수 있었을 것을. 하지만 우리 아버지에겐 그럴 수 없었다. 아버지는 너무나 섬세하고, 너무나 흠잡을 데가 없고, 절대로 부당하지 않았으니. 그 앞에서는 늘 작아지고 비참해졌다.

나는 이를 악물고 아버지보다 먼저 집에 들어가 내 방으로 향했다. 아버지는 여전히 조용하고 냉정했다. 아니 그런 척했다. 사실은 아버지가 굉장히 화가 났다는 것이 뚜렷이 느껴졌다. 이제 아버지는 익숙한 말투로 이야기를 시작했다.

"이게 다 무슨 코미디인지 모르겠구나. 왜 그냥 실토하지 않은 거지? 난 네 이야기가 거짓말이라는 걸 바로 알았다. 대체 왜 이런 바보짓을 하는 거냐? 이 아버지가 네 이야기를 믿을 만큼 그렇게 멍청한 사람이라고 생각하는 거냐?"

나는 여전히 이를 앙다물고 침만 삼켰다. 그만 좀 했으면! 내가 왜 아버지에게 그런 거짓말을 했는지 내가 어찌 알겠는가! 왜 나의 죄를 고백하고 용서를 구할 수 없었는지 난들 알겠는가! 왜 그런 멍청한 무화과를 훔쳤는지 알게 뭐란 말인가! 내가 그것을 원했겠는가. 내가 무슨 곰곰 숙고를 해서, 뭘 알아서, 무슨 이유가 있어서 그 짓을 했겠는가? 나도 그 짓을 해놓고 괴롭지 않았겠는가? 아버지보다 내가 그 일 때문에 더 괴로워하지 않았겠는가?

아버지는 초조한 얼굴로 인내심 있게 내 대답을 기다렸다. 지금처럼 이렇게 내가 말로 할 수 있었다면 얼마나 좋았을까? 그렇다. 나는 위로가 필요해서 아버지 방에 갔고, 아버지가 안 계신 걸 발견하고 실망해서 도둑질을 했다. 훔치려던 건 아니었다. 아버지가 안 계시는 바람에 그저 염탐 좀 하려고 했을 뿐이었다. 아버지의 물건을 좀 둘러보고, 아버지의 비밀을 좀 알아내고, 아버지에 대해 좀 알고자 했을 따름이었다. 그랬다. 그런데 그곳에 무화과가 있었고, 나는 그걸 훔쳤다. 그리고 곧장 후회를 했다. 어제는 온종일 고통과 절망으로 괴로워했으며, 죽고 싶었다. 나를 심판하고 새롭고 선한 결심도 했었다. 그러나 오늘은 달랐다. 나는 후회할 만큼 했고 괴로워할 만큼 해서 이제 약간 냉철한 마음이 되었고, 아버지에 대해, 아버지가 내게 기대하고 요구하는 모든 것에 대해 말로 설명할 수 없지만, 엄청난 반항심을 느꼈다.

이런 마음을 아버지에게 털어놓을 수 있었다면, 아버지는 나를 이해했을 것이다. 하지만 아무리 어른보다 영리한 아이들일지라도, 아이들은 운명 앞에서 고독하고 속수무책이다.

반항심과 서러움에 마비되다시피 하여 나는 가만히 앉아 아버지의 설교를 들었다. 모든 것이 잘못되어가고, 점점 나빠져가는 것을, 아버지가 괴로워하고 실망하는 것을, 헛되이 내 안의 선한 것들에 호소하는 것을, 고통스러운 동시에 한편으로는 묘한 쾌감을 느끼며 바라보았다.

아버지가 "그래서 네가 무화과를 훔친 거지?"라고 물었을 때, 나는 고개만 끄덕였다. 잘못했다고 생각하느냐는 질문에도 그냥 살짝 고개만 까닥했다. 그렇게 크고 똑똑한 어른이 어떻게 이렇게 하나 마나 한 질문을 할 수 있을까? 내가 어떻게 그걸 잘했다고 생각할 수가 있을까? 정말 괴로워서 미쳐버릴 뻔했는데! 내가 어떻게 내 행동이 잘했다고 생각하고 그

빌어먹을 무화과에 대해 기뻐할 수 있었겠는가!

아마도 이때 처음으로 나는 혈연으로 맺어졌고, 서로 호감을 느끼는 두 사람이 얼마나 서로를 오해하고 괴롭히고 고문할 수 있는지를 어렴풋이 이해하고 의식하게 되었던 듯하다. 그런 상태에서 말을 하면 할수록, 정리를 하려고 하고 이성을 동원하려 하면 할수록, 그것은 독을 더 끼얹는 것같이 되어, 단지 새로운 고통과 상처와 오해만 야기한다는 것도 깨달았다. 어떻게 그럴 수 있을까? 하지만 그럴 수 있었다. 그런 일이 일어났다. 정말 어리석고, 황당했다. 웃기고 절망스러웠다.

이 이야기는 그만하자! 이 사건은 내가 일요일 오후 다락방에 갇히는 것으로 종결되었다. 하지만 갇혀 보니 이 가혹한 벌을 조금은 즐겁게 받을 수 있는 상황이 조성되어 있었다. 물론 이 일은 나만의 비밀로 남아있다. 나는 아무도 쓰지 않는 어두운 다락방에서 먼지가 소복이 쌓인 상자를 발견했다. 그 상자는 오래된 책들로 반쯤 채워져 있었는데, 그중에는 아이들이 보면 안 되는 책들도 몇 권 끼어있었다. 나는 지붕의 기와 하나를 옆으로 치워 독서를 위한 빛을 확보한 뒤 독서 삼매경에 빠져들었다.

이 슬픈 일요일 저녁, 잠자리에 들기 직전, 아버지의 노력으로 우리 둘은 짧은 대화를 나누었다. 우리는 화해했다. 잠자리에 누웠을 때, 나는 아버지가 나를 깨끗이 용서했다고 믿었다. 내가 그를 용서한 것보다 더 깨끗이 나를 용서했다고.

SEELE

개미들도 전쟁을 한다.

벌들에게도 나라가 있다.

그대의 영혼은 다른 길을 찾는다.

영혼을 소홀히 한다면 행복이 피어나지 않으리.

Kriege führen auch die
Ameisen, Staaten haben
auch die Bienen.
Deine Seele sucht andere
Wege, und wo sie zu
kurz kommt, blüht
dir kein Glück.

H Hesse

WINTERBRIEF AUS DEM SÜDEN

베를린의 사랑하는 친구들에게!

그래, 이곳의 여름은 달랐어. 그때는 루가노의 아주 우아한 호텔을 가득 채운 동향인들이 호숫가의 작은 플라타너스 그늘에 풀죽은 채 앉아, 우울한 표정으로 오스텐드(북해에 면한 벨기에의 항구도시 ─ 옮긴이)를 생각했어. 반면 우리 같은 사람들은 배낭 속에 빵 한 조각 넣고 멋진 여름을 누렸지. 그때 작열하던 날들이 얼마나 빠르게 도망가버렸는지! 얼마나 덧없이 지나가버렸는지!

어쨌든, 이곳에는 아직도 해가 나고, 아직도 우리는 이곳에 손님으로 머무르고 있어. 12월도 막바지에 접어들었고, 나는 이 편지를 오전 11시에 쓰고 있단다. 바람이 들이치지 않는 숲 모퉁이에서 햇살을 받으며 마른 나뭇잎들 위에 벌렁 누운 채로 말이야. 서너 시 정도까지는 이러고 있을 수 있어. 하지만 그다음에는 추워지지. 저녁이 가까워 오면 산은 장밋빛으로 물들고, 하늘은 엷고 연한 색을 띠어. 이곳에서는 겨울에만 그런 하늘을 볼 수 있지. 이 시간이 되면 엄청 한기가 느껴져서, 난로에 땔감을 던져넣고, 하루의 나머지 시간은 꼼짝없이 난로 신세를 져야 해. 일찍 잠자리에 들고, 늦게 기상을 하지. 그러나 해가 나는 날의 한낮에는 아직 야외활동을 할 만해. 우리의 시간이지. 그때는 태양이 우리에게 난방을 해주거든. 그러면 우리는 잔디밭과 마른 나뭇잎들 위에 누워서, 겨울 숲이 바스락대는 소리에 귀를 기울이고, 가까운 산의 암벽 사이사이에 눈이 쌓인 모습을 바라본다. 때로는 히스 덤불과 마른 밤나무잎 사이로 몇몇 생명체를 발견하기도 해. 겨울잠을 자는 작은 뱀이나 고슴도치 같은 동물들 말이야. 게다가 여기저기 나무 밑에 마지막 밤들이 떨어져 있어서, 이런 밤을 주워다가 저녁에 난롯불에 구워먹는단다.

여름에 그렇게도 우울한 낯빛으로 오스텐드를 생각하던 밀수업자들은 이젠 잘 지내는 듯해. 상황은 달라졌고, 그들은 아주 기분이 좋아. 나는 최근에 그런 분위기를 좀 자세히 볼 기회가 있었어. 어느 큰 호텔에 점심 식사 초대를 받았었거든.

정말 멋진 호텔이었어. 제일 좋은 옷을 입었지. 내가 묵고 있는 댁의 안주인이 전날 내 양복바지의 무릎 부분에 난 구멍을 파란색 모직으로 기워준 덕에, 나는 굉장히 멀끔해 보여서, 호텔 수위의 제지를 받지 않고 안으로 들어갈 수 있었어. 소리 없이 양쪽으로 열리는 유리문을 통과하자 거대한 홀이 나왔지. 화려한 수족관을 방불케 하는 분위기였어. 가죽과 벨벳으로 된 낮고 품위 있어 보이는 일인용 소파들이 나란히 놓였고, 그 커다란 공간에 난방을 해서, 굉장히 기분 좋은 따스함이 감돌았어. 예전에 가보았던 실론 섬의 갈레 페이스 호텔과 비슷한 분위기였지. 소파에는 잘 차려입은 밀수업자들이 배우자들과 함께 앉아있었어. 그들이 어땠는지 알아? 그들은 유럽 문화를 고스란히 간직하고 있었어. 정말로 유럽 문화가 존재했어. 클럽 소파, 수입담배, 난방이 과하게 된 공간, 종려나무, 다림질로 세운 바지주름, 가르마 모양, 심지어 외알 안경까지, 이제는 파괴된, 그리운 문화가 온전히 재현되어 있었어. 모든 것이 아직 그곳에 있었어. 이런 정경을 다시 보는 것이 믿기지 않아 눈을 비비고 다시 쳐다보았다니까. 밀수업자들은 다정하게 미소 지으며 나를 주시했어. 그들은 우리 같은 사람을 대하는 법을 이미 알고 있더라. 나를 바라보는 표정에는 미소와 은근한 조소가 정중하고 배려하는 태도, 심지어 인정해주는 태도와 미묘하게 섞여 있었어. 나는 생각했어. 이런 기묘한 시선을 어디선가 본 적이 있는데, 어디서 보았더라? 그래, 나는 기억해냈어. 그건 전쟁에 승리한 자가 패배자를 보는 그런 시선이었어. 나는 이런 시선을 전쟁 동안 독일에서 종종 보곤 했지. 상업고문관 부인이 거리에서 상이군인을 볼 때의 그 눈빛. 그 눈빛은 반쯤은 '불쌍한 녀석!'이라 말했고, 반쯤은 '영웅!'이라고 말했어. 반쯤은 내가 우월하다고 말하는 눈빛, 그리고 반쯤은 수줍어하는 눈빛.

나는 패배자 특유의 명랑함과 양심에 거리낌없는 태도로 밀수업자들을 바라보았어. 정말 화려하게 차려입었더라. 특히 부인들은 말이야. 1914년 이전 시대를 연상시켰어. 그때 우리 모두는 이런 우아하고 풍족한 상태를 아주 당연하고 굉장히 바람직한 상태로 여겼었는데 말이야.

나를 초대한 호스트는 아직 모습이 보이지 않길래 나는 잡담이나 하려고 어느 밀수업자에게 다가갔어.

"안녕하세요. 어떻게 지내세요?" 내가 말했어.

"오, 잘 지내죠. 요즘엔 약간 심심하지만요. 때로는 당신이 부럽기도 하네요. 무릎 부분을 파랗게 기우신 걸 보니까요. 지루함을 전혀 모르는 분처럼 보여요."

"정말 그래요. 난 할 일이 엄청나게 많답니다. 시간도 빨리 가고요. 사람마다 천생 자신의 역할이 있으니까요."

"무슨 말씀이시죠?"

"아 저는 노동자고, 당신은 밀수업자니까요. 나는 생산을 하고 당신은 전화를 하죠. 전화가 더 많은 돈을 벌어들이죠. 대신에 창작이 훨씬 즐겁고요. 시를 짓거나 그림을 그리는 건 즐거운 일이죠. 아, 그러니까 시를 지어주거나 그림을 그려주고 돈을 받겠다고 하는 건 사실 좀 그래요. 당신의 직업은 제공받은 상품을 100퍼센트 가격을 올려 되파는 것이잖아요. 그건 확실히 별로 즐거운 일은 아니죠."

"아! 당신은 늘 약간 조롱조로 말씀하시는군요. 아이고, 그냥 인정하세요. 사실은 우리가 부러운 거잖아요. 기운 바지를 입으신 분!"

"확실히 그렇죠. 종종은 부러워요. 내가 배가 곯아있는데 쇼윈도 너머로 당신들이 식당에서 고기 파이를 먹고 있는 걸 보면, 당신들이 부러워요. 나는 고기 파이를 좋아하거든요. 하지만 보세요. 창작의 즐거움은 그렇게 덧없이 지나가 버리지 않아요. 음식을 즐기는 것처럼 우습게 사라져 버리지 않죠. 아름다운 옷, 반지, 브로치, 성한 바지도 기본적으로 마찬가지예요! 멋진 새 양복을 입는 것은 즐거운 일이죠. 하지만 이런 양복이 온종일 당신의 관심을 끌어당기고, 기쁘게 하고, 즐겁게 할지 의심스럽군요. 내가 무릎을 기운 바지를 그다지 신경 쓰지 않는 것처럼, 당신들 역시 하루를 보내며, 다림질해 각을 세운 바지주름이나 보석 단추를 그렇게 자주 생각할 것 같지는 않아요. 안 그래요? 따라서 당신들은 당신들의 일로부터 무엇을 얻나요? 물론 따뜻하게 난방을 할 수 있지요. 그 점은 부러워요. 하지만 태양이 비치는 날이면 우리는 문제가 없어요. 지금처럼 한겨울에도 말이죠. 난 몬테놀라에 한 장소를 알고 있어요. 두 바위 사이인데, 바람이 들이치지 않아 햇살이 나는 날이면 이곳 당신들의 호텔만큼이나 따뜻해요. 그리고 그곳엔 훨씬 더 좋은 커뮤니티가 있지요. 비용도 전혀 들지 않고요. 종종은 나뭇잎 아래에서 맛있는 밤도 찾을 수 있어요.”

“아 그럴 수도요. 하지만 그렇게 해서 생계가 유지되나요?”

“나는 창작을 해서 먹고 살아요. 아무리 작더라도 세상에 가치 있는 작품을 내어놓으려 하지요. 가령 나는 수채화를 그려요. 나보다 더 예쁜 수채화를 그리는 사람을 알지 못해요. 얼마 되지 않는 돈으로 내게서 시 원고를 구입할 수 있어요. 나는 이 원고를 손수 알록달록한 그림으로 장식해준답니다. 밀수업자로서 이런 것들을 구입하는 것보다 더 영리한 일은 없을 거예요. 내가 내년쯤에 죽기라도 하면, 값이 세 배로 뛸 테니까요."

난 농담으로 한 말인데, 그 밀수업자는 내가 돈을 뜯어내려는 줄 알고, 겁을 먹었지 뭐야. 그래서 갑자기 안절부절못하며, 헛기침을 해대더니, 갑자기 저쪽 홀 끝에서 아는 사람을 발견해서는 인사를 해야 한다며 줄행랑을 치더라고.

베를린의 사랑하는 친구들아, 그 뒤 호스트와 더불어 즐긴 점심 식사에 대해서는 언급하지 않을게! 식당은 하얀 테이블보와 유리 그릇으로 빛났어. 테이블은 또 얼마나 예쁘게 차려졌는지, 얼마나 잘 먹었는지, 와인은 얼마나 고급이었는지! 그에 대해서는 말하지 않을게. 밀수업자들이 식사하는 모습은 정말 감동이었어. 그들은 식사예절을 정말 중시하더군. 굉장히 중요한 의무를 수행하는 표정으로 고급스러운 음식을 먹었어. 뭐랄까, 여유 있고 무심한 표정이라고 할까. 그리고 침착하고 약간 괴로운 듯한 표정으로 오래된 부르고뉴산 포도주를 서로 따라주더라. 포도주가 마치 약이라도 되는 듯이. 나는 그런 모습을 지켜보며, 그들에게 이것저것 덕담을 했어. 그리고 제멜 빵 하나와 사과 하나를 슬쩍 챙겼지. 저녁에 먹으려고 말이야.

너희는 내가 왜 베를린으로 오지 않느냐고 묻겠지? 사실 좀 묘해. 하지만 난 결국 이곳이 더 마음에 들어. 그래. 난 이렇게 고집스런 인간이야. 난 베를린으로도, 뮌헨으로도 돌아가지 않을 거야. 그곳에는 저녁에 산들이 여기처럼 붉게 물들지 않거든. 이곳을 떠나면 이런저런 것들이 아쉽고 그리울 거야.

행복의 상대성

Die Relativität des Glücks

물론 삶이 더 쉬워 보이고, 겉보기에 혹은 진짜로 '더 행복한' 사람들도 아주 많이 있습니다. 그들은 많이 개성화되지 않아서, 문제를 모르는 사람들이지요. 그런 사람들과 비교하는 것은 그렇지 않은 우리에겐 의미가 없습니다. 우리는 자신의 삶을 살아야 해요. 그것은 새롭고 자기답게 사는 걸 의미해요. 영락없이 어려운 삶이지만, 아름다운 삶이죠. 인생에 정해진 답은 없어요. 삶은 모든 사람에게 서로 다른 유일무이한 과제들을 던져주죠. 처음부터 쓸모없는 인생을 살도록 태어난 사람은 없어요. 아무리 약하고 가난한 사람이라도 자신의 자리에서 자기에게 주어진 특별한 임무를 받아들이고 실현하고자 애쓰는 가운데 존엄하고 진실된 삶을 영위할 수 있고,

타인에게도 의미 있는 존재가 될 수 있지요. 이것이 진정한 사람됨이에요. 비록 이러한 과업을 짊어진 사람이 남들 눈에는 절대로 그와 인생을 바꾸고 싶지 않은 형편없는 작자로 비친다 할지라도 말이에요.

스스로를 너무 깎아내리며 시험하고 비판하지 마세요. 후회스런 행동 하나하나에 대해서는 비판적인 시선으로 보고 판단할 수 있어요. 그것은 지당한 일이죠. 하지만 어떻게 이 모양으로 태어났냐며 자기 자신을 비하해서는 안 돼요. 재능이든 결점이든 하나님에게서 받은 것으로 보아야 하죠. 하나님은 우리 모두와 더불어 뭔가 계획이 있고 뭔가 할 일이 있으신 거예요. 우리가 이를 받아들이지 않고, 하나님을 도와 이를 실현하지 않는다면, 우리는 하나님의 대적자가 되는 것이죠.

‡

당신의 특별함, 감정, 운명을 긍정하세요! 다른 길은 없어요. 그 길이 어디로 이를지 나는 알지 못해요. 하지만 그 길은 삶으로, 현실로, 열정으로, 필연으로 이르러요. 당신은 이런 길을 정말 견딜 수 없는 것으로 생각하고 목숨을 끊을 수 있어요. 이런 선택은 모두에게 열려있고, 그 생각을 하면 종종 기분이 좋아요. 내게도 그런 선택이 열려있으니까요. 하지만 굳은 결심으로, 자신의 운명과 의미를 배신하고, '평범한 것'에 스스로를 잇댐으로써 자신의 길을 회피하려 하는 건 아마 안 될 거예요. 당신은 그렇게 할 수 없어요. 그런 일은 오랜 시간이 지나도 불가능할 뿐 아니라, 지금보다 더 큰 절망을 안겨주니까요.

‡

어떤 날에는 내가 추구했고 믿었던 모든 것이 헛되고 어리석었다는 생각이 들어요. 또 어떤 날에는 삶이 비록 힘들었지만 나 자신과 나의 삶이 완전히 옳았고, 심지어 성공적이었다는 생각이 들어서, 아주 만족스러울 때도 있어요. 몇 시간 동안은요. 그리고 나의 믿음이 다시금 적절히 정리되었다고 생각해서 그것을 말로 표현하고 나면, 그 믿음은 곧장 다시금 의심스럽고 어리석게 느껴져, 나는 다시금 새로운 증명과 새로운 형식을 찾아야 합니다. 그러다 보니 금방 고통스럽고 힘들었다가, 금방 행복했다가 하지요.

‡

　개성적인 인간이 되는 것, 유일무이하고 자기다운 사람이 되는 것은 모든 이에게 정해진 길은 아닙니다. 그 길은 위험을 품고 있고, 고통을 동반하지요. 그러나 그 길은 또한 다른 사람들은 알지 못하는 행복과 위로를 선사해줍니다.

　그러므로 너무 걱정하지 말아요. 어린애 같은 유치함으로 되돌아가거나, 반항적이고 불손하게 행동하지도 마세요. 두 가지 모두 당신에게 도움이 되지 않을 것입니다. 당신 안의 가장 선한 것, 가장 강한 것을 긍정하세요! 그러면 이미 상당한 진보를 이룬 것입니다.

BEI DEN MASSAGETEN

　내게 정말 조국이라는 것이 있다고 할 때, 나의 조국이 의심할 바 없이 지구상의 다른 어떤 나라보다 더 쾌적하고 멋진 시설이 갖춰져 있다 해도, 나는 얼마 전 다시금 방랑의 욕구를 느껴서, 화약이 발명된 이후로 더 이상 가지 않았던 먼 마사게타이족의 나라로 여행을 했다. 한때 페르시아의 위대한 왕 키루스를 굴복시켰던 이 유명하고 용감한 민족이 그동안 얼마나 변했는지, 요즘 시대의 관습에 적응은 했는지 보고 싶었다. 사실 별 기대는 없었다. 이 씩씩한 마사게타이족을 결코 과대평가하지 않았기 때문이다. 진보된 나라에 속한다는 자부심을 가진 모든 나라와 마찬가지로 마사게타이족의 나라도 최근에 자신의 국경에 접근하는 모든 외국인들에게 기자를 파견했다. 물론 중요하고, 존경할만하고, 특별한 외국인은 예외였다. 그런 사람들에게는 지위 여하에 따라 더 많은 경의를 표시했다. 권투선수나 축구선수가 오면 보건부 장관이 마중을 나왔고, 수영선수가 오면 문화부 장관이, 세계기록 보유자가 오면 수상이나 비서실장의 영접을 받았다. 나는 그런 영광스런 대접을 받는 일은 모면했다. 나는 일개 문인이었기에 그냥 평범한 기자 한 사람이 국경으로 마중을 나왔다. 잘생긴 용모의 유쾌한 젊은 남자였다. 그는 나를 보자마자 입국 전에 나의 세계관과 특별히 마사게타이족에 대한 견해를 짧게 표명해달라고 했다. 그동안 이곳에 이런 아름다운 관습이 도입되었던 것이다.

"이곳의 아름다운 언어를 구사하는 데 서툴러서, 아주 핵심적인 말밖에 드리지 못하는 걸 양해해주세요. 내 세계관이야 뭐 당연히도 내가 여행하는 이 나라의 세계관과 같습니다. 그리고 이 유명한 나라와 마사게타이족에 대해 제가 알고 있는 지식으로 말하자면, 그건 아주아주 믿을만하고 훌륭한 출처에서 얻은 것이지요. 바로 위대한 헤로도토스의 책 《클리오》(역사 1권)에서 말이에요. 마사게타이족의 강력한 군대의 용맹함과 영웅적인 여왕 토미리스에 대한 명성에 깊이 탄복한 나머지 일찍이 이 나라를 방문하는 영광을 누렸고, 이번에 새롭게 방문하고자 한 것입니다.”

“아주 감사한 일입니다.” 젊은 기자는 약간 어두운 음성으로 말했다. “우리는 선생님의 성함을 알고 있었습니다. 우리 홍보부처에서는 외국에서 우리에 대해 하는 말들을 주의 깊게 관찰하거든요. 그래서 선생님이 30여 줄에 걸쳐 마사게타이족의 관습에 대해 소개한 신문기사도 익히 알고 있지요. 이번 여행에 선생님과 동행하게 되어 영광입니다. 그 이후로 우리의 여러 관습이 얼마나 많이 바뀌었는지를 보실 수 있게 해드리겠습니다.”

기자의 약간 어두운 음성으로 보아, 예전에 내가 아주 좋아하고 찬탄해 마지않는 마사게타이족에 대해 쓴 글이 여기서는 탐탁지 않게 여겨졌음을 알 수 있었다. 한순간 나는 그냥 돌아가 버릴까 생각했다. 토미리스 여왕이 위대한 키루스의 머리를 피범벅이 된 자루에 처박았다고 썼던 생각이 났다. 이런 생동감 있는 민족정신을 인종주의적으로 표현했던 것도 떠올랐다. 하지만 지금 나는 여권과 비자를 가지고 있고, 토미리스의 시대도 지나가지 않았는가.

이제 젊은 기자의 말투는 약간 친절해졌다. “죄송합니다만 우선 선생님의 믿음을 좀 점검해 봐야 한다는 말씀을 드립니다. 물론, 그렇다고 선생님께 손톱만큼이라도 걸리는 게 있어서 점검하는 건 아닙니다. 이미 우리나라에 방문했던 전력도 있으시고요. 이건 그냥 형식상의 절차일 뿐이에요. 게다가 선생님이 편파적으로 헤로도토스의 말을 철석같이 믿고 계시기도 하니깐요. 선생님도 알다시피, 그 재능 많던 역사가가 살던 시대에는 우리에게 선전이나 문화를 담당하는 기관이 없었어요. 그러다 보니 헤로도토스 역시 그런 말도 안 되는 내용을 쓸 수 있었을 거예요. 하지만 오늘날의 작가가 헤로도토스의 말을 무조건 믿는다면, 게다가 그의 말만 전적으로 믿는다면, 우리는 그 점은 용납할 수가 없습니다. 따라서 선생님, 선생님이 마사게타이족에 대해 어떻게 생각하고 어떻게 느끼고 계신지 간략하게 말씀해주세요.”

나는 살짝 한숨을 쉬었다. 그랬다. 이 젊은 남자는 나를 봐줄 생각이 추호도 없었다. 그는 형식을 주장했다. 형식을 앞세우고 있는 것이다! 나는 말을 시작했다.

“물론 나는 마사게타이족이 지구상에서 가장 오래되고, 가장 경건하고, 가장 교양 있고, 동시에 가장 용맹한 민족이라 배웠어요. 천하무적의 마사게타이족 군대는 그 수가 가장 많고, 그들의 함대는 세계에서 가장 크며, 그들의 성격은 세상에서 가장 강인하면서도 상냥하고, 그들의 여인은 가장 아름다우며, 그들의 학교와 공공시설은 세계에서 가장 모범적이라는 것을요. 뿐만 아니라 그들은 전 세계에서 가장 존경받는 민족이며, 많은 다른 위대한 민족에게 부족한 미덕까지도 한껏 지니고 있지요. 즉, 자신들이 우월하다는 걸 느끼면서도 이방인들에게 친절하고 너그러우며, 보잘 것 없는 나라 출신의 가련한 이방인들이 마사게타이족처럼 완벽할 거라고 기대하지 않습니다. 이 점에 대해서도 고향에 돌아가서 사실에 충실하게 보고하겠습니다.”

   “아주 좋습니다.” 나의 동행인이 호의적인 음성으로 말했다. “선생님은 정말로 우리의 미덕을 핵심적으로 짚어주시는군요. 정곡을 찌른다고 할까요. 처음에 예상했던 것보다 우리에 대해 잘 아시는 것 같습니다. 마사게타이족의 진실한 마음을 담아 선생님이 우리 아름다운 나라에 오신 것을 환영합니다. 지금도 잘 알고 계시니까 몇몇 세부사항만 보완하면 될 듯해요. 말하자면 선생님이 두 가지 중요한 분야에서 일구어낸 우리의 훌륭한 업적에 대해 언급하지 않으셨다는 게 눈에 띄거든요. 바로 스포츠와 기독교 분야에서 말이죠. 마사게타이족 선수가 눈 가리고 뒤로 달리기 국제 대회에서 11.098초로 세계 신기록을 세웠어요."

"그렇지요." 난 공손히 거짓말을 했다. "제가 어찌 그걸 생각하지 않을 수 있겠습니까! 그런데 당신의 민족이 기록을 세운 분야로 기독교도 언급하시는군요. 그에 대해서 좀 설명을 해주시겠습니까?"

"그러지요." 젊은 남자가 말했다. "선생님이 여행보고서를 쓰실 때 이런 부분에 대해서도 이런저런 찬사를 좀 곁들여주시면 우리로서는 반가울 듯합니다. 가령 아라스 강가의 작은 도시에 노사제가 계신데요. 그는 평생 6만 3천 번 이상의 미사를 집전했습니다. 그리고 다른 도시에는 유명한 현대식 교회가 있는데, 그곳에는 모든 것이 다 시멘트로 되어있지요. 이곳 국내산 시멘트로요. 벽, 바닥, 기둥, 제단, 지붕, 세례반, 강단을 비롯해 촛대와 헌금함까지 다 말입니다."

흠, 너희는 시멘트 강단에서는 목사도 시멘트 목사를 세우겠구나라는 생각이 들었다. 하지만 말로 하지는 않고 잠자코 있었다.

젊은 남자가 말을 이었다. "솔직하게 말씀드릴게요. 우리는 기독교도로서의 명성을 되도록 널리 선전하고 싶습니다.

우리나라는 몇백 년 전에 기독교 신앙을 받아들였고, 한때 마사게타이족의 신들을 숭배하던 흔적은 이제 더 이상 남아있지 않습니다. 그런데도 이 땅에 굉장히 열성적인 소규모 파당이 하나 있어, 페르시아의 왕 키루스와 여왕 토미리스 시대의 옛 신들을 다시 숭배하려고 하고 있습니다. 이것은 단지 몇몇 망상가들의 기벽일 뿐이에요. 그런데 말이죠. 이웃나라의 언론에서는 이런 우스운 상황을 대대적으로 보도하며, 이를 우리 군대 제도의 개편과 연관시키고 있어요. 우리가 기독교를 폐지함으로써 다음 전쟁에서 모든 살상무기를 사용하지 못하도록 하는 제한을 쉽게 풀어버리려 한다고 의심을 받고 있는 것이죠. 바로 그렇기에 우리는 우리나라의 기독교를 좀 강조하고 싶은 것입니다. 이걸 강조해서 글을 써주신다면 우리로서는 대대적으로 환영이죠. 물론 선생님의 객관적인 보고에 조금이라도 영향을 행사하려는 건 아닙니다. 하지만 어쨌든 우리끼리 이야기지만, 선생님이 우리의 기독교에 대해 조금이라도 좀 언급해주신다고 하면, 우리 수상님을 개인적으로 알현하실 수 있을 겁니다. 이건 그저 부수적으로 드리는 말씀일 뿐입니다.”

“생각해 보겠습니다. 기독교는 제 전문분야는 아니라서요.

이제 아무튼 당신의 조상들이 영웅적인 스파르가피세스를 위해 건립한 기념비를 다시 볼 생각에 기대가 되는군요."

"스파르가피세스?" 나의 동행인은 그렇게 중얼거리더니 "그게 대체 누구죠?"라고 물었다.

"아, 그 토미리스의 맏아들 말이에요. 키루스에게 속아 넘어갔다는 치욕을 견디지 못하고, 감옥에서 목숨을 끊었다면서요."

"아, 물론이죠." 젊은 기자가 외쳤다. "또 헤로도토스에게서…… 그래요. 그 기념비는 정말 멋졌다고 하더군요. 하지만 그것은 약간 어이없는 일로 인해 지상에서 사라져 버렸어요. 들어보세요! 선생님도 알다시피 우리는 학문에, 특별히 고대 연구에 엄청난 관심이 있습니다. 연구 목적으로 발굴하거나 파헤친 땅의 면적으로 말할 것 같으면, 우리나라가 전 세계에서 3위 내지 4위예요. 주로 선사시대 유적을 찾기 위한 이 대규모 발굴에서 토미리스 시대의 그 기념물이 묻힌 지역 가까이에 이르렀어요. 바로 그 지역이 마사게타이족이 사용했던 매머드 뼈가 많이 출토될 것으로 보였기에, 사람들은 그곳을 파고들어가서 그 기념비를 발굴하려 했지요. 하지만 그 과정에서 그 기념비가 파괴되었어요! 하지만 남은 파편들은 마사게타이족 박물관에 전시되어 있다고 합니다.”

　그는 대기시켜 놓은 자동차로 나를 데려갔고, 우리는 활기
찬 대화를 나누면서 그 나라의 중심부로 달려갔다.

우리의 꿈의 세계

DIE WELT UNSER TRAUM

밤이면 꿈속에 보이는 도시들과 사람들

기괴한 형상들, 허공의 건물들…….

그대는 안다네. 모두가

영혼의 어두운 방에서 올라온다는 걸.

그대의 이미지, 그대의 작품, 그대 자신의 것

그대의 꿈이라는 걸.

낮에 도시와 골목을 거닐며

구름들, 얼굴들을 바라보라.

그러면 그대는 놀라서 깨닫게 되리니

그것들은 그대의 것, 그대는 그것들의 시인임을!

모든 것이 그대의 감각 앞에서 백 배로 살아서

어지러이 떠다닌다는 걸.

그래. 모든 것은 그대의 것. 그대 안에 있는 것.

그대의 영혼이 시소처럼 흔들어대는 꿈.

그대는 자신을 뚫고 영원히 활보하며

때로는 스스로를 좁혔다가, 때로는 넓히네.

그대는 연사이자 청중

창조자이자 파괴자

오래전에 잊힌 마법의 힘들이

신성한 거짓을 만들어내고,

세계, 측량할 수 없는 그 세계가

그대의 호흡에 살아온다.

《 황야의 늑대에 대하여 》

VOM STEPPENWOLF

작은 동물 전시장을 열심히 운영하는 사업가가 그 유명한 황야의 늑대 하리와 전속 계약을 맺고, 짧은 기간 자신의 전시장에 황야의 늑대를 출연시킬 수 있게 되었다. 그는 온 도시에 포스터를 붙여 이 사실을 홍보했고, 이제 많은 사람들이 자신의 전시장에 찾아오리라고 한껏 기대를 품었다. 이런 희망은 헛되지 않았다. 곳곳에서 사람들이 황야의 늑대에 대해 이야기하는 소리가 들렸다. 황야의 늑대에 대한 전설은 교양 있는 사람들 사이에서 인기 있는 대화 소재가 되었고, 모두가 이 동물의 이모저모를 알고 싶어 했으며, 자신이 아는 것을 서로 열심히 공유했다. 어떤 사람들은 황야의 늑대 같은 짐승이 있다는 건 어쨌거나 위험하고 건강하지 못하며 심상치 않은 현상이라고 보았다. 이 짐승이 시민사회를 조소하고, 교양의 신전 벽에서 기사의 상들을 떼어내고, 심지어 요한 볼프강 폰 괴테를 비웃는다는 것이었다. 이런 황야의 늑대에게는 신성한 것이 하나도 없으며, 청년들 일부를 미혹하고 호도하므로, 힘을 합쳐 이 황야의 동물을 처단해야 한다고 했다. 죽여서 파묻어 버리기 전에는 안심을 할 수가 없다는 것이었다. 그러나 모두가 이런 단순하고, 우직한 견해를 지지하는 건 아니었다. 이 견해가 아마도 옳을 텐데도 말이다. 일부는 전혀 다른 견해를 신봉했다. 그런 사람들은 황야의 늑대는 전혀 위험한 동물이 아니라고 했다. 황야의 늑대는 생존을 보장받아야 할 뿐 아니라, 나아가 그에겐 도덕적, 사회적 임무가 있다고 했다. 대부분 고학력자들이 이런 견해를 신봉했는데, 그들은 우리 모두는 드러내놓고 시인하지는 못하지만, 가슴속에 남몰래, 그런 황야의 늑대를 품고 있다고 주장했다. 이런 이야기를 하는 사람들이 말하는 가슴은 바로 사교계 숙녀나 변호사, 기업가들처럼 매우 존경받는 가슴들이었다. 이런 가슴들은 실크 셔츠와 현대적으로 디자인된 조끼로 뒤덮여 있었다. 이런 사고를 하는 사람들은, 우리 모두는 내면 깊숙이 황야의 늑대의 느낌, 충동, 고통을 아주 잘 알지 않느냐며, 우리는 그런 것들과 싸워야 하며, 사실 본질적으로 그렇게 가련하게 울부짖는, 굶주린 황야의 늑대가 바로 우리 자신이라고 말했다. 그들은 실크 셔츠를 입고 황야의 늑대에 대해 그런 수다를 떨었다. 많은 비평가들도 비슷한 의견을 피력했다. 이런 견해를 신봉하는 사람들은 이런 대화를 한 뒤 멋진 펠트 모자를 쓰고, 근사한 모피 코트를 입고는, 멋진 자동차에 올라, 자신들의 일터로 돌아갔다. 사무실, 편집부, 상담실, 혹은 공장으로 말이다. 그들 중 한 사람은 어느 날 저녁, 위스키를 마시는 자리에서 황야의 늑대 클럽을 결성하면 어떻겠냐고 제안하기도 했다.

동물 전시장이 새로운 프로그램을 공개한 날, 호기심 있는 많은 사람들이 그 유명한 황야의 늑대를 보러 왔다. 황야의 늑대를 보려면 추가로 10페니히를 더 지불해야 했다. 황야의 늑대는 아쉽게도 일찍 세상을 떠나버린 판다가 지내던 우리를 썼다. 동물 전시장 주인은 이 작은 우리를 최대한 멋지게 꾸몄는데, 약간 우왕좌왕했던 것도 사실이었다. 어쨌든 이 황야의 늑대는 약간 특이한 동물이었기 때문이다. 저 변호사와 공장주 나리들이 셔츠와 연미복 아래 가슴속에 소위 늑대를 숨기고 다니는 것처럼, 늑대도 빽빽한 털로 덮인 가슴속에 몰래 인간을 숨기고 있는 것이었다. 섬세한 감정과 모차르트의 멜로디 같은 것들을 말이다. 이런 특별한 상황과 관람객들의 기대를 최대한 고려하여, 영리한 사업가는(그는 수년전부터, 아무리 거친 동물이라도 관람객들만큼 그렇게 변덕스럽고 위험하고 예측 불가능하지 않음을 알고 있었다.) 늑대 인간 휘장 몇 개를 설치하는 등 우리를 특별히 꾸몄다. 우리 자체는 다른 우리처럼 쇠창살이 있고, 바닥에 약간의 지푸라기가 놓인 평범한 모습이었지만, 벽에 예쁜 앙피르 양식의 거울을 걸고, 우리 한가운데 작은 피아노를 설치했다. 피아노 건반은 열린 상태로 두었으며, 피아노 위에 약간 기우뚱거리는 가구를 올려놓고는 그 위에 대작가 괴테의 석고 반신상을 놓았다.

그리도 많은 호기심을 불러일으킨 동물은 그 자체로는 별로 눈에 띄는 것이 없었다. 천생 황야의 늑대 모습 그대로였다. 늑대는 대부분은 관객들로부터 최대한 멀찌감치 떨어져, 구석에 가만히 앉아, 앞발을 핥으며, 마치 그곳에 쇠창살 대신에 광활한 황야가 펼쳐져 있기라도 한듯 뚫어져라 앞쪽을 쳐다보았다. 그러다가 때때로 몸을 일으켜 우리에서 몇 번 왔다 갔다 했다. 그럴 때면 울퉁불퉁한 바닥에 설치한 작은 피아노가 흔들렸고, 더불어 괴테 상도 위험하게 함께 흔들렸다.

늑대는 관람객들에게는 그다지 신경을 쓰지 않았다. 그래서 늑대를 보러 온 대부분의 관람객들은 약간 실망했다. 그러나 이런 모습을 두고도 의견이 갈렸다. 어떤 사람들은 이 늑대는 그저 평범한 동물이라고 했다. 표정도 없고, 둔감하고 보통 늑대일 뿐이며, '황야의 늑대'는 동물학적 개념이 아니라고 했다. 반면 어떤 사람들은 이 동물은 아름다운 눈을 가지고 있으며, 그의 온 존재가 절절한 생기를 발산하여 연민으로 마음이 홀랑 뒤집어지게 만든다고 했다. 물론 몇몇 영리한 사람들은 황야의 늑대의 이런 모습은 전시장의 다른 모든 동물에게도 해당된다는 사실을 모르지 않았다.

오후쯤에 세 사람이 전시장에서 늑대의 우리가 있는 구역을 찾아와 오랫동안 늑대를 구경했다. 두 아이와 그 아이들의 가정교사였다. 아이 중 하나는 예쁘장하고 말수가 적은 여덟 살짜리 여자아이였고, 하나는 건장해 보이는 열두 살짜리 남자아이였다. 황야의 늑대는 이 두 아이가 마음에 들었다. 아이들의 피부에선 어리고 건강한 냄새가 났다. 황야의 늑대는 소녀의 탄력 있고 아름다운 다리 쪽을 자꾸 곁눈질했다. 가정교사는 달랐다. 가정교사 쪽은 별로 주목하지 않는 것이 나아 보였다.

예쁜 여자아이의 냄새를 더 잘 맡기 위해 늑대 하리는 관람객들이 있는 창살 쪽으로 바짝 붙어 앉았다. 그러고는 만족스럽게 두 아이의 냄새를 들이마시는 동안, 그는 약간 심심해서 셋이 하는 말에 귀를 기울였다. 셋은 하리에게 아주 관심이 많은 듯 하리에 대해 신나게 수다를 떨었다. 세 사람의 태도는 서로 달랐다. 민첩하고 생기 넘치는 남자아이는 집에서 아빠가 하는 말이 황야의 늑대는 동물 전시장의 창살 안에 갇혀 있어야 마땅하다더라고 전했다. 자유롭게 돌아다니도록 내버려두는 것은 정말 무책임하고 어리석은 일이 될 거라면서 말이다. 경우에 따라 그 동물을 훈련시켜서 가령 이누이트의 개들처럼 썰매를 끌거나 하는 일을 시켜볼 수는 있지만, 성공하기는 힘들 거라고 했다. 그러면서 구스타프라는 이름의 소년은 자신이 길에서 이런 늑대를 만나기라도 하면, 즉석에서 쏘아 죽여버릴 거라고 했다.

황야의 늑대는 그 이야기를 들으며 부드럽게 입을 핥았다. 소년이 마음에 들었다. 늑대는 생각했다. "우리가 언젠가 갑자기 마주친다면, 네 손에 총을 들려있기를! 우리가 저 밖 황야에서 마주쳐, 내가 너를 본떠 너를 저격하는 일이 없기를!" 늑대는 소년에게 호감이 갔다. 소년은 민첩한 녀석이 되리라.

쓸만하고 성공적인 엔지니어나, 공장장이나, 장교가 되겠지. 그리고 뭐 소년이 하리에 대해 그렇게 말한다면야 하리도 반대하지 않을 것이다. 간혹 그와 경쟁하고, 부득이하다면 그에게 총을 맞고 쓰러질 것이다.

예쁜 꼬마 소녀가 황야의 늑대를 어떻게 생각하는지는 가늠하기 쉽지 않았다. 소녀는 황야의 늑대에게 우선 한번 눈길을 주었는데, 이미 황야의 늑대에 대해 모든 걸 안다고 믿는 소년이나 가정교사보다 훨씬 호기심 있고, 꼼꼼하게 살폈다. 꼬마 소녀는 하리의 혀와 이빨이 마음에 들었다. 헝클어진 하리의 털을 미심쩍게 살펴보고, 코를 찌르는 야생동물 냄새를 혐오와 반감, 호기심이 섞인 낯섦과 흥분된 마음으로 지각하는 동안에 하리의 눈도 마음에 와닿았다. 그랬다. 소녀는 하리의 전반적인 부분이 마음에 들었다. 하리가 자신에게 호감을 가지고 있음도 느껴졌다. 경탄 어린 호기심으로 자신을 쳐다보고 있다는 것을 말이다. 꼬마 소녀는 하리의 경탄을 기쁘게 받아들였다. 소녀는 간혹 질문을 던졌다.

"선생님, 늑대 우리에 왜 피아노가 있어요? 먹을 걸 넣어주면 더 좋아할 것 같은데."

"황야의 늑대는 평범한 늑대가 아니야. 음악적 재능이 있는 늑대란다. 하지만 넌 아직 이해 못 할 거야. 아가야." 가정교사가 말했다.

꼬마 소녀는 예쁜 입을 약간 비죽거리며 말했다. "난 정말 아직 많은 것이 이해가 안 가요. 늑대가 음악적 재능이 있다면, 물론 피아노가 필요하겠죠. 정확히는 피아노 두 대가요. 하지만 피아노 위에 조각상을 세워놓은 건 왜죠? 그것도 좀 이상해요. 늑대가 저 조각상으로 무얼 하지요?"

"저건 상징이야." 가정교사가 입을 열었다. 하지만 그 순간 늑대가 꼬마 소녀를 도와주러 나섰다. 황야의 늑대는 소녀에게 반한 표정으로 윙크를 하더니, 벌떡 일어났다. 그 바람에 셋은 화들짝 놀랐다. 황야의 늑대는 여유롭게 한껏 기지개를 켠 뒤, 삐뚝거리는 피아노 쪽으로 가서는 피아노 모서리에 자신의 몸을 문지르기 시작했다. 점점 더 세게 문지르는 통에 그렇지 않아도 불안정하게 서있던 반신상은 요란한 굉음과 함께 균형을 잃고 바닥으로 굴러떨어졌다. 그렇게 괴테 상은 많은 어문학 전공자들의 괴테 상처럼 세 부분으로 쪼개지고 말았다. 늑대는 각 부분을 한 번씩 킁킁거리며 냄새를 맡더니 무심하게 등을 돌리고는 꼬마 소녀 근처로 돌아왔다.

이제 가정교사가 전면에 나섰다. 가정교사는 단발머리에

운동복 차림을 하고 있었지만, 자신의 가슴에도 늑대가 있다고 믿는 축에 속했다. 하리를 숭배하고, 하리의 작품을 애독하는 축에 속했다. 그녀는 스스로가 하리와 영혼이 통하는 남매라고 생각했다. 그녀의 가슴에도 온갖 혼란스런 감정과 삶의 문제가 있었기 때문이다. 그녀는 자신의 유복하고 사교적이고 시민적 삶이 황야도, 고독도 아니라는 걸 어렴풋이 예감했다. 그리고 자신이 결코 이런 안정된 삶을 깨부수고, 하리처럼 혼란으로 뛰어들 용기를 내거나, 그럴 정도로 절망하지 않을 것임을 알았다. 오, 그랬다. 그녀는 물론 결코 그렇게 할 수 없을 것이다. 그러나 그녀는 늘 황야의 늑대에게 공감하고, 그를 이해할 것이다. 그리고 그에게 자신의 공감과 이해를 보여주리라. 그녀는 하리가 다시금 인간의 모습으로 돌아와 연미복을 입고 나타나자마자, 차 한잔 하자고 초대하거나, 그와 더불어 피아노 듀엣으로 모차르트를 연주하고 싶었다. 그녀는 이런 방향으로 한번 애써보아야겠다고 마음먹었다.

그러는 동안 여덟 살짜리 꼬마 소녀는 황야의 늑대에게 애정을 오롯이 선사했다. 이 영리한 동물이 괴테의 반신상을 넘어뜨려버린 것이 멋지게 생각되었고, 이것이 늑대가 자기를 의식해서 한 일임을 정확히 알았다. 그리고 늑대가 자신의 말을 알아들었고, 가정교사가 아닌 자기 편을 들었다는 걸 알아차렸다. 늑대는 저 멍청한 피아노도 부술까? 아, 그는 정말 멋지다. 꼬마 소녀는 그 늑대가 좋았다.

하리는 피아노에는 관심이 없어졌다. 그는 꼬마 소녀 곁으로 바싹 다가와 창살에 몸을 붙이고, 웅크려 앉았다. 재롱을 피우는 강아지처럼, 창살 사이 바닥에 주둥이를 대고는, 매혹된 눈빛으로 구애하듯 꼬마 소녀를 쳐다보았다. 소녀는 더 이상 저항을 할 수가 없었다. 꼬마 소녀는 완전히 늑대에 매혹되고, 신뢰에 가득 차, 작은 손을 뻗어 늑대의 거무스름한 코를 쓰다듬었다. 그러자 하리는 잘하고 있다고 말하기라도 하듯, 소녀를 쳐다보며, 자신의 따뜻한 혀로 소녀의 작은 손을 조용히 핥기 시작했다.

이 모습을 본 가정교사는 결심이 섰다. 자신도 하리를 너무나 잘 이해하는 의남매라는 걸 알려주고 싶었다. 하리와 의남매 지간이 되고 싶었다. 그리하여 그녀는 박엽지로 싸고, 금빛 끈으로 묶은 고급스런 상자를 꺼내 얼른 포장을 풀었다. 은박지를 벗기자 예쁜 하트 모양의 고급 초콜릿이 모습을 드러냈다. 가정교사는 의미심장한 시선으로 늑대에게 하트 초콜릿을 내밀었다.

하리는 눈을 껌벅이며 조용히 꼬마 소녀의 손을 핥는 동시에, 가정교사의 일거수일투족을 날카롭게 주시하고 있었다. 그러고는 하트 초콜릿이 들린 가정교사의 손이 자신에게 충분히 가까이 접근한 순간, 재빠르게 초콜릿과 교사의 손을 덥석 물어버렸다. 아뿔싸, 이제 하트 초콜릿과 가정교사의 손이 늑대의 번쩍이는 이빨 사이에 물려있었다. 세 사람은 소스라치게 놀라, 비명을 지르며 뒤로 물러났다. 하지만 가정교사는 멀리 물러날 수가 없었다. 간신히 손을 잡아 빼어 피를 뚝뚝 흘리는 손을 보며 경악하기까지는 약간 시간이 걸렸다. 늑대에게 호되게 물려버린 것이다.

불쌍한 가정교사는 다시 한 번 날카롭게 소리를 질렀다. 그러나 이 순간 그녀의 영혼의 갈등은 완벽히 치유되었다. 그래, 난 늑대가 아니야. 난 이런 미친 괴물과는 아무런 상관이 없어. 이제 피 묻은 하트 초콜릿을 흥미롭게 킁킁대는 저 괴물이랑은 아무런 공통점도 없다고! 그렇게 그녀는 곧장 방어 자세를 취했다.

곧장 그녀 주변으로 인파가 몰려들었고, 동물 전시장 주인도 얼굴이 하얗게 질린 채 달려왔다. 가정교사는 인파 중심에 서서 옷으로 피가 떨어질까 봐 팔을 높이 쳐들고 있었다. 그러고는 동물 전시장 주인을 마주 대하자, 화려한 언변을 동원해 이런 야만스런 늑대에게 반드시 앙갚음을 하겠다고 소리쳤다. 피아노를 훌륭하게 연주하는 이 아름다운 손을 이렇게 만들어놓은 대가로, 얼마나 큰 액수의 손해 보상금을 요구할지 놀라게 될 거라고 했다. 그리고 늑대는 반드시 죽임당해야 하며, 그것이 그녀 잘못이 아니라는 걸 사람들은 이미 알 거라고 했다.

그러자 재빨리 침착한 태도로 돌아온 전시장 주인은 하리 앞에 놓인 초콜릿을 가리켜 보였다. 포스터에 분명히 야생동물에게 먹이를 주는 건 엄격한 금지 사항임을 명시했으므로, 자신은 아무런 책임이 없다는 것이었다. 자신을 고발하려면 고발해 보라며, 세상의 어떤 재판도 그녀가 옳다고 판결하지 않을 거라고 했다. 게다가 자신은 책임보험에도 가입되어 있다며, 얼른 병원이나 가보는 게 좋을 거라고 했다.

그녀는 병원에 가서 손에 붕대를 감자마자, 변호사에게 달려갔다. 그리고 그후로 수백 명이 하리의 우리를 방문했다.

그날로부터 사람들은 날마다 숙녀와 황야의 늑대 사이의 재판에 촉각을 곤두세우고 있다. 고발하는 편에서는 우선 황야의 늑대인 하리에게, 두 번째로 동물 전시장 소유주에게 책임을 지우려 한다. 소장에 자세히 적혀 있는 바, 하리를 결코 책임을 면제해 줄 만한 동물로 볼 수 없기 때문이다. 이 하리는 제대로 된 시민으로서의 이름을 가지고 있고, 가끔 야생동물의 모습으로 지낼 뿐, 자신의 기억을 책으로까지 펴낸 존재가 아닌가. 이제 해당 법정이 이렇게 판결하든, 저렇게 판결하든, 이 소송은 틀림없이 모든 심급을 거쳐 대법원까지 갈 것이다.

따라서 우리는 조만간 권위 있는 기관으로부터 황야의 늑대가 동물인지 인간인지 하는 질문에 대한 최종적인 판결을 기대할 수 있을 것이다.

고통

SCHMERZ

만족하는 것, 고통이 없는 것은 좋은 일이다. 이런 그만그만한 날들은 좋다. 고통도 즐거움도 감히 소리를 높이지 못하고, 모든 것이 그냥 속삭이고 발꿈치를 들고 살금살금 걸어다니다시피 하는 날들. 다만 유감스러운 건 내가 이런 만족을 잘 견디지 못한다는 것, 이런 만족이 조금만 오래 지속되어도 견딜 수 없을 정도로 싫어지고 역겨워져서, 절망적으로 다른 온도로 도피해야만 한다는 것이다. 가능한 한 즐거운 기분으로, 불가피한 경우는 고통을 겪더라도 그렇게 하고야 만다. 한동안 즐거움도 고통도 없이 그럭저럭 미적지근하고 김빠진 소위 좋은 날들을 보내노라면, 나의 어린애 같은 영혼은 이런 생활에 금세 힘들고 곤고해져서, 나는 꾸벅꾸벅 졸고 있는 만족의 신의 만족스런 면상에 녹이 슨 칠현금을 던져버리고, 이런 쾌적한 실내 온도보다는 내 안에서 정말 지독한 고통이 불타오르는 걸 느끼는 편을 택하는 것이다. 그러면 내 안에서는 강한 감정, 센세이션에 대한 강렬한 욕구가 타오른다. 단조롭고, 납작하고, 천편일률적이고, 멸균된 삶에 대한 분노가 타오르며, 백화점이나 성당이나 나 자신 등 뭐라도 좋으니 박살내고 싶은, 무모하고 바보 같은 짓을 저지르고 싶은, 몇몇 존경받는 우상에게서 가면을 벗겨내고 싶은, 몇몇 반항적인 남학생들에게 그들이 간절히 원하는 함부르크행 기차표를 쥐어주거나, 몇몇 시민적 세계질서의 대표자들의 모가지를 비틀어버리고 싶은 맹렬한 욕구가 타오른다. 왜냐하면 나는 무엇보다 속으로 다음과 같은 상태를 미워하고 혐오하고 저주했기때문이다. 이런 만족, 이런 건강, 쾌적함, 이런 시민의 잘 가꾸어진 낙천주의, 평범하고 평균적인 것이 기름지게 번성하고번식해나가는 것을 말이다.

정신 질환

PSYCHOSE

신경정신과 의사들은 작은 불편에도, 작은 자극에도, 자존심이 조금만 건드려져도 아주 예민하고 과격하게 반응하는 사람을 정신적으로 병들었다고 본다. 이 사람은 사실 대다수의 사람이 굉장히 안 좋게 생각할 고통이나 충격은 아주 태연하게 견디는데도 말이다. 오히려 오래 짓밟힘을 당하고도 알아차리지 못하는 사람, 형편없는 음악, 몰취미한 건축물, 더러운 공기에 아무런 불편도 못 느끼는 사람을 건강하고 정상이라고 여긴다. 그가 카드놀이에서 약간의 돈을 잃게 될라치면, 손으로 탁자를 내려치며, 고래고래 소리를 질러대는데도 말이다. 나는 주점에서 그런 장면을 자주 목도하곤 했다. 굉장히 건강하고 명망 있고 존경받는 사람들인데, 카드놀이에 지면, 특히나 게임에 진 것이 상대방 때문이라는 생각이 들면 갑자기 거칠게 화를 내며, 진탕 욕을 하고, 길길이 날뛰곤 했다. 정말이지 가까운 병원에 '이 사람을 제발 데려가 주세요'라고 부탁하고 싶은 마음이 들 정도로 말이다. 사람을 판단할 수 있는 잣대는 여러 가지다. 그러나 학문이든, 지금의 공공 도덕이든, 나는 어느 하나의 잣대를 신성한 것으로 여기지 않으련다.

공동체와 국가

사회적, 공동체적 단어들과 개념들은 오늘날 신성한 것이 되었다. 모든 개인이 길을 잃고 헤매는 듯 느끼기 때문이다. 후대 사람들이 나중에 우리 시대를 돌아보면, 공동체를 종교적 차원으로 치켜올려 과대평가하는 것과 개인의 일을 하지 않고 사회적인 과제로 전격 '도피'하는 태도를 확인하게 되지 않을까 싶다. 그러나 공동체와 관련한 것은 무엇이든 그 자체로 개인적인 일보다 무조건 더 좋고, 더 신성하다는 의견에 나는 공감할 수 없다. 우리는 물론 사회성을 지니고 있고, 사회에 대한 의무가 있다. 이것은 우리의 소질과 의무 중 하나다. 중요한 것이다. 그러나 유일하거나, 가장 높은 의무는 아니다. '가장 높은' 의무라는 것은 도무지 존재하지 않기 때문이다. 예전의 문화에서는 신과 인격적 관계를 맺는 경건한 인간은 그 자체로 사회적으로 소중한 존재였다. 그가 신과 인격적인 관계를 맺는 데만 심혈을 기울인다고 하여도, 늘 그러했다. 고대 중국에서도 이미 그랬고, 모든 시대에 그러했다. 덕스럽고, 가치 있고, 바람직하고 온전한 인간은 그가 장군이건, 은자건 상관없이 늘 하나님과 직접적인 관계 가운데 살아가는 사람이었다. 그가 자신의 자리에서 인간으로서 마땅한 일을 할 때, 즉 스스로 최대한 가치 있는 존재로 성장하고 성숙할 때, 그는 저절로 다른 사람들과 공동체와 국가에도 유익하고, 중요한 영향을 미치게 된다.

공산주의에 대한 내 개인적인 입장을 정리하는 것은 그리 어렵지 않습니다. 공산주의(나는 공산주의를 기본적으로 옛 마르크스 선언문이 표명하는 목표와 사상으로 여기고 있습니다)는 바야흐로 세상에서 그 실현을 목전에 두고 있지요. 자본주의 시스템이 뚜렷이 쇠퇴의 조짐을 보이고 있을 뿐 아니라, 특히 '다수당'인 사회 민주주의가 혁명의 기치를 완전히 놓아버린 이래 세상은 공산주의를 받아들일 준비가 되었습니다.

나는 공산주의를 정당할 뿐 아니라 당연한 것으로 여깁니다. 만약 우리 모두가 반대한다 하여도 공산주의는 도래하고 승리할 것입니다. 오늘날 공산주의 편에 선 사람은 미래를 긍정하는 사람입니다.

이렇듯 내 이성으로 당신의 프로그램을 긍정하는 것 외에도, 살아오면서 나의 내면의 음성은 늘 고통당하는 사람들을 옹호해 왔습니다. 나는 언제나 압제하는 자들에 맞서 압제당하는 사람들을 옹호하고, 판사들에 맞서 피고인들을 옹호하며, 탐식하는 자들에 맞서 굶주리는 사람들을 옹호합니다. 다만 나는 내게는 아주 당연해 보이는 이런 감정을 공산주의 정신이 아닌 기독교 정신이라 칭했을 따름입니다.

따라서 나는 당신과 마찬가지로, 마르크스주의가 사멸해가는 자본주의를 넘어서서 프롤레타리아를 해방으로 이끌 미래의 길이라고 생각합니다. 세상은 좋든 싫든 그 길을 가게 되겠지요.

여기까지는 우리의 생각이 일치합니다.

당신은 이제 이렇게 묻겠지요. 내가 공산주의가 정당하다고 믿고, 억압받는 자들을 위한다면서, 어찌하여 당신들과 함께 싸워주지도 않고, 당신들의 정당을 편드는 글도 써주지 않느냐고요. 이에 대해 대답하는 건 쉽지 않습니다. 여기에서는 내겐 신성하고 중요하지만, 당신들은 그다지 신경 쓰지 않는 것들이 문제가 되기 때문입니다. 그렇기에 나는 형제와 동지에 대한 비전, 같은 생각을 하는 사람들이 모인 공동체에 대한 비전이 충분히 유혹적이긴 해도, 공산당에 입당하거나 공산당을 옹호하는 글을 쓸 생각은 털끝만큼도 없습니다.

그렇습니다. 바로 이 부분에서부터 우리의 생각은 일치하지 않습니다. 내가 당신들의 목표를 수긍하긴 할지라도, 분명히 말해 내가 공산주의의가 정권을 잡아 어마어마한 책임을 맡을 때가 무르익었구나 하면서, 그 일이 피 흘리는 전쟁을 감수하는 것으로 시작되겠구나 생각하면, 나는 마치 11월에 이제 곧 겨울이 닥치겠구나라는 생각을 할 때와 같은 형편이 됩니다. 나는 인류의 미래를 위한 강령으로서의 공산주의를 믿습니다. 공산주의가 불가피하고, 필요하다고 여깁니다. 그러나 나는 그 때문에 결코 공산주의가 그 어떤 과거의 지혜보다 커다란 삶의 질문들에 대해 더 나은 해답을 가지고 있다고 생각하지는 않습니다. 나는 공산주의가 백 년간 이론을 갈고 닦았고, 러시아에서 대규모 실험이 이루어진 마당에 이제 공산주의가 세상에서 스스로를 실현할 권리뿐 아니라 의무도 있다고 봅니다. 정말로 배고픔을 몰아냄으로써 인류의 커다란 악몽을 없애줄 거라고 생각하고 그 일이 잘되기를 바랍니다. 그러나 그로써 공산주의가 지난 몇천 년간 종교나 입법, 철학이 할 수 없었던 일을 할 거라고는 믿지 않습니다. 공산주가 모든 인간이 굶지 않을 권리와 인정받을 권리를 공포하는 것 이상으로 정당성을 지니거나, 과거의 그 어떤 믿음보다 더 낫다고는 생각하지 않습니다. 공산주의는 19세기에 뿌리를 두고 있습니다. 가장 메마르고 오만했던 이성의 시대, 현학적이고, 상상력이 부재하고, 삭막한 지식인의 시대의 한가운데 뿌리를 두고 있습니다. 칼 마르크스는 이런 시대에 학교에서 사고를 배웠습니다. 그의 역사관은 국민경제학자의 것입니다. 뛰어난 전문가의 역사관이지만, 결코 다른 역사관보다 더 '객관적'이지는 않습니다. 굉장히 편파적이고 경직된 역사관입니다. 그런 역사관의 천재성과 정당성은 높은 정신 수준에 있지 않고, 단호한 실행력에 있습니다.

우리가 1931년이 아니라 1831년에 편지를 주고받았다면, 시인이자 작가로서 나는 내일 혹은 모레 닥쳐올 고통과 재앙 때문에 매우 불안하여, 점점 준비되어 가는 혁명에 대해 알아보는 데 한동안 전력을 다했을 것입니다. 그즈음에 하인리히 하이네가 바로 그렇게 했습니다. 하이네는 한동안, 아마도 자기 인생의 가장 생산적인 시기에 파리에서 젊은 칼 마르크스의 친구이자 동료가 되었습니다. 그러나 오늘날이라면 그 하이네 역시 다시금 오래전부터 정당하고 실행할 가치가 있는 것으로 인정된 것을 실행하기보다는 내일과 모레 닥칠 일에 더 관심을 가질 것입니다. 하이네가 오늘날 살아있다면, 사회주의에 대한 공부는 이미 충분하며, 이제는 사회주의가 세계의 패권을 쥐거나, 아니면 그냥 볼 장 다 본 것이 된다는 걸 즉석에서 깨달았을 것입니다. 그리고 공산주의가 세계를 지배하는 이런 단계를 인정하고 옳게 여겼을 것입니다. 그러나 지금 전속력으로 구르는 공산주의라는 마차를, 자신도 함께 끌고 싶어 하지는 않았을 겁니다.

문인은 장관이나 엔지니어, 대중연설가보다 나은 존재도, 못한 존재도 아닙니다. 하지만 그들과는 완전히 다른 존재입니다. 도끼는 도끼의 역할을 합니다. 도끼로 장작을 팰 수도 있고, 머리를 벨 수도 있지요. 하지만 시계나 기압계는 다른 목적을 위해 존재하는 것이라서, 그것들로 나무나 사람의 머리를 베려고 하면 그것들은 망가져 버리고, 아무 쓸모가 없어져 버립니다.

이 편지는 인류의 특별한 도구로서 문인의 과제나 역할을 논하는 자리는 아닙니다. 문인은 아마도 인류의 몸에서 일종의 신경과 같은 존재가 아닐까 합니다. 부드러운 부름이나 필요에 부응하는 그런 기관, 일깨우고 경고하고 주목하게 만드는 기관 말입니다. 그러나 문인은 벽보를 제작하고 못질을 하는 기관은 아닙니다. 문인은 시장에서 호객 행위를 하기에 적절한 존재는 아닙니다. 그의 강점은 큰 목소리에 있지 않기 때문이지요. 그런 거라면 히틀러가 훨씬 잘할 수 있을 거예요. 그러나 문인의 과제가 이것이든 저것이든 간에, 스스로를 팔아넘기거나, 오용당하게 놔두지 않을 때, 스스로 소명으로 느끼는 일을 다하지 못할 바에는 차라리 죽음과 고통을 선택할 때만이 문인은 자신의 가치를 보존하고, 소중히 여김을 받을 것입니다.

칼 마르크스는 그리스 문학과 예술 등 과거의 문학과 예술에 대한 조예가 깊었습니다. 그의 가르침 중 좀 미흡한 부분이 있다면, 그건 그가 사실은 더 잘 알고 있었음에도 예술을 인류를 구성하는 자연스런 부분으로 인정하지 않고, '이데올로기적 상부 구조'의 일부로만 인정했다는 것입니다.

그렇습니다. 나는 오히려 당신들에게 기꺼이 협력을 자청하며, 큰소리로 선전하고 함께 투쟁하겠다고 나서는 문인들을 조심하라고 경고하고 싶습니다. 공산주의는 문학과는 아주 거리가 먼 사안이지요. 마르크스 때도 이미 그랬고, 오늘날에는 훨씬 더 그렇습니다. 공산주의는 나아가 모든 굵직한 유물론적 조류들처럼, 문학을 심각한 위험에 빠뜨릴 겁니다. 공산주의는 양질의 것에 대한 심미안이 별로 없기에 아무렇지도 않게 많은 아름다운 것들을 밟아 죽일 것입니다. 공산주의는 갖가지 것들을 뒤엎고 새로운 질서를 가져올 것입니다. 새로운 사회를 위해 새로운 집이 건설되고, 곳곳에 파편이 널려있게 될 것입니다. 우리 예술가들은 그곳에서 하수인으로서 전혀 어울리지 않는 역할을 하게 될 것입니다. 사람들은 우리와 우리의 섬세한 성정을 더 많이 비웃게 될 것이고, 종종은 부르주아 시대 때보다도 우리를 더 하찮게 취급할 것입니다.

그러나 인류의 새로운 집에서는 곧 다시금 불만족이 생겨날 것입니다. 배고픔에 대한 두려움이 사라지자마자, 미래의 인간, 군중 속 인간에게도 영혼이 있다는 사실이 드러날 것입니다. 영혼의 배고픔, 욕구, 충동, 강박이 영혼 속에 자라난다는 것, 그리고 이런 영혼의 충동, 필요, 소망과 꿈이 인류가 생각하고 행하고 추구하는 모든 것에서 굉장히 커다란 부분을 차지한다는 것이 드러날 것입니다. 그럴 때 영혼을 이해하는 자들이 존재한다면, 즉 예술가, 문인, 이해자, 위로자, 안내자가 있다면, 인류에게 유익이 될 것입니다.

현재 당신들이 할 일은 바로 명확히 깨닫는 것입니다. 명확한 계획을 실행하고, 그 일에 헌신해야 합니다. 이 순간에 당신들의 과제는 우리 문인들의 과제보다 훨씬 더 명쾌하고, 훨씬 더 필요하며, 훨씬 더 중요합니다. 상황은 다시 변할 것입니다. 이미 종종 변했듯이 말입니다.

당신들은 전쟁을 수행하는 자들의 권리로 여러 문인들을 처단할지도 모릅니다. 그 문인이 당신들의 적에게 군가를 지어줬다는 이유로요. 추후에야 그 사람은 문인이 아니라, 선전 문구를 끼적이는 사람에 지나지 않았다는 게 드러날 수도 있어요. 그러나 문인을 무슨 노예, 재능팔이, 지배 계층이 마음대로 이용할 수 있는 도구라고 믿는다면, 유감스럽게도 그건 당신들의 착각입니다. 당신들이 그런 생각에 얽매여있다 보니, 변변찮은 문인들만이 당신들에게 들러붙는 것입니다. 그러나 당신들이 언젠가 이런 문제에 관심을 가질지도 몰라서 말해두자면, 진정한 예술가와 문인을 알아보는 방법은 이러합니다. 진정한 예술가들은 독립성에 대한 제어할 길 없는 충동이 있어서(예속되거나 구속받는 걸 너무나 싫어해서), 외부의 압력으로 말미암아 오롯이 자신의 양심에 따라 작업하는 것이 불가능해지면 즉시 작업을 중단해 버립니다. 그들은 달콤한 빵에도, 높은 관직에도 스스로를 팔지 않고, 이용당하느니

차라리 맞아 죽기를 선택할 것입니다. 당신들은 이런 면모로

진정한 문인과 예술가를 분별할 수 있을 것입니다.

MENSCH MIT PERSÖNLICHKEIT

　　당신은 개성적인 존재가 되어가는 중에 있어요. 그 길을 또한 계속 가야 할 거예요. 나는 개인으로서, 개성으로서의 인간을 중요하게 생각해요. 그런데 보아하니 요즈음 이 길을 가는 것은 내가 젊었던 시절보다 더 힘든 것 같아요. 하지만 그 길의 의미는 변하지 않았을 거예요. 그 길의 모습도요. 왜냐하면 사실 인간의 운명이란 것은 몇백 년이 지나도 거의 변하지 않으니까요.

　　변한 것은 다만 오늘날 젊은이들로 하여금 자기 자신에 이르는 어려운 길을 이미 일찌감치 포기하게 하고, 대신 공동체에, 즉 언뜻 높고 고귀한 목표로 보이는 것에 스스로를 내어주게 하는 유혹이 있다는 것이에요. 내가 보기에, 당신에게 이런 유혹은 정치 프로그램이나 그럴듯한 이상과 같은 어떤 거창한 형태로 등장하지 않아요. 그런 것에 발 벗고 나서기엔 당신은 이미 아주 개인화가 되었으니까요. 하지만 당신은 더 작고, 더 이상적인 공동체에 헌신하는 경향이 있어요. 채식주의자들이라든가, 이주민들이라든가, 생활 개선 운동을 하는 사람들 등등. 이런 단체의 이상들이 그 자체로 고귀하고 좋든, 그렇지 않든 간에, 그것들은 당신과 같은 부류의 젊은이들에게는 위험할 수 있습니다. 이런 소규모의 더 이상적인 공동체들도 당신을 성급하게 규정하고, 단정하고, 교육하고, 줄을 세우려 하기 때문이죠. 그렇다고 이런 위험으로부터 무조건 도망쳐서 혼자 있어야 한다는 이야기는 아닙니다. 함께해야겠지요. 하지만 당신이 늘 명심해야 하는 것은, 당신이 최대한 자기다운 존재로, 개성적인 존재로 성장할 때 비로소 당신은 인간으로서 온전한 가치를 실현하게 되며, 영향력도 발휘할 수 있으리라는 것입니다. 그러므로 당신은 그런 단체와 지도자들의 이상과 목표를 당신이 스스로 성숙해 가는 일만큼 중요시해서는 안 됩니다. 나중에 당신이 쓰임 받을 준비가 되었을 때, 당신은 자신의 개성을 굽히고 고귀한 인류의 목표를 따를 수 있을 것입니다. 그러나 우선 가능하면 최대한 자기다운 인간이 된 다음에 말이죠.

평생 내가 관심을 갖고, 나를 사로잡고, 작품을 쓰는 원동력이 된 것은 사회적 문제들이 아니라, 개인의 문제들이었습니다. 획일적인 군중을 양산하기 위해 개성을 박탈해 버리는 요즘 추세가 나는 마땅치 않습니다. 오늘날의 세계는 개인에게 어려움을 안겨주고, 개인이 자신의 인격을 조화롭게 형성해 나가는 걸 힘들게 만들고 있습니다. 종교와 국가의 권위적인 분위기 속에서 많은 재능있는 젊은이들이 이런 어려움을 강하게 느끼고 있음을 저는 매일 같이 보고 있지요. 젊은이들의 일부, 최소한 독일어권의 젊은이들은 나를 자신들과 마음이 통하는 작가로 여기는 듯합니다.

독일에서 날아드는 소식들(무엇보다 새로운 법안, 국적 문제 등과, 라테나우 암살자들의 복권, 그리고 기타 상당히 심각한 폭력 사건들)은 때로 사람을 경악하게 한다. 하지만 뭐, 이미 익숙해졌다. 문제는 더 이상 그런 적잖이 소란스럽고 잔인한 소식들을 듣는 것이 아니다. 나를 계속 불안하게 만드는 것은 내가 계속 독일 정권을 비판하게 된다는 것이 아니다. 그거야 대부분의 외국인들과 별다르지 않다. 내가 불안한 것은 멀쩡한 독일인들이 보여주는 그토록 긍정적이고 생동감 있는 태도가 도무지 이해가 가지 않기 때문이다. 예전에는 혁명을 그토록 끔찍하게 생각하더니, 이제 '혁명'을 그렇게 지지하고 나서는 면모가, 간단히 말해 오늘날의 제국에서 나타나는 애국심의 형태가 나는 도무지 이해가 가지 않는다. 어찌하여 조용하고, 성실하고, 정당에 속하지 않은 남자들이(H씨와 다른 많은 사람들이 생각난다). 이런 혁명을 찬성하는가. 그들이 왜 그런 혁명을 전쟁 상태이자 예외적 상태로서 인정하고, 협력자로서든, 희생자로서든, 혁명에 동참하는가. 나는 그것이 못내 궁금하고, 이 질문 때문에 괴롭다. '혁명'이 단지 반응이요, 백색 테러라면, 많은 신호들로부터 유추할 수 있는 바, 그것이 정말로 단지 순진한 무지에서가 아니라, 비판에 무지하고, 비판을 거의 알려고 하지 않고, 비판을 싫어하는 그런 병적인 완고함에서 온다면, 그리하여 그 혁명이 내적으로 글러먹었으며, 생명을 살리는 것에 반하는 것이라면, 가령 H씨가 내게 쓴 것처럼 이야기하는 것은 더 이상 의미가 없다. H씨는 내게 이렇게 썼다. "우리 민족의 이런 어마어마한 노력과 수고가 마비되고 좌절되면, 모든 것은 무너집니다. 그런 일이 일어나서는 안 됩니다." 그렇지 않다. 단지 뭔가가 무너지기만 하면 그나마 다행이다. 많은 좋은 자질이, 많은 진실된 독일의 사랑과 이상이 이 좌절을 겪고 무너져버릴지라도, 그들이 근본적으로 흉악하고 사악한 조직을 뒷받침하는 것보다는 무너져버리는 것이 낫다. 정치와는 전혀 거리가 먼 내게는 이 제3

제국이 표방하는 전반적인 생각들이 흉악하고 사악해 보인다. 그럼에도 나는 모든 개인에게 보나 파이드(bona fide)[1]의 권리가, 그리고 현혹될 권리가 있음을 인정한다. 내게 아주 중요하고 두드러져 보이는 것은 바로 프로테스탄트 교회(개신교)가 이런 운동을 곧장 자기 것으로 삼고 있다는 것이다. 그리하여 개신교는 독일적이고 게르만적일지는 몰라도, 더 이상 로마적이거나 기독교적이지 않은 조직으로서, 고위직의 근사한 유니폼을 입은 남자들에게 무조건적으로 협력하려는 듯하다. 군주에게 복종해야 한다고 본 루터의 사상에서부터 최근 신학에서 말하는 순수 역동적인 것에 대한 우상화에 이르기까지, 신교의 모든 미심쩍은 것들이 여기에 다 합쳐져서, 독일적, 프로테스탄트적인 맹목적 민족주의의 모습으로 나타나고 있다. 오늘날 독일인들이 자기 민족을 숭상하는 것도 그런 맥락이다. 독일인은 자신의 '비극적' '파우스트적' 본성을 깊이 경외하며, 이런 본성을 지녔으니 선택받은 뛰어난 민족으로서 단순한 이성과 단순한 도덕의 편협한 경계를 뛰어넘어, 이제 뭔가 위대하고, 대단한 일을 하는 것이 자기들의 사명이라고 본다. 즉, 자신의 충동을 펼치고, 욕구를 만족시켜야 한다고 보는 것이다. 프로테스탄트 제국 목사들의 신학은 이를

'페칸툼 에스트'(Peccandum est)라는 교리로 포장하고 있는데, 이런 교리는 1914년에 전쟁을 미화했던 교리보다 더 그럴 듯해 보인다.

따라서 나를 불안하게 하는 것은 두 가지다. 우선은 어찌하여 제3제국에서 깨끗하고, 믿을만하고, 점잖고, 많이 나약하지도 않은 사람들의 대다수가 이렇게 새로운 형식의 맹목적 애국심을, 전쟁을 부추기는 애국심을 ― 이런 애국심의 좌절을 경험한 지 얼마나 되었다고 ― 긍정하고 동참하는가 하는 것이다. 두 번째로는 조직적으로 욕망을 실현하려는 이런 비이성적이고 강력한 방식, 고함지르며 이끄는 방식, 무조건적으로 의무를 짊어지게끔 신민을 획일화하는 이런 강력한 강압수단(파시스트적이든, 사회주의적이든 혹은 다른 형식이든 간에)이 작금의 세계사적 순간에 국민들이 원하는 통치 방법인가 하는 것이다. 과연 국민들을 이런 방식으로 다스려야 하는가? 이런 일들로 마음이 좋지 않은 것은 어쨌든 나는 생각하는 사람이자 기독교인으로서, 형태를 막론하고 모든 폭력은 바로 '세상'에 속한 일임을 알기 때문이다. 폭력을 추구하고 실행하는 것은 이 세상에서 상상할 수 있는 정말 다양한 모습으로 이루어지며, 영의 일이 아니라, 육에 속한, 욕망의 일이다. 폭력을 정당화하려고 아무리 '영적' 이유로 포장해도, 그건 분명한 일이다. 나폴레옹들이 다스리고, 그리스도들이 죽임당하는 건 늘 마찬가지지만, '제3'제국이 천 년간 계속되어 온 유럽과 기독교의 습관, 형식, 속박을 포기하고, 얄팍한 이데올로기로 무장하고는 거의 노골적으로 권력을 숭상하는 행태는 소비에트 정권과 마찬가지로 새로 등장한 형태가 아닐 수 없다. 이것은 우리 시대에 비로소 등장한 것이며, 약해진 개념들과 결별함으로써 강한 힘을 획득한 것이다. 이제 소비에트와 히틀러가 결별해 버린 것은 무엇보다 기독교 관습이다. 그 점에서 둘은 같다. 이 말은 제3제국의 지도자들이 안티 크리스천이라는 것이 아니다. 그리고 비스마르크나 메테르니히가 진짜 크리스천이었다는 것이 아니다! 그러나 오늘날 인류의 관습, 법적, 도덕적 관습은 무너졌다. 물론 오래전부터 신통치 않긴 했지만, 그래도 지금까지 여전히 보호하려고 노력해 왔던 것들이다. 사람들은 가령 정말로 이렇게 생각할지도 모른다. 독일인들이 1914년에 오래되어 깨질랑 말랑 약해진 것들 대신, 이런 새롭고, 조야한, 그러나 강한 이데올로기로, 기독교 정신 같은 걸 어리석은 감상주의로 폐기해 버리는 이런 이데올로기로 무장하고 전쟁에 나가 이미 신통치 않게 되었다고 해도 옛 도덕을 아직 중시하는 민족들에 대항하여 싸웠더라면, 그런 민족들이 군사적으로 우세해도 아마 독일인들이 세계를 제패할 수 있었을 거라고 말이다. 하지만 그들은 그렇게 하지 않았고, 전쟁에서 졌다. 그리고 오늘날 전쟁을 되풀이하면 곧장 질 것이다. 따라서 새로운 이데올로기는 ─ 순수생물학적 관점에서도 보아도 ─ 별로 가치가 없는 듯하다. 이제 사람들은 역사의 일부, 즉 전쟁과 전쟁으로 이어진 정치적 경위를 원초적 마법을 통해 민족의 기억에서 지워버리고, 볼셰비즘으로부터 권력과 대중 선동의 새로운 방법을 배웠다. 이 둘(새로운 이데올로기와 볼셰비즘) 모두 많은 사람들이 보는 것과는 달리 그리 참신하지 않다. 그리하여 이데올로기에 그리 많은 것을 기대하지 않는다 해도, 이 이데올로기는 작금의 독일을 만들어갈 정신적 틀로서는 충분하지 않을 것이다. 결국 독일의 역사는 순결한 파라다이스인 독일에 베르사유 조약이 갑자기 악마처럼 들이닥친 것으로 시작된 것이 아니다. 게다가 순수하게 합리적으로만 생각해 봐도, 혈통이나 인종에 열광하는 것은 마르크스주의와는 비교도 되지 않는 것이다. 하나님도 아시다시피, 나는 이런 마르크스주의와 그의 얄팍한 논리를 좋아하는 편은 아니다.

하지만 제3제국을 소비에트와 동일 선상에 놓고 비교라도 할 수 있으려면, 제3제국은 하켄크로이츠(나치의 휘장인 갈고리 십자가)와 파란 눈보다 더 많은 것을 가지고 있어야 할 것이다.

이런 이성적 이유들이 내가 불안한 원인의 전부라면, 그나마 기분이 깔끔할 것이다. 하지만 나는 그들에게서 멀찌감치 떨어져 갈고리 십자가와 제국의 광신적인 소수민족 박해에서 이성으로 도저히 반박할 수 없는 힘을 감지한다. 이런 힘들은 기분 좋게 느껴지지만, 이를 긍정하고 받아들일 수 없기에 나는 고통스럽다.

한편 이상한 것이 또 있다. 제3제국에서 갑자기 다시금 유명세를 타게 된 작가들 중에 진정한 작가는 단 두 사람 파울 에른스트[2]와 에밀 슈트라우스[3] 뿐이다. 에른스트는 막 유명해지려는 순간에 세상을 떠났으며(놀랍게도 그에게 꼭 맞는 시점에 말이다), 슈트라우스는 늙고, 소진하고, 총기가 다한 듯이 보인다. 최소한 그는 마지막 작품을 발표한 지 10년도 더 넘었다. 그리고 그의 정치적 믿음에 대해 읽을 수 있었던 단 한 편의 글은 굉장히 실망스러웠다. 〈민족의 관찰자〉에 실린 슈트라우스의 에세이가 그것이다. 그 글에서 슈트라우스는 자신이 어떻게 히틀러를 믿게 되었는가를 설명하고자 한다. 하지만 읽는 이가 그 글에서 알 수 있는 것은 전쟁 이후 슈트라우스는 정치적으로 활동하기에는 너무나 슬프고 화가 나서, 땅을 일구고 빵 만드는 일만 했다는 것뿐이다. 좋다. 이해할 수 있는 일이다. 하지만 그렇다면 그는 어떻게 히틀러 지지자가 되었을까? 그 과정은 이러하다. 슈트라우스는 어느 날 씨앗을 구입하러 가기 위해 기차를 탔다가, 맞은편에 앉은 호감 가는 여성과 대화를 나누게 된다. 그리고 대화를 나누다 보니 그들 둘 모두 조국을 사랑하고, 지금의 상태를 참기 힘들어한다는 것을 알게 된다. 이제 그 여성은 슈트라우스에게 자신은 뮌헨 출신인데, 그곳에서 한 사람이 집회를 열어 새로운 독일을 준비하고 있으며, 그의 이름은 히틀러라고 알려준다. 슈트라우스는 그렇게 히틀러를 알게 되었고, 설명은 그것으로 끝이다. 사랑스럽고 상냥한 여성이 그에게 뮌헨에서 어떤 이가 유세를 하고 있다고 이야기했고, 보라, 이것이 슈트라우스의 삶에서 위대한 순간이 되었다. 나는 이런 이야기를 읽으며 섬뜩한 기분이 들었다. 그 모든 것은 싱겁고, 지지부진한 잡문이었다. 지루하고, 긴장감도 없고, 언어적으로 거의 매력이 없었다. 노인의 피곤하고 맥 빠진 쓸쓸한 미소였다. 나는 얼마나 이 슈트라우스를 좋아했던가. 지금도 얼마나 그를 좋아하는가! 나는 그가 애국자라는 걸 비난하지 않는다. 그에게도 세계사가 베르사유로부터 시작한다는 것을, 그가 여행에서의 유쾌한 만남을 통해 히틀러를 추앙하게 되었다는 것을 비난하지 않는다. 내가 이 모든 사랑에도 불구하고 용서가 안 되고, 도무지 이해가 가지 않는 것은 다음이다. 사실 슈트라우스는 정말 오랜 세월을 침묵하며 살지 않았는가. 그는 자신에 대해 유독 엄격한 것으로 유명했고, 많은 사람들에게 본이 되어왔다. 잡문이나 시시껄렁한 일상 이야기는 쓰지 않았고, 고독하고 엄격하고 금욕적으로 살면서, 단어 하나하나를 고심해서 썼다. 그는 전쟁 때부터 많은 어려운 시절에 입장을 표명한 적이 없고, 국민들에게 호소를 하거나 정치적 대적자를 만들거나 하지 않았다. 그랬다. 그는 빵을 만들고 고난을 견디었다. 깨끗하고 품위 있게 견디었다. 그런데 이게 웬일인가. 나치의 기관지가 요청을 하자마자, 이 연로한 작가는 성급하고 경솔하게 이런 변변찮고 어리석은 에세이를 쓴 것이다! 그러나 나는 슈트라우스를 작금의 그의 칭송자들보다 더 잘 안다고 믿는다. 나는 그가 그 모든 것에도 불구하고 지금의 이런 명성에, 그리고 이렇게 고성이 난무하는 정신 시끄러운 나라에 기쁨을 느끼지 못할 것임을 안다. 마음으로 몹시 괴로워하며, 곧 죽어버리고 싶은 심정이라는 걸 안다. 지금 이룩된 제3제국이 이 성실한 독일인이 꿈꾸던 것과는 아주 다른 모습이기 때문이다.

　루드비히 핑크[4]는 사안이 좀 다르고 더 단순하다. 친애하는 핑크는 언제나 그렇듯이 황제와 제국 편이다. 진심으로 가능한 한 충성스럽고 선하게 살고자 하는 사람이다. 그러나 그에게는 여러 가지 일이 있었다. 그는 나와는 정말 오랜 세월 알아왔고, 아직 진심 어린 관계를 이어가고 있다. 그의 삶은 그리 녹록지 않았다. 예전에 얻었던 명성과 성공이 추락하는 경험을 했고, 늘 걱정 가운데 지내며, 다른 사람들이 추앙받고 잘 나가는 것을 늘 지켜보아야만 했다. 하지만 이 모든 것에도 불구하고 그는 나를 아껴주고 인정해 주었다. 그는 내가 문학적으로 그보다 아마도 더 위라는 걸 인정했을 뿐 아니라, 나아가 나의 정치적 도덕적 성향의 진실함을 인정해 주었다. 서로 다른 성향이었음에도 말이다. 그런데 이제 제3제국 시대가 열리자, 갑자기 그는 나를 배신했다. 사실 그의 배신은 내게 나쁠 것도 없고, 해로울 것도 없다. 아마도 부지불식중에 그렇게 했을지도 모른다. 그는 막 바덴의 '히틀러 유겐트'(히틀러 청년단)에 독일의 문인들과 관련한 호소문을 발표했다.
거기서 그는 히틀러 청년단원들에게 용감하게 자신의 감정
과 마음의 욕구를 따라서 작가를 잘 선택하라는 충고와 더불
어 양과 염소로 나눈 작가 목록을 제시한다. 아울러 (바로 그
저께까지는 불가능했던 바) 핑크는 독일 문학의 현황을 조망한
다. 좋은 점과 나쁜 점을 쓴다. 그러면서 그는 존경받는 헤세
는 누락해 버린다. 아마 거의 의식하지 못하고 그렇게 했으리
라. 그러나 내게서 위험의 낌새를 감지한 것은 아니었을까 생
각해 본다. 그는 감정과 사상 면에서는 나를 독일의 진정한
작가로 칠 것이 분명하다. 지금까지 독일 문학에 대해 이야기
를 할 때면 나를 거의 아주 소리 높여 선두 그룹에 명명해 오
지 않았는가 말이다. 하지만 지금은 내가 스위스 국적을 취득
한 것과 나의 정치적 견해 때문에 나를 의심스럽게 여기는 것
이 틀림없다. 핑크는 갈등을 좋아하는 사람이 아니다. 그러니
헤세를 당당히 독일 문인 쪽에 이름을 올릴 수도 없고, 버러
지 같은 유대인 작가들 쪽에 위치시킬 수도 없다. 그래서 이
름이 나오려는 걸 그냥 꿀꺽 삼켜 버린 것이다. 그러고 나서
핑크는 히틀러 청년단에게 바람직한 문인들의 명단을 추천한
다. 흠, 그들은 문인이라 할 수도 없는 사람들이고, 그 자신도

지금까지 그리 좋아하지 않았고, 읽지 않았던 사람들이다. 그 명단에는 슈트라우스와 에른스트 외에 진정한 문인이라 할 만한 사람이 없다. 핑크는 한스 카로사[5]를 잊어버렸거나 알지 못하는 듯하다. 리하르트 빌링거[6]도 마찬가지다. 이 두 사람은 핑크의 의도에 아주 걸맞은 사람들일 텐데도 말이다. 핑크는 오늘날 히틀러 언론이 아주 소리 높여 선전하는 몇몇 이름을 언급하며, 히틀러 청년단이 그들에게 맞는 작가들을 자립적으로 고를 수 있도록 본보기를 주고 있다고 여긴다. 핑크는 평균 이하의 상투적이고 허접한 잡문을 쓰는 가운데, 알게 모르게 나를 조금씩 배반하고 있다. 굉장히 탄탄했던 나와의 우정과 내가 그의 삶에 미쳤던 강력한 영적인 영향을 배신하고 있는 것이다. 그리고 히틀러 청년단도 그를 그저 별 흥미 없는 늙은이쯤으로 여기며, 아무도 그의 말을 귀담아듣지 않는 듯하다. 그래도 나의 개인적인 입장은 달라질 게 없다. 나는 변함없이 그를 친구로 생각하고, 그의 미덕을 높이 평가한다. 나는 정당에 속해 있지도 않다. 그러나 핑크는 내가 볼 때 집단 정신증으로 말미암아 사고와 기호 그리고 감수성에 이상이 생긴 전형적인 예이다. 그는 이런 왜곡을 특히나 선명히 보여준다. 선의에서 시작된, 병든 자는 깨닫지 못하는 이런 야만적이고 일그러진 모습을 말이다.

이렇듯 문학계와 관련해서도 불길한 것, 그리하여 다시금 나를 불편하게 하는 것은 한마디로 쉽게 정리되지 않는다. 핑크와 슈트라우스가 어떤 행동을 했으며, 그럼에도 나는 그들에게 여전히 애정이 있다는 이야기를 했지만, 문제의 본질은 그게 아니다. 사랑하고 존경했던 사람들이 어리석은 일을 하고 있으며, 그로 인해 나도 약간 불편한 마음이 든다는 건 그다지 괴로운 일이 아니다. 나를 괴롭게 하는 건 약간 다른 것이다. 즉, 나는 슈트라우스와 핑크 같은 사람들에게서 내가 '미덕'이라 부르는 것(이것은 나 자신에겐 아예 없거나, 훨씬 약한 상태로 존재하기에, 내가 특히나 높이 존경하는 소중한 특성들이다)이― 나로서는 이해할 수 없고 반감이 느껴지는 것들과 마구 뒤섞이고, 서로 유착되어 자라는 걸 본다. 그들도 나에 대해 비슷한 불편함을 느끼고 있을지도 모른다. 나는 무엇보다 그들이 '자신들'의 민족과 조국을 얼마나 사랑하는지를 본다. 그들은 정말 강하고, 맹목적으로, 온 정성을 다해, 못 말릴 정도로 사랑한다. 어떤 고난으로도, 어떤 힘으로도, 어떤 이성으로도 꺾을 수 없을 정도로 사랑한다. 이로 인해 초래되는 결과가 나쁘다고 하여도, 이것은 정말 엄청난 힘과 미덕이 아닐 수 없다. 나는 평소 종류를 막론하고 어떤 대상을 엄청나게 사랑할 수 있는 능력에 감탄하곤 한다. 거의 부러울 지경이다. 나를 사랑해 주었던 여인들에 대해서도 나는 늘 거의 양심의 가책을 느끼며 어떻게 그럴 수 있는지 경탄했다. 어느 한 대상에게 몰입하는 그들의 능력이 내겐 정말 말로 표현할 수 없이 강하고 또 아름다운 것으로 보였다. 그러나 내게는 이런 능력이 없다. 이런 능력에 대해 경탄은 하지만 따라하지 못한다. 나는 어떤 하나의 사랑하는 대상에 그토록 스스로를 내던지는 힘이 없다. 아니 더 정확하게 말하자면 내게 그런 대상은 늘 형체가 있는 물질적인 대상이 아니었다. 내게 그런 대상은 결코 한 사람이나, 한 민족이 아니라, 늘 뭔가 자기초월적인 것, 신, 우주, 인류, 영, 혹은 미덕, 혹은 '완전함'이라는 개념 같은 것이었다. 나의 아버지에게도, 아마도 나의 할아버지 군데르트에게도 그런 면이 있었음을 안다. 그런데 이제 핑크 같은 사람이나 또 다른 누군가가 스스로를 오직 민족의 일부로 느끼고, 민족의 흥망성쇠와 함께하며, 이 민족과 더불어 스스로 변질되는 길을 가는 걸 보며, 나는 이런 어마어마하고 맹목적인 힘을 신기해한다. 가령 핑크 같은 사람은 자기 자녀들에게도 이런 식으로 집착한다. 아주 강하고 만만치 않은 분이었던 돌아가신 장인어른 벵거[7]도 그것이 있었다. 그는 아마 가족을 구하기 위해서는 자신의 살을 조금씩조금씩 저미게 끔 내어주었을 것이다. 이런 사랑은 물론 일반적인 의미에서 의 '미덕'이 아니다. 이런 사랑은 수많은 죄와 함께 갈 수 있고, 각종 광신과 살인에 이를 수 있다. 그러나 이런 사랑은 사랑하는 자들을 강하고 맹목적이 되게 하며, 영웅적 행위를 가능케 한다. 물과 불에 뛰어들게 하고, 자아를 죽이게끔 하며, 동시에 자아에 어마어마한 힘을 부여한다. 나는 이런 강렬한 사랑을 별로 잘 느끼지 못한다. 내게는 육체적인 이유에서라도 그런 물불을 가리지 않는 열정이 결여되어 있다. 대신에 나는 굉장히 약하고 부드러우며, 굉장히 '영적'이다. 반어적으로 하는 말이 아니라 정말 그렇다. 나 역시 아주 예외적인 경우에는 스스로를 희생시킬 수 있다고 믿는다. 이상에 충실하기 위해 죽음도 견딜 수 있다고 믿는다. 그러나 눈에 보이는 대상을 위해 매시간 이기주의와 편안함, 고요함과 일, 비판과 성찰을 희생시키고, 황야에 사는 어미 동물처럼 매시간 죽음을 각오한 상태로 살아가는 것. 나는 그럴 능력이 없는 듯하다. 이런 능력이 없는 것을 미덕으로 보이게끔 애쓰지 않으련다. 일상생활에서 내가 좀 사람들과 떨어져 혼자 있어야 하고, 명상과 묵상 등을 하는 걸 좋아하듯이, 나는 민중에 대해서도(말하자면 도스토예프스키적 의미에서 내가 아주 사랑하는 민중에 대해서도) 좀 떨어져 있고 싶어 한다. 이것은 정치와는 무관한 성향이며, 따라서 이런 성향으로부터 내가 어떤 정치적 소속감을 결코 경험하거나 느끼지 못했다는 말이 아니다. 외부에서 나를 필요로 할 때면, 나는 늘 저절로 약간 도망가서, 고요한 삶 속에 침잠한다. 나는 가령 우리의 마을과 마을 농부들을 굉장히 좋아한다. 나는 이들에 대해 니논[8]보다 비판을 훨씬 덜 한다. 하지만 나는 마을 사람들과 별로 접촉하지 않는다. 한마디로 말해 나는 이론적으로는 만인을 사랑하는 성자이지만, 실생활에서는 결코 방해받는 걸 좋아하지 않는 에고이스트다. 나는 군중으로부터, 사람들로부터 물러나 조용히 시간을 보내며, 반쯤은 이런 삶이 나의 작업으로 약간은 정당화된다고 믿는다. 나의 작업은 고독과 고요 속에서 진행되지만, 결국 마지막에는 모두와 공유하게 되는 것이니까 말이다. 하지만 내게 편지를 보내오는 내 책의 독자들 역시 나처럼 시끄러운 세상에서 물러나 조용히 살아가는 사람들뿐인 듯하다. 그리하여 내 책을 보며, 자신들의 본질을 확인하고, 나처럼 역동적으로 사랑을 하고, 자신을 송두리째 내어주고,

몰입하고, 뭔가에 사로잡히는 능력이 없는 것에 대한 변명을 발견하게 되는 듯하다. 그러므로 나는 나의 삶과 작업으로 더불어 소수의 별종들에게 봉사하는 것이다. 애국자들이 내가 사랑 없이 이성으로 똘똘 뭉친 인간이자 에고이스트라고 본다면 그들의 생각이 옳을 것이다. 어쨌든 애국자들과 뭔가에 사로잡히는 능력이 있는 사람들이 나보다는 훨씬 양심의 가책을 덜 받아도 될 것이다. 최소한 그들은 나처럼 자주 그냥 퍼질러 앉아 양심의 가책으로 스스로를 괴롭히는 일은 없을 것이다.

따라서 민족 안에서 일어나는 과도하게 이성적이거나, 이성적이지 않은 일들에 대해 나의 본성이 다시금 1914년과 비슷하게 아주 답답하고 불안하게 느끼는 바, 나는 이번에는 이런 '위대한 시대'에 스스로를 그다지 내어주지 않고, 당시보다 훨씬 더 거리를 두려 한다. 당시에 이루어졌던 나 자신 내지 우리 민족이 했던 비판은 잊히지 않는다. 모든 이성적인 것에서 나의 지식과 양심은 확실하며 틀림없는 것이다. 그래서 나는 이번에는 말을 보탠다든지, 공개적으로 함께 활동한다든지, 비판을 하거나 반대할 필요를 느끼지 않는다. 나는 내 본성이 내 민족의 마음의 충동과 함께하지 못하는 걸 자책해야 할 것이다. 그러나 이런 마음의 충동이 좋은지 나쁜지 하는 것에 대해서는 일말의 의심이 들지 않는다. 그리하여 나는 많은 호의적인 사람들의 바람에도 동조할 수 없다. 독일이 작금의 움직임을 통해 파산을 면하기를 바라지만, 이른 파산이 때늦은 파산보다는 훨씬 낫다고 생각한다. 독일의 지금의 지도자들이 보여주는 역사에 대한 거짓 주장뿐 아니라, 자신들이 두려워하는 모든 것, 무엇보다 모든 진실과 자기비판을 지우고, 금하고, 억압하는 일에서 사용하는 그 야만적인 방법들만 보아도 전반적으로 얼마나 글러먹었는지를 알 수 있다. 그러나 '외부로부터 객관적으로' 관찰하는 사람에게만 그런 판단이 가능하다. 함께 뛰어다니고 취하며 모든 것을 순수 생물학적으로 함께 경험하는 사람들은 다르다. 내가 그쪽에서 받는 편지들 중에는 열병에 걸린 상태에서 써 내려간 듯한 느낌인 것들이 많다. 1914년 8월의 편지들처럼, 격하고, 도취되어 있고, 곤드레만드레 취해있다. 미움의 노래이고, 광란의 노래다. 다른 목소리들은 훨씬 드물다. 제국의 아무도 솔직하게 쓸 엄두를 못 내기 때문이다. 모두가 스파이, 비밀 경찰, 밀고자로 인해 몸을 떤다. 그러나 이따금 좀 더 솔직한 편지가 도착하거나, 도취되지 않은 사람 하나가 스위스의 우리에게로 오면, 고통과 분노, 체념의 목소리를 듣게 된다. 그러면 나의 전 존재는 지체 없이 이에 반응한다. 지금도 다시금 내 마음은 억압당하는 자, 처벌당한 자들 곁에 있다. 학대당하는 자, 포로된 자, 유대인, 내어 쫓긴 자들! 그렇다고 내가 무조건 망명자 멘털리티를 가지고 있다는 것은 아니다! 나는 다른 파당과 마찬가지로 이런 파당에도 들어갈 수가 없다. 그나저나 제3제국은 나를 지금까지 그냥 고요히 내버려두었다. 나의 책 중 어느 것도 탄압당하지 않았고, 그 어떤 신문도 빗장을 걸어 잠그지 않았다. 지금까지 수입도 계속 들어온다. 물론 수입은 쥐꼬리만 해졌다. 거의 아무도 더 이상 책을 사지 않기 때문이다. 나는 항거를 해야 할 것 같은 일종의 의무를 느낀다. 하지만 나와 나의 일을 더 열심히 중립적으로 만드는 것 외에는 이를 실현할 방법이 없다. 능동적으로 항거할 수 있는 방법은 보이지 않는다. 나는 기본적으로 사회주의를 믿지 않기 때문이다. 그리하여 내가 제3제국에 대해 반대하고 거부하는 것은, 모든 제국, 모든 국가, 모든 폭력 사용을 반대하고 거부하는 것과 같은 선상의 반대이자 거부이다. 대중에 대항하는 개인의 반대, 양에 대항하는 질의 반대, 물질에 대항하는 영혼의 반대. 그런 반대이다.

1) 보나파이드–사기, 공모 따위를 하지 않고 선의로 이루어지는 진실된 구매 및 영업 활동

2) 파울 에른스트(1866-1933), 소설가, 희곡작가. 1933년 3월 교육문화부장관 베른 하르트 루스트는 이렇게 말했다. "새로운 독일은 독일 민족의 뛰어나고 순전한 지도 자 중 하나인, 파울 에른스트에게 과거 그에게 가능하지 않았던 일을 허여할 것이다." 이어 최초로 19권으로 된 파울 에른스트의 전집이 출판되었다.

3) 에밀 슈트라우스(1866-1960), 소설가. 1차 대전 때까지 헤세와 친하게 지냈다.

4) 루드비히 핑크(1876-1964), 작가. 1차 대전 이전 헤세가 보덴호숫가에서 살던 시 기에 헤세와 친하게 지냈다.

5) 한스 카로사(1878-1956), 의사, 서정시인, 소설가. 헤세와 우정어린 서신을 교환 했다.

6) 리하르트 빌링거(1893-1965), 서정시인, 소설가, 희곡작가

7) 테오 벵거, 헤세의 두 번째 아내 루트 벵거의 아버지

8) 니논, 결혼 전 성은 아우스랜더(1895-1966), 헤세의 세 번째 아내

몇 년, 몇십 년 그렇게 세월이 흐르면서 나는 점점 더 개성
적이고 구별된 사람들의 연인이 되었다. 우리 시대의 모든 경
향에 반해서 말이다. 그로써 나는 아마도 유별난 괴짜가 되었
을 뿐 아니라, 내가 그렇게 하는 것이 객관적으로 옳은 듯하
다. 최소한 내가 분명히 말할 수 있는 것은 소수의 사람들을
챙기는 것이 예전에 대규모 돌봄 기계의 바퀴가 되어 좋은 일
을 하고 보살피던 것보다 훨씬 기쁘고, 마음에 흡족하며, 더
필요한 일로 보인다는 것이다. 나는 이들 소수의 사람 하나하
나를 개인적으로 알지는 못하지만, 그들 모두는 내게 소중한
사람들이며, 모두가 자신만의 유일한 가치와 특별한 운명을
지닌 사람들이다. 오늘날에도 나는 매일 세상에 맞추라는 요

구를 받는다. 대부분의 사람들이 그렇게 하듯, 루틴과 기계화의 도움으로, 도구와 비서와 방법의 도움으로 현재의 당면 과제들을 해결하라고 한다. 노년에 이르러 이를 악물고 이런 것들을 익혀야 할까? 생각만 해도 마음이 불편하다. 내게 필요성이 느껴지는 일들, 그 필요성이 물결처럼 책과 자료들로 수북한 내 책상까지 밀려오는 많은 일들은 도구가 아니라, 인간을 향한다. 모든 이는 그저 자기 나름으로 살아야 할 것이다!

늦은 시험

SPÄTE PRÜFUNG

운명은 다시금 활짝 트인 삶에서

나를 거칠게 낚아채어

비좁은 궁지로 몰아넣는다.

어둠과 곤궁 속에서

내게 시험과 고난을 주려 한다.

오래전에 이루었다 생각했던 모든 것

쉼, 슬기로움, 나이 들어 누리는 평화

후회 없는 삶의 고백–

그것이 정말로 내게 주어졌던 것들일까?

아, 그런 행복은 내 손에서 떨어져 나갔다.

한 조각, 한 조각, 한 움큼 한 움큼

밝고 명랑한 날들은 끝이 났다.

세상과 내 인생은

파편더미요 폐허가 되었다.

내게 이 반항심만 없었다면

나는 기꺼이 울면서 항복하고 말았으리.

버티고, 방어하는

영혼 근저에 깃든 반항심만 아니라면

고통이 기쁨으로 변하고 말리라는

이 믿음이 없다면

여러 시인들이 가진 이런 터무니없어 보이는

질기고 어린애 같은 믿음이 없다면

높은 곳에서 모든 괴로움을 비추는

꺼지지 않는 영원한 빛에 대한

이 믿음이 없었다면.

　　우리가 고귀한 빌리발트 폼 에르멜 2세의 삶의 이력을 존
경하는 후세에게 전달하고자 할 때, 우리는 이런 과제의 어려
움뿐 아니라, 이런 작업이 얼마나 시대착오적이고, 인기가 없
는 것인지를 익히 의식하고 있습니다. 원자 껍질을 까는 도구
를 발명한 사람에게 영예의 화환을 안겨주고, 일요일에 토성
으로 비행하겠다고 몰려드는 대중을 대규모 경찰력을 동원
하여야만 비로소 제어할 수 있는 이런 시대에, 오로지 물질적
성공과 측정 가능한 스포츠 분야의 성과만을 떠들썩하게 인
정하고 숭배하는 이런 시대에 주상 고행자(기둥 위나 탑 꼭대
기에서 생활하며 고행하는 수도자들―옮긴이)의 위대한 행동이
나, 피아노 조율에 힘썼던 고트발트 페터 하르니쉔의 노력 같

은 것에 주목이나 관심이 주어질 수가 있겠습니까. 하물며 빌리발트 폼 에르멜 2세를 기리고자 하는 우리의 노력이 관심을 받을 수 있겠습니까. 그럼에도 우리에게 위로가 되고 힘이 되는 것은 저런 주상 고행자나, 고트발트 페터 하르니쉔 혹은 우리의 복된 빌리발트 폼 에르멜을 존경하는 사람들, 성공과 진보를 경멸하는 사람들은 신기록을 내는 영웅들이나 일요일에 달 여행을 하는 사람들이 그들에게 박수갈채를 보내주기를 원하지도 않으며, 그런 이들이 박수갈채를 보낸다는 생각만 해도 속이 메스꺼워질 거라는 것입니다. 우리를 움직이게 하고, 영감을 주는 야심 같은 것이 있다면, 그것은 다른 야심이요, 더 고귀하고 고차원적인 야심입니다.

빌리발트가 평생 연마했던 고귀한 기예는 본인이 개발한 것이 아닙니다. 그는 그것을 이미 어릴 적에 아버지로부터 배웠지요. 그런데 그의 아버지 역시 그런 기예를 스스로 발명한 것은 아니었습니다. 먼 옛날로 거슬러 가기까지 그런 기예를 선보여준 선배들과 모범들이 있었지요. 그러나 빌리발트 1세는 보통 '뜀뛰기'라 부르는 이런 고차원적인 훈련을 그리 이른 나이가 아닌, 나이가 들어서야 알게 되어 연습을 했습니다. 빌리발트 1세의 삶에 대해 우리가 아는 것 몇 가지를 잠깐

소개하면 이렇습니다. 그는 장교의 아들로 태어났습니다. 아버지는 빌리발트 1세에게 엄격한 군대식 교육을 했고, 빌리발트 1세를 자기처럼 장교로 만들고자 했습니다. 하지만 이런 목표는 이루어지지 않았습니다. 빌리발트 1세는 완고하고 엄격한 아버지에게 질려 버려서, 어떻게든 아버지의 뜻을 거스르고자 무지막지하게 반항을 했기 때문입니다. 빌리발트 1세는 사실 본성상 아버지와 비슷하여, 스스로도 스포츠와 군대식 훈련을 좋아하는 기질이었음에도, 한사코 아버지가 정해준 길을 가기를 마다하고, 고집스럽게 아버지가 경멸하고, 조롱하는 일과 공부에 매달렸습니다. 바로 문학, 음악, 문헌학에 빠져들었던 것이지요. 그는 자신의 의지를 관철시켰고, 교사가 되었고, '아, 봄은 마음을 얼마나 흡족하게 하는가'라는 노래를 써서 유명해졌습니다. 노래는 수십 년간 널리 애창되었고, 중등학교 음악교과서에 실려서 가장 인기 있는 가곡 중하나가 되었지요. 하지만 후세대들은 이 노래의 가사와 멜로디를 싫어했고, 나이 든 세대가 좋아라했던 노래 스타일을 질색하는 바람에, 그만 학교 교과서에서 누락되어 버리고 말았습니다. 빌리발트 1세가 이런 일을 알았는지 우리는 잘 모릅니다. 하지만 알았다 해도 그리 상관하지 않았을 거예요. 그도 그럴 것이 그가 몇 년쯤 교사 생활을 하고 있을 때 아버지가 돌아가셨고, 아버지가 돌아가시고 나자, 군대에 들어가 장교가 되는 것에 대한 빌리발트의 거부감은 씻은 듯이 사라져버렸기 때문입니다. 반항심에서 비롯되었던 음악에 대한 열정도 사그라졌죠. 그리하여 그는 자신이 그렇게도 고집스럽게 반항했던, 강한 권위가 무너지자, 기꺼이 물려받은 소질과 성향을 따라, 문법과 악기를 내려놓고, 장교의 길을 택해, 순식간에 중급 장교로 승진했습니다. 그 뒤 동쪽으로 파견 근무를 나가, 동방의 나라들을 알게 되었죠. 그런데 그곳에서의 만남이 빌리발트 1세의 삶을 전격적으로 바꾸어놓았습니다. 처음에 춤추는 데르비시(수피 [이슬람교의 신비주의 종파]의 탁발 수도승)들을 구경할 기회를 얻은 그는 약간 미심쩍은 눈길로 그것을 구경했습니다. 동양에 간 많은 서양 사람들이 으레 보이는 그런 태도로 말입니다. 하지만 춤을 구경하면서 너무나 열정적으로 세상을 잊은 채 춤을 추는 경건한 데르비시들의 모습에 점점 사로잡혔습니다. 특히 키가 훌쩍 큰, 아흐마드라는 젊은 데르비시 한 사람은 거의 초인적인 몸짓으로 춤을 추어 그의 주의를 확 끄는 것이었습니다. 경탄하고 사랑하지 않을 수 없는 춤사위였지요. 빌리발트는 적극성을 발휘해 이 아흐마드와 안면을 터서 결국 친구가 되었습니다. 그리고 이제 빌리발트는 아흐마드를 통해 저 이상한 뜀뛰기를 알게 되었던 것입니다. 빌리발트 1세, 그리고 나중에 2세의 삶에 크나큰 의미를 갖게 될, 바로 그 연습이었습니다. 즉, 자신의 그림자를 뛰어넘는 연습이었죠. 아흐마드가 종종 호기심 있는 사람들의 눈을 피해 혼자서 특별한 연습을 하기 위해 조용한 곳으로 물러나곤 한다는 것을 알았을 때, 빌리발트 1세는 그 데르비시를 들들 볶다시피해 비밀을 알아내었습니다. 대체 혼자서 비밀리에 무얼 하느냐는 빌리발트의 집요한 질문에 아흐마드는 놀랍게도 "나는 내 그림자를 뛰어넘어요"라고 짧게 대답했지요. "하지만 그건 불가능하잖아요. 말도 안 되는 일이오"라고 빌리발트가 외치자 아흐마드는 "보여 드릴게요"라고 하더니, 다음 날 숙박소에 있는 동굴 우리 뒤편의 고즈넉한 장소로 오라고 하는 것이었습니다. 이제 이 서양 사람 빌리발트는 그곳에서 아흐마드가 자신의 그림자를 뛰어넘는 장면을 보았습니다. 엄청나게 잽싸고 날쌔게 뛰어넘어서, 아흐마드가 모래 위에서 그와 시합하는 그림자보다 더 잽싸고 더 빠른지 도무지 분간할 수가 없을 지경이었습니다. 그림자는 잠시도 쉬지 않았고, 그림자의 주인은 마치 무게를 벗어버린 듯, 나비나 잠자리처럼 연신 번개처럼 빠르고 가볍게 날아오르고 방향을 바꾸었습니다. 완전히 자신을 잊은 채 폴짝 뛰어오르고, 빙빙 돌고, 웅웅 소리 내며 날아다니는 것이었습니다. 이젠 그가 그림자를 뛰어넘었는지 아닌지를 명확히 말할 수 없을뿐더러, 놀라워하며 구경하는 사람에게 그건 더 이상 중요한 문제로 다가오지 않았습니다. 이제 빌리발트는 생각을 멈추고, 전에 데르비시들의 춤을 볼 때처럼 감동하고 경탄하는 심정으로, 놀라움과 행복감에 젖어 뜀뛰기 하는 사람을 바라보았습니다. 연습을 마친 뒤, 아흐마드는 한동안 눈을 감고 가만히 서있었습니다. 많이 움직여서 몸이 더워진 탓도, 어지럽거나 피곤한 탓도 아닌 것 같았습니다. 얼굴에 행복감이 묻어나고 있었죠. 아흐마드가 눈을 떴을 때 빌리발트는 머리를 깊이 조아려 그에게 감사를 표했습니다. 터키 황제의 환영 리셉션에서 배운 인사법이었습니다. 그리고는 아흐마드에게 뜀뛰기를 하면서 무슨 생각을 하느냐고 물었습니다. "누구를 생각하냐고요? 뜀뛰기를 할 필요가 없는 분을 생각한답니다." 아흐마드가 나지막한 음성으로 말했습니다. 빌리발트는 그 말을 곧장 이해하지 못하고는 "필요가 없는?"이라고 되물었습니다. 그러자 아흐마드가 대답했습니다. "그분은 빛

자체이시니까요. 그림자가 없죠.”

　그때까지 빌리발트 1세의 삶은 목표와 노력과 야망으로 점철되어 있었습니다. 우선은 교사로, 시인으로, 음악가로 인정받고 명성을 얻고자 했고, 그다음에는 장교로서 존경을 받고, 상급 장교들의 호의를 얻고자 했습니다. 하지만 그 순간 모든 것이 달라졌습니다. 그의 목표는 더 이상 자신의 외부에 있지 않게 되었습니다. 그의 행복과 만족은 더 이상 바깥 것들에 의해 고양되거나 줄어들지 않게 되었습니다. 이 시간부터 빌리발트의 인생 목표는 그림자 뛰어넘기를 한 뒤 아흐마드의 얼굴을 행복으로 빛으로 환히 빛나게 했던 그 무엇에 도달하는 것이 되었습니다. 데르비시들의 빙빙 도는 춤에서 처음으로 보았던 자신을 내어주는 헌신과 몰입의 경지, 그리고 이제 그림자를 뛰어넘는 자의 경건한 춤에서 보았던 더 조용하고, 더 승화된 형태의 그런 경지를 동경하게 되었습니다.

　여러 종류의 엄격한 신체 훈련에 익숙해 있었음에도 빌리발트는 실로 아흐마드가 보여준 온전한 경지까지는 아니어도 어느 정도 이것에 능숙해지기까지 아주 오랜 시간이 걸렸지요.

《 　　가지 잘린 떡갈나무 　　 》

GESTUTZTE EICHE

사람들이 너를 얼마나 잘라대었는지,

나무야, 넌 낯설고 이상한 모습이구나!

어떻게 백 번이나 고통을 견디었니.

반항심과 의지 말곤 아무것도 남지 않았구나!

나도 너와 같단다. 잘려 나간 고통스런 삶을 차마 끝내지 못하고

야만을 견디며 매일 또다시 이마를 햇빛 속으로 들이민단다.

내 안의 여리고 부드러운 것을 이 세상은

몹시도 경멸했지.

하지만 내 존재는 파괴될 수 없어.

나는 만족하고, 화해한 채로

백 번은 잘린 가지로부터

참을성 있게 새로운 잎을 낸단다.

그 모든 아픔에도 나는 이 미친 세상을 여전히

사랑하기에.